时间

的

声音

——湖南省文联成立70周年
纪念文集

湖南省文学艺术界联合会　编

中国文联出版社

图书在版编目（CIP）数据

时间的声音：湖南省文联成立 70 周年纪念文集 ／ 湖南省文学艺术界联合会编 . -- 北京 ：中国文联出版社，2024. 10. -- ISBN 978-7-5190-5655-1

Ⅰ . I206.7-53

中国国家版本馆 CIP 数据核字第 20248WX103 号

编　　者　湖南省文学艺术界联合会
责任编辑　曹艺凡
责任校对　秀点校对
装帧设计　姜　磊

出版发行　中国文联出版社有限公司
社　　址　北京市朝阳区农展馆南里 10 号　　邮编　100125
电　　话　010-85923025（发行部）　010-85923091（总编室）
经　　销　全国新华书店等
印　　刷　北京顶佳世纪印刷有限公司

开　　本　710 毫米 ×1000 毫米　　1/16
印　　张　15.25
字　　数　245 千字
版　　次　2024 年 10 月第 1 版第 1 次印刷
定　　价　68.00 元

序

　　1953 年 11 月，湖南省文学艺术工作者第一次会员代表大会在长沙召开，宣告了湖南省文联的成立。70 年来，在省委、省政府和省委宣传部的坚强领导、殷切关怀下，在中国文联的有力支持、精心指导下，经过几代文艺工作者的不懈努力，湖湘文艺百花竞艳，文艺湘军意气风发，文艺生态山清水秀，文艺事业蒸蒸日上，湖南文艺界呈现出大团结、大繁荣、大发展的生动局面。

回望历史，我们始终坚持党的领导

　　习近平总书记强调，党的领导是社会主义文艺发展的根本保证。省文联始终坚持"二为"方向，"双百"方针，坚持创造性转化、创新性发展，始终与党同心同德，与时代同向同行，弘扬主旋律，传播正能量，描绘时代精神图谱，为时代画像、为时代立传、为时代明德。特别是党的十八大以来，省文联深化改革走在全国前列，全国文联系统深化改革工作座谈会在长沙召开。省文联和各级文联组织不断增强政治性、先进性、群众性，把深入学习贯彻习近平新时代中国特色社会主义思想，特别是习近平文化思想作为首要政治任务，列入党组理论学习中心组、各文艺家协会会员培训班、全省基层文联骨干培训班的重要学习内容，用新理论、新思想、新观念武装队伍、指导实践、推动工作，团结引领全省广大文艺工作者听党话、跟党走、感党恩。

回望历史，我们始终坚持人民立场

习近平总书记强调，社会主义文艺，从本质上讲，就是人民的文艺。省文联始终坚持与人民同呼吸、共命运、心连心，以文艺热忱服务人民，更好地满足人民精神文化生活新期待。党的十八大以来，省文联不断创新"送文化、种文化、育文化、兴文化"的文艺惠民模式，深入开展"到人民中去"主题实践活动、"我们的中国梦"文化进万家活动、"聚文化力量 助乡村振兴"采风创作活动、"送福进万家"等文艺志愿服务。我们十年砥砺，建成了湖南省规模最大、功能最全的湖南美术馆，推出了一批深受群众喜爱的展览，如"客中月光照家山——北京画院藏齐白石精品展"，参观总人数近 60 万人次，开展公共教育活动 560 余场。我们打造了全国学雷锋志愿服务"四个 100"先进典型——"笑满三湘"文艺志愿服务团，走遍全省 14 个市州，并先后赴海南、西藏、新疆、山西、内蒙古等地开展交流演出，直接服务群众超 100 万人次，成为湖南省文艺志愿服务的闪亮名片。

回望历史，我们始终坚持勇攀高峰

习近平总书记强调，衡量一个时代的文艺成就最终要看作品，衡量文学家、艺术家的人生价值也要看作品。新时代新征程，大型史诗歌舞剧《大地颂歌》产生重大影响。张璇在现代京剧《向警予》中饰演向警予获得第 30 届梅花表演奖。曹宪成创作的花鼓戏《桃花烟雨》、吴傲君创作的花鼓戏《蔡坤山耕田》、徐瑛创作的花鼓戏《夫子正传》分别获得第 23 届、第 24 届、第 25 届曹禺剧本奖。纪红建的《乡村国是》获第七届鲁迅文学奖、中宣部第十五届精神文明建设"五个一工程"优秀作品奖。龚盛辉的《中国北斗》、沈念的《大湖消息》获第八届鲁迅文学奖。汤素兰的《南村传奇》

获第十一届全国优秀儿童文学奖。电影《十八洞村》获第十五届精神文明建设"五个一工程"优秀作品奖、第34届"大众电影百花奖"、第17届中国电影华表奖。谢子龙创作《影话中国故事》等作品，严志刚创作《人生若初见》等作品，获第13届中国摄影金像奖。李正庚的著作《先秦至唐书法教育制度研究》获第7届中国书法兰亭奖铜奖。原创滑稽节目《小夫妻》获得第13届中国杂技金菊奖。邬建美创作的湘绣《群鸡图》获得第15届中国民间文艺"山花奖"。舞剧《热血当歌》获第13届中国舞蹈"荷花奖"舞剧奖。歌曲《信仰》获中宣部第十五届精神文明建设"五个一工程"优秀作品奖。电视剧《共产党人刘少奇》《那座城这家人》获第十五届精神文明建设"五个一工程"优秀作品奖。金沙作词、孟勇作曲的《奔驰在祖国的大地上》入选中宣部第七批"中国梦"主题创作歌曲，歌曲《早安隆回》产生广泛的社会影响。近年来，王跃文当选中国作协主席团委员、鄢福初当选中国书协副主席、赵双午当选中国杂协副主席、谢子龙当选中国摄协副主席、大兵当选中国文艺志愿者协会副主席、张华立当选中国视协副主席。目前，湖南省已有6人担任全国各文艺家协会主席团职务，文艺领军人才在全国省级文联中名列前茅。

回望历史，我们始终坚持守正创新

习近平总书记强调，新时代的文化工作者必须以守正创新的正气和锐气，赓续历史文脉、谱写当代华章。省文联深入挖掘源自湖南这片红色热土的深厚的思想文化资源，近年来，在北京成功举办了"江山壮丽 人民豪迈"主题书法展、"绿水青山就是金山银山"大美潇湘大型系列山水画展；组织策划大型史诗歌舞剧《大地颂歌》、舞剧《热血当歌》、大型交响合唱《通道转兵组歌》进京演出；举办了"决胜脱贫在今朝·丹青共筑中国梦美术作品展"、"庆祝中国共产党成立100周年美术书法摄影作品展"、"谱写湖南新篇章"湖南工业题材美术作品展；组织创作演出大型交响叙事组歌《苗寨的故事》、大型交响组曲《浏阳河之光》、大型交响史诗组歌《心中的颂歌》和"苗寨欢歌"十八洞村主题歌会，用心用情用力讲好新时代新湖南的感人故事。

岁月不居，春秋代序。**文随时兴，凯歌前行**

70年大江奔涌，70年斗转星移，70年弦歌激昂。回望历史，我们深切缅怀魏猛克、周立波、康濯等前辈先贤，是他们为湖南文艺事业呕心沥血，厚植了湖南文艺这棵大树；我们深情致敬一代代德艺双馨的名家大师，为世人交口称誉的"文艺湘军"蓄积了耀眼之光；我们深情感恩陪伴湖南文联成长的每一位干部职工、每一位文艺工作者，是你们在各自岗位上辛勤耕耘、默默奉献，成就了湖南文联的光荣与梦想。我们要特别感谢省委、省政府的关心和厚爱，感谢中国文联的指导和鼓励，感谢兄弟省、自治区、直辖市文联的帮助和支持，感谢一直关心支持湖南文联的社会各界朋友，感谢你们的一路同行，赋予我们奋勇前行的底气和力量。

一代人有一代人的使命，一个时代有一个时代的文艺。习近平总书记强调，"举精神之旗、立精神支柱、建精神家园，都离不开文艺"。全国宣传思想文化工作会议首次提出了习近平文化思想，要求我们文艺工作者担负起新的文化使命，为推动实现中华民族伟大复兴提供了强大的思想武器和科学行动指南。

七秩芳华，初心如炬。**目光向前，拥抱未来**

省文联将深入学习贯彻习近平文化思想，切实担负起新的文化使命，心怀国之大者、省之大计，在实现"三高四新"美好蓝图的征程中，做勇毅前行的"赶路人"，铸就新时代湖南文艺新的辉煌。

拥抱未来，我们必须举精神之旗

省文联将进一步发挥党和政府联系文艺界的桥梁和纽带作用，聚焦"做人的工作"这一核心任务，坚持以习近平新时代中国特色社会主义思想为指引，深入学习贯彻习近平文化思想，旗帜鲜明讲政治，推动全省广大文艺工作者深刻领悟"两个确立"的决定性意义，进一步增强"四个意识"、坚定"四个自信"、做到"两个维护"，始终同以习近平同志为核心的党中央保持高度一致。我们要进一步发挥文联的组织优势、专业优势，把文联建设成为文艺工作者温暖人心、慰藉情感的大家庭，施展才华、成长进步的大舞台。用事业激励人才，让人才成就事业。我们要进一步把培养名家大师、领军人才、优秀青年人才作为工作的重中之重，造就门类齐全、覆盖广泛、梯队衔接的新时代"文艺湘军"新势力。

拥抱未来，我们必须立精神支柱

文艺工作者肩负着培根铸魂的使命任务，我们要大力倡导崇德尚艺，以强烈的历史主动精神，沐春风而奋进，仰北斗以追光。我们要围绕中心服务大局，锚定"三高四新"美好蓝图，加快推进文艺事业高质量发展，积极投身实践显担当。我们要坚守以人民为中心的创作导向，努力推动文艺创作再攀高峰。我们要进一步坚定文化自信，牢记初心使命，勇于创新创造，用作品热情讴歌党、讴歌祖国、讴歌人民、讴歌英雄。我们要自觉立心铸魂，开拓进取、服务奉献，不负时代、不负人民，不断推进文艺事业繁荣发展，为打造文化强省升级版、加快建设现代化新湖南做出新的更大的贡献。

拥抱未来，我们必须建精神家园

文脉千秋贯，江河万古流。湖湘文化是中华文化百花园中的一朵奇葩，从屈贾风骚，到理学兴盛、湘学昌明，再到如今红色文化独领风骚、先进文化繁荣发展，数千年来斯文在兹，弦歌不辍，群星闪耀。湖南历史悠久，文源深、文脉广、文气足。我们要以文化人，以艺通心，接续屈贾文脉，深耕湖湘文化沃土，进一步聚焦湖南艺术根脉，弘扬湖湘艺术浪漫豪放之美，用热情和活力焕发生机，用转化和创新实现突破。我们要热忱讴歌火热实践，豪迈书写新时代的精气神，以生动的艺术实践传承弘扬中华美学精神，传递真善美，传递向上向善的价值观，让文艺的百花园永远为人民绽放。

凡是过往，皆为序章；大业感召，再踏征程。让我们紧密团结在以习近平同志为核心的党中央周围，在省委、省政府和省委宣传部的坚强领导下，在中国文联的有力指导下，携手共进，勇毅前行，从时代的脉搏中感悟艺术的脉动，将自己的艺术生命融入时代、融入历史，用文艺描绘中国式现代化的灿烂图景，谱写湖南文艺新的华章。

是为序。

夏义生

2023 年 12 月 23 日

目录

时光长廊

时光回眸

时间声响

时代印记

时空镜像

時光長廊

从"小文青" 到"老文青"

欧阳斌

省文联的同志邀请我参加湖南省文联成立 70 周年征文活动,我高兴地答应了。

回望逝去的岁月,离不开一个个日子。相关的人和事,在黄昏的苍茫中闪现。我该写点什么呢?

一

1969 年 1 月 25 日下午,14 岁的我和哲弟随父亲一起下放到绥宁县武阳公社大干大队插队落户。记得父亲跟我说,山背后的老祖大队下放了省文化系统的一些干部,其中有著名作家未央和谢璞。我那时喜欢写作,父亲这番话,在我的心里播下了文艺的种子。后来,我曾经在武阳中学的课堂上,听老师讲过谢璞老师的《珍珠赋》。我还在自己的小小笔记本上,抄录过未央老师的诗作《祖国,我回来了》《枪,给我吧》《驰过燃烧的村庄》……

二

几年后,我到洞口茶铺茶场五七青年集体农场当了知青。在这期间,养成了出早工之前阅读和练笔的习惯,写过一些叫作"诗歌"的文字。连队放假回邵阳休息时,我曾上门请教过在地区文化系统工作的彭诚老师,并得到她的真诚帮助。招工进城后,我还上门求教过来邵阳出差的工人诗人贺振扬老师,他也曾对我的诗歌写作给予具体的鼓励。让我自信起来，我后来居然有胆量上省城长沙市八一路 302 号找到省文联《湘江文艺》编辑部，把自己的诗稿送给编辑部老师审阅。编辑部从中挑了一首写纺织工人的《送产品出厂》，刊登在当时的《湘江文艺》上。这是我在公开发行的刊物上发表的早期作品。收到这本杂志后，尽管发现署名多印了一个字，我还是"不悔少作"非常珍惜这颗青涩的果实。

我的"文青"之称是有出处的。2016 年 9 月，邱湘华老人赠我一本 2006 年 9 月自印的《永远的怀念》，在第 362 面"任光椿年谱"中，我看到这样的记载："1975 年，（任）四十六岁，率文学青年欧阳斌、李长廷等十余人访江西南昌及井冈山等地。"

三

1980 年，经邵阳市作协推荐，我加入了中国作家协会湖南分会，成为一名省作协会员。此后，无论在什么岗位，我都保持着对文艺的关注和爱好，间或也写点有感觉的文字。1990 年，我出版了第一本小册子《青春絮语——人生十九论》，是由中国卓越出版公司出版的，听说销得不错。当时在长沙水风井的民营书店里，我见到了这本小书，和汪国真的书摆在一块儿卖。1993 年，谭谈同志介绍我加入中国作协，于是，我成为一名中国作协会员。

四

一晃数十年过去了。在我临近退休的时候，有一天组织上找到我，说让我兼任省文联主席，我感到非常意外。我的前半生轮换了近二十个岗位，从来没有跟组织讲过价钱，于是我接受了组织的安排。记得在省文联全委会当选时，我有过十个字的承诺，即"尽心服好务，甘为孺子牛"，是 2016 年 4 月 22 日在大会上说的。2020 年 12 月 30 日，我被聘为省文联名誉主席。这几年文联主席当过来，我忠实履职，努力践行自己的承诺，全力支持省文联党组工作，兢兢业业当好"文艺服务员"。其间，得到了许多文艺家、文艺爱好者的帮助、指教。文艺的阳光始终温暖着我的内心。

令我难以忘怀的是，作为文联代表，2016 年年底，我出席了中国文联第十次代表大会，并在主席台上现场聆听了习近平总书记对文艺的鼓舞人心的重要讲话。作为作协代表，2021 年年底，我出席了中国作协第十次全国代表大会，并在防疫闭环运行的会议氛围中，再次亲身感受了党中央、习近平总书记对文艺的高度重视、关注和期待。

五

湖南省文联 70 周年了，我也马上要进入 70 岁，成为名副其实的"老文青"了。

"却顾所来径，苍苍横翠微。"从"小文青"到"老文青"，我矢志不渝的是对文艺终生的热爱，对歌唱人民、献身人民的文艺家由衷地尊敬。我自己公开发表的文艺作品不是很多，但每当看到文艺友人创作发表好作品，我都会格外亲近，由衷地高兴，热情地为之鼓掌。我最大的心愿是看着湖南的文艺家在中国文艺的历史舞台上，牢记习近平总书记的殷殷嘱托，在习近平文化思想的指引下，从"高原"一步步走向"高峰"。我向省文联 70 周年致以深深的祝福！我向湖南所有的文艺家、文艺爱好者致以深深的祝福！我愿和同志们一起，为我们现在和未来所有到来的美好日子而深深地祝福！

文艺湘军大阅兵

谭 谈

冬雪渐渐消融，春风扑面来了。

我们走进了一个新的年度。

这是 2000 年，湖南省文联筹备委员会成立五十周年的年份（1950 年 7 月成立湖南省文联筹备委员会，并于 1953 年 11 月召开湖南省文艺工作者第一次代表大会），也是一个世纪、一个千年的最后一年。面对省文联的五十年大庆，面对来年的 21 世纪，我们做点什么呢？

想来想去，一个决心渐渐在心中形成。

一

北京。中国文联正在召开一年一次的全委会议。

明天，会议就要散了。负责订票的同志来到我的住处，将返程的车票交给我。正好一位友人在我房间里坐，顺手拿过我的车票，看了看，不解地望着我：

"怎么？坐硬卧？"

我点点头。

"你们省文联经费这么紧张？"

我没有回答，只是笑笑，把一个疑问留在友人的心里。

每年年头，中国文联和中国作协都要召开全委会和主席团会议，总结一年的工作，做出新一年的安排。我是几个会一起开，两头跑。来北京开会时，办公室为我借了往返机票的钱。登记返程票时，我心头一动，订了一张火车硬卧票。

我的心动什么呢？

省文联成立五十周年。五十年，半个世纪啊！用一种什么方式来庆贺一下，纪念一下呢？能不能对半个世纪以来我们湖南省文学艺术成果进行一次全面的展示，对全省文学艺术家队伍进行一次集中的检阅呢？一个想法，一下就跃上了我的心头："对！组织编辑出版一套大型丛书，对半个世纪以来全省各个艺术门类最具光彩的作品、最具光彩的文艺家来次大检阅、大展示。这将是全省半个世纪以来文学艺术作品、文学艺术家一个完整的档案啊！总结历史，是为了挑战未来。在世纪末做成这样一件工作，对我们湖南的文学艺术家们在这新世纪创造新的辉煌，将是一种激励和鼓舞。"

想到这里，我捏紧了拳头。

决心就这么下定了。

我坐到了这间办公室。

不算大的办公桌的那边，是时任省委常委、省委宣传部部长文选德。

他静静地听我述说心中的想法。

"分小说、散文、诗歌、儿童文学、文艺评论、戏剧、音乐、影视、曲艺与民间文学以及反映老文艺家艺术成就的红叶，这样十个方阵编排，每个方阵十本书，大体上是一百本书，所以我想取一个这样的名字：《文艺湘军百家文库》。"

"好事啊！好事啊！"对面的文选德同志，似乎被我的情绪感染，连连说。

"早两年，你和郑培民、吴向东副书记任主编，宣传部直接操作，编辑出版了《当代湖南作家作品选》《当代湖南文艺评论家选集》《当代湖南戏剧作家选集》三套书。这三套书中编选过的文学家、艺术家，就不再编入百家文库了……"

我述说着心中思索很久却又还并不很成熟的具体的编辑构想。

听着听着，文部长陷入了深深的沉思之中。

"一百本，每本多少字？"

"20 万字。"

"那，可是 2000 万字！"文部长感叹一句，关爱地提醒我：

"谭谈，这工作量太大了，相当于一个中型出版社一年的发稿量。这种文献类书稿，我们过去是补贴 2 万元一本交出版社。你们文联财力、人力都缺。不说你们拿不出这么多钱来，我们部里拿这么多钱也很难呀！你可要量力而行！"

末了，他慎重地对我说："这确是一件好事。但你要充分估计它的困难。除了财力外，平衡，确定入选人选，这工作更不可小视，要画一些具体框框出来，以便于操作……是不是成立一个以你们文联主席团成员为主的编委会，以一种半民间的方式来编辑？再者，可不可以借用社会力量？多想想，想细一点。想好了，就尽快行动。我们一定支持你！"

这是一栋小楼。

进了门，我沿着一道楼梯登上楼去。他的办公室兼书房在二楼。一到门口，他就起身朝我走来了。一脸慈祥的笑容，一双温暖的手，把我迎进了屋。

他就是时任全国政协副主席的毛致用同志。

两天前，我通过兼任他办公室主任的省委副秘书长章彦武同志与他联系，谈了我想去看看他的想法。他欣然答应，并当下就与我约了时间。

进屋后，我向他汇报了我们准备组织力量，编辑出版《文艺湘军百家文库》的事。

他听完后，说："这想法好呀！"

"我们确定好了各方阵的主编。这些主编都是成就很高的大家。

"过些日子，我们准备在毛泽东文学院召开一个主编会议，认真讨论一下具体的编辑条例。我想请你去为大家鼓鼓劲。"

"好呀，我去看看大家。"

到北京开会前，我就将各方阵的主编确定了。文艺评论方阵主编，由诗评家、散文家李元洛担任；诗歌方阵主编，由老诗人弘征担任；散文方阵主编，由散文家、时任省文联副主席武俊瑶担任；音乐方阵主编是音协老主席、作曲家白诚仁和音协现任主席、歌唱家何纪光；儿童文学方阵主编是老作家谢璞；戏剧方阵主编是省文化厅老厅长、剧协主席吴兆丰；影视方阵主编由时任电视艺术家协会主席、省广电厅厅长魏文彬和时任电影艺术家协会主席、潇湘电影制片厂厂长周康瑜担任；曲艺与民间文学方阵主编是时任曲协主席杨其峙和民协主席龙海清……我担任总主编兼小说方阵和红叶方阵主编。

北京的会一散，我立马回到了长沙。

那一天，各方阵的主编准时来到了毛泽东文学院。致用同志、选德同志也都赶来为大家鼓劲、助阵了。

大家畅所欲言，各自说出了如何编好这套大型文献性丛书的种种设想和建议，大大地拓宽了我原来的想法。致用同志和选德同志相继讲话，给我们以极大的鼓励。

末了，我说："今天，我口袋里兜了1000元钱来，中午摆两桌酒，宴请各位。这1000元钱怎么来的呢？"我说了自己进京开会由乘飞机改坐火车硬卧的事后，说："这不是要摆我谭某人怎么廉政或者艰苦奋斗的谱，也不是省文联穷到少了这1000元钱。我就是想借此表明我们省文联的决心！"

一个大工程，就这样开始了。

一把火，就这样熊熊燃烧在我们心里。

二

在省文联的党组会上，我的这个设想，得到了大家的支持；在省文联的主席团会议上，我的这个设想，同样得到了大家的支持。一个关于组织编辑出版大型丛书《文艺湘军百家文库》的文件发下去了。

话说出去了，一种看不见的、沉沉的压力摞在自己的身上了。

我就是要把话说出去。我就是要给自己施加这种压力。

三月间，在省文联的全委会上，我很是冲动地说："我知道做成这件事的难度，最终也可能做不成。但我就是要这样去想，这样去争取，为此碰他一个头破血流，哪怕实在没有做成，但我尽力了，尽心了。"

要编辑出版这套"百家文库"，第一关就是要取得出版管理部门、出版社的支持。我为此找到时任省新闻出版局局长刘鸣泰、副局长张光华，敞开心扉向他们倾诉自己的想法，得到了他们有力的支持。接着，我又找到时任湖南文艺出版社社长曾果伟，他同样给我亮了绿灯。并且，我和他正式签订了联合出版大型丛书《文艺湘军百家文库》的合同。合同中称："甲方（省文联）负责组织力量对《文库》入选对象的审定、入选作品的审阅、编辑、校对，乙方（湖南文艺出版社）负责免费提供图书出版的有关手续。"甲方筹集资金印制文库所有图书，乙方不负责图书印制的一切费用。

图书印制费用，对于一个与此事无关的人来说，只不过是几个很平常、很简单的汉字。而对于那时那刻的我来说，甭说它有多沉的分量了。前面说过，这类文献性书稿，每本 2 万元的补贴。100 本即是 200 万元。而当时的我，手里一分钱也没有啊！我们文联，那时经费紧张得连电梯都开不起，只能上下班时开一个小时，因电梯每开一小时要 25 元钱的电费。尽管这样，仍然没有动摇我这颗铁了的心。

一个双休日，我与好友、时任长沙市市长的谭仲池，到一所大学去溜达，放松一下绷紧多日的神经。闲聊中，我说到组织出版这套书的事，为了节省经费，我想在保证质量的前提下，由民营印刷企业来印刷，价格可能便宜一些。他告诉我：长沙县有一个县人大常委会副主任肖志鸿，是一个搞印刷的民营企业家。我见到了这个姓肖的副主任，向他提出："我们手里现在一分钱也没有，想请你们印这套书，你们干不干？"肖说："我们干！"

接下来，我们联合了四家文化公司，加文联共五家。每家印 600 套，共 3000 套。图书印数上到 3000，成本就大大降低了。有些方阵，如小说、散文、儿童文学方阵，好销一些，哪家公司想多印，可以！但难销的方阵，硬性规定要印 600 套。各公司直接与印刷厂结账。

一天，我再次把肖志鸿、肖林图、肖坚强、张光辉请到我们文联那个简陋的会议室。

我对他们说："你们想从这套书上赚钱，获得大的利润，这当然是不可能的。然而，世界上有这样一种东西，当时看它几乎没有什么价值，但是，经过时光的冲洗，它会越来越发光。它的价值在历史的时光里。我们这套书，就是这样一种东西。我们会在这套书上，印上各位的名字。这套书做成了，历史会记住你们，我们的后人会记住你们。作为文化企业家，你们应该有这样的战略眼光。同时，你们也不会亏本，因为这套书的前期成本由我们负担了。你们不与作者发生关系，不与出版社发生关系，你们也不与主编和编辑发生关系。你们只承担印刷费。书的成本降到了极限，而你们各自都有渠道，通过你们的渠道，让这套书走向社会，走进中小学图书馆……事成之后，我请我们省著名的书画家创作一幅作品，答谢你们！"

我这么一鼓动，他们终于坐不住了。一个个在协议上签上了自己的名字。

三

常常，许多事情的工作量，是不能用数字"算"出来的。

编辑出版这套丛书，最复杂、最艰巨的工作，恐怕还是敲定入选作者的事，因为这是对文艺家创作成就的认可和定位的工作，是全省文艺家的艺术成就档案。档案，即历史。历史，需要公正、客观。然而，文学艺术，不同于自然科学，不同于体育比赛。体育比赛上，谁跳得最高，谁就是跳高冠军；谁举得最重，谁就是举重冠军。数学演算，3+2 等于 5 的，就对了，不等于 5 的，就错了。而对文学艺术成就的认定，就复杂得多了。

我将选编的具体条例起草出来以后，广泛地听取方方面面专家的意见，然后又召开省文联主席团会议进行认真的讨论。每个方阵的主编，更是做了大量细致的工作。每个艺术方阵，都向熟悉本艺术门类情况的三四十位专家，寄去推荐表，请他们推荐入编人选。推荐表回来后，对推荐的人选又一一排队，反复比较。这样，仍然常常使主编们很为难，我只好把他们的情况、他们的难处，提交编委会来讨论，由编委会最后敲定。

我是小说方阵和红叶方阵的主编。小说创作，是湖南的强项。除了《当代湖南作家作品选》中已入选的小说家萧育轩、任光椿、周健明、谢璞、宋梧刚、张步真、莫应丰、谭谈、孙健忠、彭见明、水运宪、蔡测海、何立伟、唐浩明之外，还有一大批在全国具有影响力的小说家。如果只出十本，那么选哪十位，才公正、公平、客观呢？寄出的38位专家推荐表，加上市、州文联的推荐表，陆续回来了。我从推荐表中提名最多的，排出了这样十一位：张扬、聂鑫森、残雪、刘舰平、贺晓彤、向本贵、陶少鸿、何顿、翁新华、王跃文、姜贻斌。总觉得还有许多人应该进来。如曾获"湘军七小虎"美誉的林家品、刘春来、屈国新，当时创作正火的彭东明、小牛、王平，小小说创作在全国具有相当影响的邓开善……

一天，小牛从娄底来长沙，到我的办公室来坐坐。我将排定的小说方阵的十一人的名单，交他看看，想听听他的意见。他当然想其中有他。我是试探一下，没有他，只有这十一位，他服不服气？

他看完后，想了想，说："选他们十一位，我服。"

后来，我把这十一位，提交全体编委会议讨论，获得通过。张扬因平时中短篇小说创作不多，我们想编入他的长篇小说《第二次握手》。他来信说："因为悔其少作，自己对此书越看越不顺眼，不想让它原样再现，一直想改写一遍，又一直没有时间，想今年年底完成此事。"为此，他自动放弃了。这样，小说方阵，整整展示十位小说家。

一个一个方阵，就这样上上下下、反反复复地分析、比较、排队，然后提出建议名单，交编委会审定。各方阵的主编，多是各个艺术门类的权威，手头的工作和创作任务都很重，为了编好这套书，全都撂下了自己的创作。诗评家李元洛，近些年转入散文创作，有人戏说他是"评论老手，散文新秀"。当时，他的创作激情潮涌，一篇篇美文散发于全国各地名报大刊。文化学术散文集《唐诗之旅》《宋词之旅》相继出版，获得盛誉。出任文艺评论方阵主编后，他把自己的创作停下，全身心投入编审工作中来。著名老作家谢璞，更是把大半年的心血倾注在儿童文学方阵的编审工作上。散文家武俊瑶，自己正患重病，一直带病坚持主持散文方阵的工作。文化厅老厅长吴兆丰担任戏剧方阵主编，工作格外细心、负责。湖南文艺出版社老社长、老诗人弘征，既当主编，又当责编。他主编的诗歌方阵的作者，多位是市、县，甚至厂矿的，联络困难，他从无怨言，一次联系不上，就两次，三次，有的多达十多次。

开初也有个别方阵，不是很积极，比如影视方阵中的几本电视卷，就迟迟没有交稿。那一天，我在浙江温州雁荡山参加中国作协的会议，想起这事，晚上睡不着，于是翻身爬起，带着火气给魏文彬写了一封信。我和魏文彬是从一个煤矿爬出来的。我的中篇小说《山道弯弯》一写出初稿，他就拿去看。他是我这部小说的第一个读者，第一个肯定者。我在信中说："你了解我，我也了解你。你可以不尊重我，我也可以不承认你！回到长沙后，我就召开文联主席团会议，将电视艺术家协会从省文联的团体会员中除名！"

这封带着火气的信，从浙江温州寄出了。回到长沙，我就接到魏文彬的电话。原来，是他们主管协会日常事务的秘书长作风拖拉。不久，几卷电视卷就交来了，好像魏文彬还给我们转来几万元钱给予支持。

100本书稿，除了我主编的两个方阵的20本书稿我逐一审看外，其他的每一本，都过了我的手，都由我签字发排付印。那段时间，我和负责编务工作的组联处忙得不可开交。你想想，2000万字啊，相当于一个中型出版社一年的发稿量，而我们，就那么几个人。

我们忙，但快乐！

我们每一本书，只有200元钱编辑费（每本书，在印数费的基础上，加2毛钱编辑费，用于支付主编和编辑的费用）。文艺社老编辑李恕基、张先瑞、萧汉初、陈仿麟等，从不计较报酬，审校书稿分外细致、认真。李恕基说："保证差错率在国家规定标准以内。"

他们的这种精神，化为一股无形的力量，鼓舞着我，鞭策着我！

秋天，是丰收的季节。这个秋天的一天，小说方阵率先亮相了。拿到样书后，我立即送一套到文部长办公室。文部长捧起书来，惊喜地望着我：这么快！接着，宣传部就给我们拨来了20万元印书款。

四

书编好了，印出来了。怎么样让它走向社会、走到读者中去呢？那四家文化公司的老总，自有他们各自的筹划、高招。文联印的600

套，我们也要想办法让它起飞，飞向社会。

我想到了图书馆。

一天，我通过一位友人，得到了一份《湖南省公共图书馆负责人名录》，接着，又找来一本省邮局编的电话号码簿，抄下了一批高等院校的通信地址。我给全省当时的115家公共图书馆和一批高校图书馆馆长写了一封信。为了表达自己的诚意，我给馆长们签名附上一本自己的新著。

我在信上说：

"今年，是湖南省文联成立50周年。为了集中展示湖南省50年文学艺术成果，全面检阅湖南省文学艺术家队伍，省文联在省新闻出版局、湖南文艺出版社的支持下，组织力量编辑出版了大型丛书《文艺湘军百家文库》……50年来，湖南省最具光彩的文学艺术作品、文学艺术家都在其中，是研究湖南半个世纪来文学艺术的最权威的史料。作为湖南的一座公共图书馆，如果不拥有这套书，不能不说是一种遗憾！"末了，我不无幽默地写了这么一句话，"这是一个除作品以外从不说假话的人给你写的信。谁？湖南省文联主席谭谈。"

几天过去，十几天过去，陆续有预订这套书的回单寄回。那段时间，省文联许多干部都积极利用自己的人脉，推销这套书。当时组联处谢群等人则埋头做编务工作，处长贺振扬还向全国有影响的图书馆写信，推介这套书。

这套书，共30万册，花了109万印刷费。如果用载重4吨的解放牌卡车拉，要拉30多卡车。

一分钱也没有的我们，在文联上下的共同努力下，借用社会各方力量，终于圆满完成了这个大型文化工程：编辑出版了这套大型文献类丛书。

那一天，我们在毛泽东文学院举行了一个总结大会。会上，黄铁山、钟增亚、颜家龙、黄定初拿出他们的精品力作，答谢四家与我们合作的文化公司。毛致用同志出席总结会，并代表书画家向文化公司赠送书画。

一晃，二十多年过去了。文联又迎来了一个新的庆典。新时代，新生活，又催生了一大批新的文艺成果，又培育了一大批新的文艺家。

　　长江后浪推前浪，后浪更比前浪雄！

　　让我们珍爱历史！

　　让我们迈向未来！

与文学艺术相依为命
——从师院到文联

夏义生

1982 年 9 月，我来到湖南师范学院中文系学习（两年后更名为湖南师范大学），从此，我的人生就与文学艺术相伴相随。大学毕业后，不管是在衡阳医学院教大学语文，还是被调入湖南省文联担任《理论与创作》执行主编，文学艺术都是我的衣食之源。我在遇到困境的时候，总会用李白的"天生我材必有用，千金散尽还复来"激励自己，相信走出这个困境明天一定会更好。文学艺术让我衣食无虞，有了接续奋斗的力量，也让我精神不怠，有了继续前行的信心。从物质到精神层面，文学艺术都是我相依为命的"亲人"。

我的童年是在农村度过的，当时乡下能够读到的文学书籍很少，我父亲在矿山工作，矿里的图书室可以借到一些文学书籍。我在九十岁的时候，暑假时因为干不了农活就跟着父亲去矿山，我在图书室借到了长篇小说《剑》，这是我第一次阅读长篇小说。这部小说写的是朝鲜战争题材，我至今仍清晰记得志愿军侦察兵王振华深入敌后侦察的细节，小说情节紧张、悬念重重，那些侦察兵很勇敢、很机智，常常化险为夷。读完这部小说后，我对文学像着了迷一样，想方设法去找小说看，古代的也好、现代的也好、残缺不全的也好，只要弄到了文学作品我就如饥似渴、不舍昼夜去读，有些字不认识也没关系，跳过去，赶紧把故事读完。乡村的夜晚最常听到的是虫子、鸟儿演奏的"交响乐"，偶尔也能看到电影，农闲的时候还能看到皮影戏，这能让我兴奋好几天。那些文学作品、电影、皮影戏是我走上文学艺术道路的启蒙课，它们开启了我对文学艺术的热爱。

读初中的时候，我就到处找小说看，为了尽快读完，有时晚上打着手电筒躲在被子里看。初中快要毕业的时候，我读到了手抄本《第二次握手》，当时张扬的《第二次握手》还没有公开出版，但已经在年轻人中悄悄传抄了。小说写了苏冠兰、丁洁琼、叶玉菡三个知识分子的精神成长历程，细致入微地描写了他们的爱情故事。那个时代爱情小说还没解禁，不能公开传阅，后来文学史研究的时候把这种手抄本叫作前文本，虽然没有公开出版，但是传播量确实很大。2006年在张扬先生《第二次握手》（重写本）的研讨会上，我分享了当年读这部小说的感受，当时对爱情有了朦朦胧胧的理解，十分好奇又被主人公这种痛苦的爱情深深震撼；对那一代知识分子追求科学报国十分敬佩。小学阶段看小说和电影最关心的是故事情节里有没有打仗，会不会把敌人打死，情报送出去没有，把敌人的哨兵干掉没有；初中阶段看小说和电影开始关注人物的命运、情感，也常常随着人物的命运而心生喜怒。文学艺术丰富了我的想象力，形塑了我的情感人格。

　　湖南师范大学诸多师友的引领，更使我沉醉、迷恋于文学艺术的圣殿，幸福快乐地依恋着文学艺术度过了黄金岁月。印象中有位老师对我们说，中文系的学生不想当作家的不是好学生，你们三五好友可结社写诗，把自己的诗朗诵给大家听，互相切磋、互相提高。在师友们的热情鼓励下，我参加了朝暾文学社。那时校园里文学氛围很浓，如果谁的作品发表了，哪怕是在校报发表了，得了几毛钱稿费那都是要请客的。请客是一种荣耀，不是惩罚，他有资格请客说明他的作品见刊了。担任省作协主席的汤素兰比我高一个年级，那时她就是文学社的主将。我们班上加入文学社的还有龚鹏飞同学，他当时在《诗刊》《飞天》等刊物发表了诗歌，得到"龚诗人"的雅称，在学校里名气很大，到处受人追捧。韩少功、骆晓戈等学长都是我们崇拜的偶像，是我们当年在校园追过的星。那个时候写诗的人多，特别是对朦胧诗、对新诗的现代化讨论得很热烈，有人为之叫好，称赞为"崛起的诗群"，有人恨得咬牙，贬之为"令人气闷的'朦胧'"。我则十分喜爱，到处找北岛、舒婷、顾城等人的诗抄录，以能背诵最新读到的朦胧诗作为骄傲。

　　我从心底里感谢大学里的老师们，特别是几位教授，如果没有这些老师的关怀和教诲，我能否一生执着地沉醉于文学艺术的殿堂，是不可想象的。

给我们讲授先秦文学的是饶东原老师，他博学多才，脾气又好，课堂上总是耐心细致、慢慢开导我们，给我们讲解《离骚》时，他条分缕析出文中共35层之多的思想内涵；他要求背诵并默写《离骚》全文，至今仍让我受益不尽。背诵和默写名篇给我们打下了一些文学底子，老一辈学者很多人古文功底很深，应该与读私塾的时候先生要求背诵打下的底子不无关系。记得那时我们寝室里有一个背诗接龙的娱乐节目，简直可称之为现在央视诗词大会的萌芽，你背一首他接一首，接不下去的人拿钱出来买臭豆腐给大家一起吃，学习、娱乐、美食三不误。

教我们唐宋文学的贝远辰老师，他给我们讲李商隐的诗歌，那么晦涩难懂的诗，他给我们解读得意趣盎然；他给我们讲杜甫诗歌和李白诗歌的区别，培养我们的鉴赏能力。文学鉴赏是提高文学艺术素养的重要途径，这种文学鉴赏能力却是需要老师引进门的，从一句诗里面，老师能够给你分析和解读很多深蕴其中的含义和情感。我至今仍清晰地记得贝老师给我们讲杜甫诗歌里的一句"百年多病独登台"，他逐字讲解，"百年多病"，就是指一个身缠多种疾病的老人；"独登台"就是孤零零地登高望远怀乡，七个字勾勒出一幅画，犹如愁容满面郁郁寡欢的老人只身登高怀乡图，揭示出诗人悲催愁苦的暮年。杜甫坐着破船在长江上漂泊多日，如果又年轻身体又好，他一定扫去在破船上颠簸的倦意，意气风发地上岸去见见朋友，要几碟臭豆腐、喝几杯酒，豪情满怀地吟唱"漫卷诗书喜欲狂""青春作伴好还乡"。而这时候恰恰诗人已不再年轻，身子病病歪歪，身边没有亲人朋友，孑然只身、登高回望，他不由得凄然感怀：何处是故乡，还能不能回到自己的家乡。贝老师的讲解让我们深刻地体悟到了杜诗的魅力，真切地感悟到了"诗圣"杜甫的艺术创造力。

周寅宾老师给我们讲授明清文学，他和吴容甫老师同时开《红楼梦》选修课，像是两个教授打擂台，一个在三楼上课，一个在四楼上课，我们这个年级有四个班，大家一会儿跑到三楼去听，一会儿跑到四楼去听，都讲得很精彩，不知如何选择是好。周寅宾老师重考据，讲《红楼梦》的版本、评点者及续作者，讲曹雪芹的家世及生平，讲曹家是怎么衰败的，最后他怎么去写作《红楼梦》，他的朋友是谁，他写了初稿以后和谁去讨论，讲曹雪芹晚年生活如何艰辛，"何人肯与猪肝食，日望西山餐暮霞"，听得我们泪眼婆娑，诗穷而后工的道理我是从曹雪芹这里明白的。

还有讲授现代文学的叶雪芬老师，讲起鲁迅、郭沫若、茅盾的作品如数家珍，讲到湖南老乡叶紫、丁玲、田汉特别动情。叶老师把学生看作自己的孩子，热情邀请我们到上游村1栋她的家里去做客，大家相约一起去请教，没有少吃叶老师准备的零食。从知识到零食，叶老师只有奉献没有想过回报，中华古代文明绵延不断不能说与教师这个传承者高标的执守道德不无关系。给我们讲授当代文学的有蒋静老师、汪华藻老师和舒其惠老师，蒋老师讲文学思潮，汪老师讲作家作品，舒老师讲戏剧电影。蒋老师讲第四次文代会对于文艺界拨乱反正的重大意义让我终生难忘，我后来还专门做过党的文艺方针政策方面的课题研究，就是受到蒋老师的启发。蒋老师对周立波很有研究，他把周立波和受他影响的湘籍作家命名为"茶子花派"，湖南文学可称"派"，蒋老师有首倡之功。

我还要说说我的美学老师杨安仑教授，他著有《美学初论》，现在书店里应该买得到这本书。上课的时候，他两个口袋是满的，左边的口袋里全是一根根香烟，右边的口袋里全是一支支粉笔。他上课的第一件事是先从右边口袋里掏出粉笔在黑板上写下当天讲课的内容，上一堂课讲到第几章第几节，他记得清清楚楚，这一堂课接着讲。他讲课没有讲稿，讲台上一张纸都没有，他一边从左边口袋里掏出烟一支接一支地抽，一边从右边口袋里掏出粉笔不断地板书，不断地讲解。譬如讲美的本质，他讲，朱光潜是怎么说的，蔡仪是怎么说的，李泽厚是怎么说的，然后就是杨老师是怎么说的，当然杨老师是最正确的，这也是文化自信的一种吧。当时没发教材，我们就把他讲课的要点记录下来，我现在还保留了美学课堂笔记。后来我对比了一下，他的《美学初论》就是给我们讲课的那些内容。杨安仑老师对我们要求很严，那个年代正是武侠小说盛行的时候，家家户户电视机播的是《射雕英雄传》，杨老师说："中文系的学生要多读文学名著，不要看武侠小说。"他说，"你们正是形成美学观的时候，正是确定美学趣味取向的时候，不能让武侠小说把审美标准降低了，只有经典名著才能让你们建立健全的美学观。"他说了以后我们必须得听，因为你不听他上课会点你的名，会问你最近读了什么经典名著，答不出来就尴尬了。武侠小说属于类型小说，杨老师不怎么看得上，他认为类型小说的品位是低于经典名著的。但是北大著名的文学史大家严家炎教授，在北大中文系专门开了一门武侠小说选修课，他认为武侠小说还是有相当强的艺术性，不能够全盘否定，这是严家炎先生的观点。20世纪80年代初出现了"美学热"，当时讨论美学问题，就像我们今天讨论 ChatGPT 一样，今天讨论 AI 诗歌、AI 音乐、AI 美术一如当年讨论什么是美、什么是美感。在那个时代氛围的感染下，在杨老师的影响下，我开始读黑格尔的《美学》，读罗素的《西方哲学史》，读得半懂不懂，有一天我到老师办公室去请教，正好樊篱老师在，他给我解释半天我还是没有弄得太明白，他也不知道我是哪个年级的学生，他就问"你怎么就看这些书呢？"我说在听美学课，我想多看看课外书。他说："你现在知识储备还没到那个程度，这个东西你看不懂是正常的。"杨安仑老师和他那个时期的美学家对80年代青年大学生的影响是深远的，从某种意义上说为中华美学的传承发展、美育的社会普及做出了开拓性的贡献。

到省文联工作后，我又回到母校去读博士研究生。我的指导老师是谭桂林老师，导师组成员有凌宇老师、罗成琰老师、宋剑华老师、李运抟老师。我一直引以为自豪的是我的"豪华"导师组，他们在各自的研究领域成一家之言，在全国现当代文学领域都有非常大的影响力。凌宇老师在沈从文研究领域具有国际影响，我的本科毕业论文《试论我国新时期短篇抒情小说的审美特征》就得到了他的悉心指导。罗成琰老师是一个非常严谨、儒雅的学者，又是文艺界的好领导。他性情耿直，凡事追求完美，你做得不好他会不留情面地批评；他又宅心仁厚，热情帮助学生找工作单位、成家立业，深得学生爱戴。宋剑华老师才华横溢又诙谐幽默，同学们都喜欢和他聚在一起，从文化的角度去研究王蒙的创作就是他给我指点的。李运抟老师喜欢打乒乓球，我在开题前去向他请教，他刚打球回来，放下球拍就给我讲俄苏文学对王蒙的影响。我的博士论文选题是王蒙的小说研究，走上研究王蒙的道路还得感谢省文联原主席谭谈先生。2004年，中国海洋大学举行王蒙创作研讨会，谭谈主席推荐我去参加，从此引发了我对王蒙研究的兴趣。我的导师谭桂林老师在文艺界有口皆碑，我在报考时就告诫自己要向谭老师学做学问、学做人。谭老师当时担任文学院院长，尽管工作十分繁忙，每次和我讨论论文写作、帮我修改论文，总是不厌其烦。他希望我的研究视域跳出湖南，并要有点新意，我就盯上了王蒙"文化大革命"期间的创作。在中国当代文学史的叙述中，通常认为王蒙在"文化大革命"前写了《组织部来了个年轻人》《青春万岁》等作品，"文化大革命"期间受到影响打成右派下放去新疆，"文化大革命"后重新拿起笔。那么，王蒙在"文化大革命"期间真的停止写作了吗？历史有时候需要不断地还原真相。我从王蒙先生的夫人崔老师的回忆录中了解到王蒙在"文化大革命"后期写了一部长篇小说，从贺兴安先生的《王蒙评传》、於可训先生的《王蒙传论》中知道了这部小说名为《这边风景》，《王蒙文存》里没有这部小说，我便到旧书网去淘，找到了选载过作品部分章节的《新疆文艺》（1978）和《东方》（1981），有7万余字。王蒙的《这边风景》写的是当时新疆伊犁地区的阶级矛盾和阶级斗争，有点主题先行的味道，但王蒙毕竟是王蒙，不愧是我国当代优秀的作家，当他写到阶级斗争的时候，好像就在抄《毛主席语录》《人民日报》社论，写得干瘪干瘪的，而当他写到新疆伊犁地区农牧民日常生活的时候，故事细节鲜活、人物栩栩如生，细读文本后尤其能够真切地感受到这种叙事的分裂。在论文写作过程中，我准备用专章讨论王蒙先生的《这边风景》，有的人不同意，认为《王蒙文存》没有收录这部作品，谭老师坚定地支持我尊重事实、还原历史，列专章予以讨论，这一章节最后以论文的形式刊发在《南方文坛》2011年第4期。《这边风景》于2013年4月公开出版，随后获得茅盾文学奖，文艺界热议《这边风景》，我的好友《南方文坛》主编张燕玲说我早早地打开了评论《这边风景》的闸门。谭老师做学问十分严谨，对学生要求也很严格。我在论文中讨论王蒙"文化大革命"前的小说《组织部来了个年轻人》《青春万岁》，引用了王蒙先生20世纪80年代接受访谈涉及的内容，谭老师要我重新找"文化大革命"前王蒙的创作谈作为印证材料，他认为用作者多年后的回忆材料不如当年的有说服力。这一件事让我谨记做学问须求严谨，对写作要有敬畏。与文学艺术相依为命永远离不开同行在文艺道路上诸多师友的教诲和帮助，我在博士论文的"致谢"中记录了自己的心声：求师谭桂林先生门下是我一生的骄傲，我在心里常常以谭先生的道德文章作为求学的理想；耳濡目染他做学问的勤奋、谨严，做人的宽容、豁达，这都使我对谭先生更加敬仰。不惑之年能够求学于凌宇先生、罗成琰先生、宋剑华先生、李运抟先生等诸位老师是我永远的幸福，他们对我人生的加持令我受益终身，感恩遇见，一定不负人世间最好的先生们的惠赐。求学期间，刘湘溶先生、田中阳先生、何锡章先生、孟繁华先生、贺绍俊先生、李树槐先生、赵树勤老师对我帮助不少，在董之林、毕光明、俞大翔、郜元宝、温奉桥、王春林、郭宝亮、刘起林等师友那里，我受益良多。再入师大求学是我人生的一段幸福乐章，与龚政文博士、龚敏律博士、颜琳博士、易瑛博士、傅建安博士、欧娟博士、罗维博士、苏美妮博士、吴正锋博士、刘绍峰博士、张森博士、詹琳博士、赖斯捷博士、刘艳琳博士、唐东堰博士等一起聆听讲座、研讨问题、互相帮助、互相砥砺，在他们那里，我不仅收获了知识，还收获了友谊和温暖。

我从南华大学调入省文联做的第一项工作就是编辑《理论与创作》。《理论与创作》创刊于1988年，在当时的全国文艺理论评论界名气不小，是核心期刊，周健明先生、马焯荣先生、朱日复先生、舟挥帆先生、谢明德先生、周江沅先生、龚曙光先生、彭诚老师都曾主编过《理论与创作》。我进入省文联后担任执行主编，主编是省文联党组原书记罗成琰先生。罗书记对我说，《理论与创作》要改版，首先是明确办刊宗旨，其次是确定工作目标。我将原来的办刊宗旨"跨进新的世纪，营造思想空间，兼容百家风格，追求湘气派"改了一句，把"跨进新的世纪"改为"坚守批评精神"，其他不变，罗书记同意了。工作目标就是守住"全国中文核心期刊"这块牌子，尽快进入"《中文社会科学引文索引》（CSSCI）来源期刊"。当时刊物既缺人手又缺经费，我邀请沈念梓、刘起林做兼职编辑，后来陈善君、欧娟、唐祥勇相继进入编辑部，办刊经费则靠拉赞助来弥补。为了加大对本土作家、艺术家的研究推介力度，我们开设了《今日湘军》栏目，先后访谈了唐浩明、阎真、朱训德、彭燕郊、李元洛、何满宗、向本贵、凌宇、谭谈、白诚仁、王跃文等作家、艺术家。到唐浩明老师家里去做访谈是我和沈念梓去的，约了几次才定下时间，访谈中唐老师的情绪不太高，结束时才知道唐老师的母亲在台湾仙逝了，他想赶去台湾送别母亲，但台湾当局不给入境许可，哪怕从香港转机也不让，这让唐老师陷入莫大困境，我们则十分难过，后悔不该在这个时候去打扰唐老师。到白诚仁老师家里去做访谈，是我和欧娟去的。白老师习惯晚上工作，抽烟抽得很厉害，我带了好几包烟与白老师一边抽烟一边对谈。白老师是四川人，大学毕业即来到湖南，走遍湖南的田野山寨采集民歌，写出了《挑担茶叶上北京》《洞庭鱼米乡》《苗岭连北京》《小背篓》等家喻户晓的经典歌曲。当时汶川大地震刚过，想到家乡人民在受难，白老师的情绪激动难平，数次掩面哭泣，访谈一直到深夜十二点多才完成。去彭燕郊老师家里做访谈有欧娟、唐祥勇等人，书房本来不大，四周的书刊堆到房顶，我们人又多，挤在屋子里怕彭老师身体吃不消，原计划访谈不超过一个半小时，彭老师一谈起诗歌仿佛回到了十七八岁。他记忆力非常好，思维严谨，情绪激昂，身手敏捷地从书架上找来诗刊，旁征博引、滔滔不绝，访谈持续了三小时，临别时他还兴高采烈地送我们到门口。给阎真老师做访谈差点出了"事故"，晚饭是在文联旁边的小餐馆吃的，阎老师不喜烟酒，只稍稍喝了一点啤酒。饭后，我和阎老师在编辑部办公室对谈，欧娟负责录音，为了不影响工作，我们都把手机关了。等到访谈结束时已经深夜了。阎老师开机才知道家人找他，而这一天碰巧又是情人节，害得阎老师不停地解释，我们也好尴尬。办刊是为他人做嫁衣，嫁衣做成了一线品牌，我们便快乐于其中。几年后，《理论与创作》进入《中文社会科学引文索引》（CSSCI）来源期刊。

　　我进入文联做的第二项工作便是筹备成立湖南省文艺评论家协会。当时中国文联还没有成立评论家协会，各省、自治区、直辖市文联成立评论家协会的也不多。我印象中湖北省文联和广东省文联都成立了评论家协会，名称不一样，湖北叫湖北省文艺理论家协会，秘书长是李建华兄；广东叫广东省文艺批评家协会，秘书长是陈艳冰，感谢建华兄和艳冰的无私支援，起草协会章程等文件我就直接抄作业了。罗书记要我这个刚刚到文联工作的人来做筹备工作，对于湖南文艺评论队伍的情况我不是十分熟悉，幸好理论研究室主任林澎老师组织召开柳炳仁长篇小说创作研讨会，在会上我得以拜识评论界的老师们，如省作协的龙长吟先生、中南大学的欧阳友权先生、湘大的季水河先生、省社科院的胡良桂先生等。一个多月后，他们和林澎老师都当选了湖南省文艺评论家协会第一届副主席。罗书记要我在会上发言，我知道这是加入湖南文艺评论队伍的"面试"，虽然认真地撰写了发言稿，但心里还是忐忑不定，承蒙李元洛老师垂爱，会后他跟罗成琰书记、江学恭副书记说，"你们调来的这个年轻人不错，算是通过了'面试'"。当年12月，湖南省文艺评论家协会第一次会员大会在长沙召开，时任省委常委、省委宣传部部长黄建国同志对成立评论家协会十分重视，专门给协会批了2个编制，还答应出席会议并讲话。建国部长在开幕式上讲话时，不紧不慢地翻开一个小本子，我看他没有稿子，就赶紧示意工作人员录音。建国部长读书多，涉猎极其宽广，对宣传思想文化工作思考尤深。他在讲话的最后一部分指出，"文艺评论要勇于坚持真理""坚持实事求是，勇于坚持真理，一是一，二是二，是就是，非就非。评论家要说自己的话，不要说别人的话；说让人能懂的话，不要说云里雾里的话；说新鲜的话，不要说陈词老调；防止出现骂杀和捧杀两个极端。"建国部长讲了大实话，实话比套话永远更具有生命力。二十多年过去了，这些话对于今天的评论界来说，仍然具有重要的现实意义。他在结尾时一针见血地指出评论界缺少批评精神，"评论要旗帜鲜明，有战斗力。现在的批评，有时候是互相'按摩'，很舒服，没有什么积极的意义。媚俗溢美，一味地唱赞歌，讲好听的话，不利于文艺的繁荣"。接着他举了一个在场的专家学者多数都较少闻见的例子，"20世纪30年代，作家阳翰笙发表了长篇小说《地泉》，请茅盾为再版作序。茅盾先生直言不讳地说：《地泉》是用革命文学的公式写的，要我作序，我就毫不留情地批判它。'阳翰笙仍然坚持要茅盾为他作序，推辞不过，茅盾写了一个序，里面有这样一段话：《地泉》描写人物运用的是脸谱主义的手法，结构故事借助于方程式，而且语言上也是用标语口号式的言辞来表达感情。因此，从整个作品来说，《地泉》不是成功的。'《地泉》再版时，一字不漏地把茅盾的序印在里面"。会后，评论界长时间热议建国部长的讲话，赞叹建国部长知识渊博、思想深刻，洞察文艺评论者失却批评的勇气、创作者少了接受批评的雅量。这次会议首批 87 名会员欢聚一堂，推选乔德文、李元洛、胡光凡、凌宇为名誉主席，罗成琰书记当选为第一届主席，江学恭、龚政文、季水河、欧阳友权、林澎、龙长吟、谭桂林、胡良桂、蔡栋、俞康生当选为第一届副主席，我忝列秘书长。会议气氛融洽，大家喜气洋洋，湖南文艺评论界开始有了自己的组织。

二十多年前，我怀着对诗和远方的向往加入了湖南省文联这个温馨的大家庭，最为开心的就是能够朝朝暮暮与文学艺术相依为命。八千个日夜染白了我的黑发，但初心难改，我坚信与文学艺术相依为命是值得一辈子不离不弃的。

文学艺术是人类精神空间的火把。人类在从野蛮进入文明时代的过程中创造了文学艺术，文学艺术就成为人类生命的一部分，成为人类精神中最闪亮的火把，它给人类成长以方向、力量和温暖。当人们在困境中艰难前行的时候，这个火把是对个体生命质量的照亮，增加了生命的高度、长度和温度。鲁迅先生说，文艺是国民精神所发的火光，也是引导国民精神的前途的灯火。文学艺术让我们对世界、对社会有了更加深刻的认识和理解，同时又给了我们前行的正确方向，给了我们理想、信仰、希望和未来。人类文明进步的过程也是文学艺术繁荣发展的历史，文学艺术丰满人们的精神空间，照亮了人们前行的道路。

（本文系根据陈飞虎教授与笔者在湖南大学"岳麓讲坛 艺术人生论坛"即兴对谈的录音整理，内容有所增删）

热爱·坚守

张　纯

　　时光荏苒，回眸之间，仿佛还是昨天，其实已经过去三十五个春秋。此时此刻，从湘江之东、八一路 227 号的文联大院，迁至岳麓山下、靳江路 6 号的文联新院，又是一度冬夏，心中磨灭不掉的仍是这一份始终如一的坚守，一份早已让工作、生活与生命的意义在此融为一体的热爱。

　　三十五年前，我大学毕业被分配到省文联工作。那时候，长沙市八一路的两侧相当朴素，高大的香樟树傲然挺立、直指蓝天，省文联的大门就在路边静静地矗立。这是多少文艺爱好者向往的文艺殿堂！当年，第一次踏进那扇敞开的大门，我便从刚刚离开大学校园的大学生转身成为省文联的工作人员，刚刚走出书声琅琅的课堂便走上了陌生的工作岗位！没有想到的是，这一步跨入，居然就是三十五个年头了。也许因为父母都是教师，我自小便生活在校园里，对图书特别是文学书籍的热爱和渴望，已浸入骨髓。命运眷顾，大学毕业后我走进了文联。每天与文学家、艺术家打交道，快乐幸福得难以置信！之后的日子，走在文联大院那几栋办公楼、宿舍楼之间，仿佛置身于浓郁的、庄重的艺术的世界，体味到的是艺术创造的神奇、艺术作品的魅力、艺术天地的迷人。我暗自庆幸，我的职业生涯之序章皆为内心所愿！

　　斗转星移，万物乾坤。文联的工作已经成为我生活的重要内容，我深深地感到自己生活在一片艺术温暖、人间温情之中。艺术家、作家倾心创作的作品是温暖的，从他们的作品中，我仿佛看到了《诗经》一般关注现实的热情和积极的人生态度，理解了"文章合为时而著，歌诗合为事而作"的艺术深意，感受到了作家、艺术家坚持"文艺为人民服务，为社会主义服务"的高尚追求。温暖来自崇高的价值与艺术理想，也来自组织的关怀与培养，来自艺术家、同事对一个

"初生牛犊"的指导与帮助。在组联处，我感动于基层文艺工作者的辛勤汗水和累累硕果；在办公室，我感受到了作家、艺术家为精品而奋斗的精神与力量；在纪检组，我体会到了风清气正的文艺生态和团结和谐的良好文艺环境的来之不易；在改革办，我理解了改革就是力量，发展才是硬道理；在文化交流处，我认识到了文艺交流与文明互鉴的重要性；在舞台上，我看到创作精品后的艺术家获得了观众怎样动人的掌声和鲜花；在舞台后，我看到艺术家披星戴月以文艺惠民的汗水和足迹。是的，我从工作中得到了生活的温暖，从艺术家身上感受到了艺术的温暖，从他们的精品力作中感受到了作品蕴藏的人间温暖！我要把这些温暖融入工作之中，传递给更多的人，特别是年轻的文艺工作者。我是在温暖中走过来的，也应当如此传承下去！

文艺是一种境界，是从生活中淬炼出来的生命体悟与价值。我深刻地体会到，生命是平凡的，生活是有意义的，而文艺的精神力量是巨大的，文艺的价值是持久的、向上的、深厚的。在文艺的世界里，"我欲因之梦寥廓，芙蓉国里尽朝晖"竟然是那么魅力无限的大美之境、温婉悠扬的动人之歌。一部《山乡巨变》绘就了一幅新中国南方乡村的社会生活画卷；一部大型史诗歌舞剧《大地颂歌》反映了三湘大地脱贫攻坚的伟大进程；一次"大美潇湘"晋京画展汇聚了湖湘山水之美、文化之胜！一部《热血当歌》展现了革命志士抗日救亡、为国而歌的慷慨故事！大美之间，大爱之中，耳濡目染，润物无声。正是这一系列不同时期的文艺作品让我更加真切地理解了真善美，更加激励我拿起手里的笔书写生活中的感动时刻。

今年3月18日到21日，习近平总书记到湖南考察，在常德河街亲切接见了湖南的音乐、戏剧、曲艺、美术等门类的艺术家代表，观看了非遗展示，发表了重要讲话。这是湖南文艺和文艺家的又一次高光时刻、幸福时光！习近平总书记强调，湖南要更好地担负起新的文化使命，在建设中华民族现代文明中展现新作为。殷殷嘱托，字字入心。长期以来，特别是党的十八大以来，湖南文艺事业蓬勃发展，各文艺门类的精品力作纷呈，一系列作品获得国家级文艺大奖。全省文艺界全面推进文艺高质量发展，积极把文艺创新与科技创新、文艺创新与文旅创新融合起来，努力为谱写中国式现代化湖南篇章贡献文艺的力量！在新时代的伟大征程中，我再一次深刻感受到党的文艺工作的神圣与崇高，平凡而重大，只有不断努力，与大家共同奋斗，才能更好地肩负起新时代的文化使命！

时光长廊，流年似水。我大学毕业就一直在文联工作、学习、生活。在这里，从一个懵懂的大学毕业生不断走向成长。感恩组织的培养、领导的鼓励、同志们的帮助、文艺家的厚爱，我才能够一直在这里愉悦恬淡平凡地坚守着。这里有我熟悉的人，熟悉的环境，熟悉的工作，热爱的事业。在这里，忙忙碌碌，行走在"三湘四水"之间；在这里，平平淡淡，自在于心路历程之中。纵使时光流逝，初心依然不改，只问耕耘，不问收获！

"潮平两岸阔，风正一帆悬。"我们尽管难以预知未来，但可以坚定地坚守现在。此时此刻，置身于濒水而居、仰山而立的文联大院，在红墙绿草之间，我感受到的是蓬勃的朝气，看到的是勇担新的文化使命的奔跑者。这一片鲜艳明丽的群楼，正是文艺的本色；这一簇色彩缤纷的百花园，才是文艺的写照。此情此景，迎面和风南来，文联是我生命之中悠扬绵长的歌谣；眺望湘江北去，文艺是我工作之中绚丽灿烂的花朵！

拼搏于杂技　感恩于文联

赵双午

　　1984 年，中国杂技家协会湖南分会（现湖南省杂技家协会）经湖南省委宣传部批复在省文联正式成立。那年，8 岁的我考入了湖南省艺术学校杂技科，从此开启了我的杂技人生。艺校毕业后，我留在省杂技团工作至今。因为省杂技团是全省杂技艺术人才和杂技艺术发展的主要阵地，因此，省杂技团的发展与省杂协的工作便尤为密切，我个人的成长与进步也离不开省文联的关怀和指导。

　　特别是 2012 年以来，我国开启了文化体制改革的崭新航程，湖南省杂技团转企改制为国有文化企业，结束了旱涝保收的事业编制的历史，迎来了更具挑战性的改革与发展历程。转企之初，由于"铁饭碗"被打破，很多人在思想上、情感上难以接受，演职员顾虑重重，人心惶惶，无心排演，改革之路艰难而曲折。在湖南杂技人最为困惑、最为迷茫的时候，省文联积极发挥组织优势以及行业引领作用，助力提升演职员的积极性，促进艺术生产，开拓演出市场，坚定湖南杂技人的文化自信，让湖南杂技人找到了"家"的感觉。

　　2012 年，湖南省杂技艺术剧院排演了以"大型多媒体杂技"为主题的晚会《芙蓉国里》，作为省会长沙第一台专业性质的旅游演艺产品，在长沙芙蓉国剧场驻场演出 400 多场，深受观众喜爱。该剧与杂技节目《独轮车技》《柔术造型》一起荣获首届湖南文学艺术奖。同年，在省文联支持下，省杂协与省杂技艺术剧院联合组团赴加拿大开展对外交流演出活动，该活动首创以"东方杂技与西方交响乐团同台"的形式表演，并由我担任晚会总导演，晚会安排在加拿大多伦多索尼剧院演出，伙伴们精湛的技艺与表演获得各界好评。2013 年，省文联再次积极推动湖南杂技"走出去"，与省侨联合作，在泰国曼谷开展了以"亲情中华·魅力湖南"为主题的对外文化交流演出。这

时光长廊

两次对外文化交流活动，由省文联带队指导，多次关心问候，使演职员备受鼓舞的同时，更增添了湖南杂技艺术创新发展的信心。

为进一步探索新时代湖南杂技发展方向，省杂协屡次邀请业内专家齐聚长沙一起讨论、调研指导。2015年，省杂技艺术剧院将东方元素赋予国际化审美，融入杂技创作中，打造了湖南第一台具有完整故事情节的原创杂技剧《梦之旅》，该剧演出后，得到了国外观众对中国传统文化的理解和认同。2016年至今，我们先后在美国、加拿大、芬兰、西班牙巡演近800场，观演人数累计超百万人次，成为近年来国内原创舞台剧在海外巡演最受欢迎的剧目之一，为此，我们的演出场次也屡创新高。

创新创作激发了我们的想象力与艺术活力，我们开始思考如何发挥新时代文艺工作者在宣传思想文化主阵地时的作用，创作出更符合当代审美和人文精神诉求的新作品。我们想尝试以"跨界融合"作为创新方向，这个预想得到省文联领导的高度肯定和大力支持。2018年，一部借鉴音乐剧、舞剧等艺术形式讲述杂技少年成长励志故事的跨界融合舞台剧《加油吧，少年！》脱颖而出。从单纯的肢体表演到创新性的开口说话，从纯粹的"技"的展示到突破性的对"艺"的提升，这种艺术形式的挑战都对主创团队及演员提出了更高要求。该剧创作之初，曾遭到外界的不断质疑，但我们攻坚克难，坚持自我的特色，将该剧作为湖南省杂技团建团60周年献礼剧目进行排演，由于该剧题材新颖，灵活多变，符合大众审美，最终得到了观众的肯定，且反响热烈。

《梦之旅》和《加油吧，少年！》均获得第二届湖南文学艺术奖优秀作品奖，并获得国家艺术基金的扶持。这两个剧目分别参加了国务院新闻办与湖南省政府新闻办联合主办的"文化中国·湖南文化走进德国"大型对外文化交流活动、国务院侨办与湖南省政府新闻办联合主办的"感知中国——湖南文化走进芬兰"大型对外文化交流活动，让当地观众通过观赏中华优秀传统艺术的创新表达，看到朝气蓬勃、坚强勇敢的中国新生代。

2020年，随着突如其来的新冠疫情，演艺市场陷入低迷困境，杂技海外优势传播途径流失，在这种双重困境之下，我们没有选择躺平，而是专注研究"新杂技"创作。早在 2015 年，"fost 爬杆"节目赴法国参赛，让我们和新杂技结下了不解之缘，各种环境与条件的成熟，让我们萌生了打造中国新杂技品牌的执念。经过一年多的潜心创排，2021 年我们推出了新杂技舞台剧《青春还有另外一个名字》。这是一部融合了杂技、音乐和视频艺术使之具有现代艺术风格的舞台剧，是杂技艺术的一次"破圈"呈现，引发了广大观众强烈的共情效应。中国杂技家协会主席边发吉评价该剧"给全国杂技界开辟了一条新的创作之路"。接着，省杂协与省评论家协会联合举办了"《青春还有另外一个名字》创作座谈会"暨"新杂技发展研讨会"活动，让湖南"新杂技"品牌逐渐走进大众视野，也使湖南杂技在探索创新创作的方向中更加坚定，为杂技艺术的多元化发展提供全新的理论视角和实践方向，贡献更多的湖南智慧和力量。

湖南文艺人总有种"敢为人先"的进取精神，而近年来，湖南杂技人更是在省文联的帮助与支持下创造了系列佳绩，如：2018 年承办了中国杂协"到人民中去——精品杂技下基层"暨"我们的中国梦——文化进万家"演出活动赴韶山慰问演出；2021 年创排滑稽节目《小夫妻》获得第十一届中国杂技金菊奖；2023 年受中国杂协之邀参加"新时代、新征程——全国优秀杂技剧目晋京展演"，老杂技艺术家皮翠娥老师入选了湖南文学艺术奖"优秀文艺家"，先后十一名杂技艺术家入选湖南文艺人才"三百工程"扶持。新时代下，这些前前后后的荣誉都为湖南杂技的发展注入了活力。而我本人，于 2020 年光荣当选中国杂技家协会第八届副主席、湖南省文联第十届副主席，这些沉甸甸的荣誉，饱含着全国杂技界、湖南各级领导和各相关部门对湖南杂技的厚爱与信任。

回望湖南杂技发展的历史，一帧帧难忘的历史册页、一个个经典的历史瞬间、一批批奋斗的杂技湘军……折射出湖南省文联在湖南文艺发展史上谱写的一段段华美篇章。在新的历史起点上，我将继续在省文联的关心指导下，不忘初心，坚守使命，以传播和弘扬传统艺术为己任，以一名新时代文艺工作者的情怀和担当，讲好中国故事，传播中国声音，塑造中国形象，为繁荣发展湖南文艺事业做出更大的应有贡献！

扎根生活沃土　精品服务人民

杨　霞

七十载波澜壮阔，七十载风雨兼程。在湖南省文联诞生70周年之际，回眸充满挑战的奋斗历程，展望新时代美好前景，我们充满骄傲与自豪。党的十八大以来，以习近平同志为核心的党中央高度重视文艺工作和文联工作，发表一系列重要讲话，为做好文艺工作和文联工作提供了根本遵循，我们文艺工作者深受激励和鼓舞，将以更加饱满的热情，努力创作出无愧于时代、无愧于人民的精品力作，让文艺的百花园永远为人民绽放。

舞蹈演员出身的我，在成长之初就得到了湖南省文联、湖南省舞蹈家协会的关心和培养。1997年随湖南省文联谭谈主席赴涟源市白马镇田心坪村采风，参观了由他一手创办的"作家爱心书屋"，深深感受到了德高望重的文艺家浓浓的乡土情怀、人民情怀、时代担当和社会责任感。这次采风对我后来的艺术创作产生了深远的影响，从此"为人民而创作"的艺术情怀扎根在我的内心深处，并激励我不断地创作出歌颂党、歌颂祖国、歌颂人民的舞台艺术作品。我于2012年当选为湖南省舞蹈家协会主席、湖南省文联副主席，并由湖南省文联推荐荣获全国中青年德艺双馨文艺工作者等诸多荣誉。可以说，湖南省文联的栽培、鼓励和厚爱是我在艺术道路上不断克服困难、敢于挑战、勇攀高峰的信心所在。

2015年，由湖南省文联和湖南演艺集团联合出品的音乐剧《袁隆平》，编剧是湖南省文联谭仲池主席，为了能够更好地表现袁隆平院士和他的团队成员为培育杂交水稻历尽千辛万苦，最终获得成功的事迹，我们主创团队和仲池主席一道拜访袁隆平先生，在和老先生面对面访谈时，除了了解到在研究杂交水稻的坎坷曲折的科研道路上艰难跋涉的故事外，意外地收获了袁老先生现场跳踢踏舞、拉小提琴，这也让我们迸发出了创作灵感并融入剧中呈现，每次演出扮演袁隆平的演员跳踢踏舞时，观众都会报以热烈的掌声。从这部剧中观众既看到了科学家严谨、奋斗的一面，也感受到了袁老先生工作之外的诙谐与平易近人。音乐剧上演获得了观众包括袁老先生家人一致赞誉。该剧在全省巡演了40多场，作为优秀剧目抽调赴北京展演大获好评，得到国家艺术基金最高额度资助，同时入围了文化部2018年度国家舞台艺术精品扶持工程。我作为项目第一负责人推出的舞剧《天山芙蓉》《温暖》《桃花源记》等都是遵循深入生活、扎根人民的创作理念，也都得到了湖南省文联的大力支持和宣传推广；两部作品获得了"文华优秀剧目奖"。《桃花源记》在全国十多个省进行了巡演，湖南卫视、中央电视台《朝闻天下》栏目、《人民日报》都给予了深度报道，在国内掀起了一股桃花旋风。

为了庆祝中国共产党成立100周年，由湖南省委宣传部、湖南省文联、湖南省文化和旅游厅、湖南省演艺集团共同出品的民族舞剧《热血当歌》，在创作之始，湖南省文联就给予极大的关注与支持。创排期间湖南省文联夏义生书记就多次来到排练厅给主创团队、演员们讲烽火岁月和《义勇军进行曲》诞生的历史背景，要求主创团队一定要脉络清晰，要深挖人物的内心情感，用心讲好湖南红色故事，并在经济上给予了一定的支持，主创团队也不负众望，潜心创作打磨，以认真负责的创作态度，让这部舞剧精彩地呈现在观众面前，最终该剧荣获第十三届中国舞蹈"荷花奖"舞剧奖，终于实现了湖南"荷花奖"舞剧奖零的突破。正是因为有了湖南省文联历届领导的关心和支持，湖南舞蹈事业突飞猛进，在全国的舞台上屡创佳绩。这些年，有多个原创优秀作品入围中国舞蹈"荷花奖"全国终评，并取得好成绩；少儿舞蹈作品创作水平大幅提升，已进入全国先进行列；中国文联、中国舞协很多惠民项目也落户湖南；湖南省文联扶持人才成长的政策和项目极大地促进了湖南舞蹈事业的发展。

习近平总书记在文艺工作座谈会上指出"文艺创作方法有一百条、一千条，但最根本、最关键、最牢靠的办法是扎根人民、扎根生活"。我们的艺术创作要真正走进生活、生产、实践深处，"飞入寻常百姓家"，用手中的琴弦弹奏出人民的感情、用灵动的舞姿跳出时代的节奏。只有用心、用情、用力才能创作出鲜活的、触动心灵的作品，才能与广大人民群众同频共振，得到人民群众的喜爱。

七十春秋风正劲，勇立潮头满目新。70周年是湖南省文联发展史上的一个崭新的节点，也是新征程上新的起点。我们正处在一个万象更新、生机勃勃充满希望的新时代，我们将继续以习近平文化思想为指引，在湖南省文联的领导下，牢记使命、不忘初心、锐意进取，以饱满的热情攀登舞蹈艺术事业高峰，同时团结全省舞蹈艺术工作者，在文化强省建设中，同心同德，踔厉奋发，奋力谱写中华民族伟大复兴新征程上湖南舞蹈事业的新篇章！

以文化之炬　明人生之盏

周　雄

　　文心筑梦，七十载弦歌不辍培沃土；百花争艳，七十载春风雨露凝华章。从癸巳蛇年至甲辰龙年，湖南省文联用七十年的光辉历程映照了近五千年的灿烂文明，不仅是披荆斩棘的艰苦跋涉，同样也是领略无数风光的成长之路，从最初的步履蹒跚，至行进过程中的峥嵘历程，众多跃然纸上的角色和他们所承载的多元情节，共同成为描绘湖南省文联七十年来岁月沉淀的忠实记录者与独特印记。

　　作为文艺一线的老兵，在组织的培养下，我有幸与文联一道成长。中国电视金鹰奖和中国金鹰电视艺术节自 2000 年落户长沙以来，已经有 24 年。金鹰节由中国文学艺术界联合会、湖南省人民政府、中国电视艺术家协会共同主办，我所服务的湖南广播电视台是承办单位之一，不仅如此，我连续 11 年总导演中国金鹰电视艺术节的开幕式晚会，后有幸成为金鹰节内容的总把控，以及湖南省电视艺术家协会副主席兼秘书长，这些都让我与湖南省文联结下了深厚的缘分。我们始终坚持正确的思想及创作导向，充分展现与人民同心、与时代同行的使命与担当，发扬新时代电视艺术创作者不断拼搏、奋发图强的精神内核，使金鹰节凭借其积极的价值导向与正能量氛围，赢得了来自社会各界的广泛赞誉。功夫不负有心人，湖南视协最终获评中国视协"2023 年度会员工作先进单位"。这些荣誉的背后都与文联对我的关心和支持密不可分。

　　2020 年，我开始创排大型史诗歌舞剧《大地颂歌》，整个创制过程中，文联的文艺界各位前辈给予了我极大的支持和厚爱。时任省文联主席鄢福初高度评价《大地颂歌》的"思想性、艺术性、创新性结合非常好，坚持政治标准和艺术标准的辩证统一，把基层老百姓的经历和民族命运、国家命运紧密结合在一起，把个人叙事与宏大叙事有机结合在一起，叙事波澜壮阔，有深度、高度和远度，三四百演员在舞台上演出，甚是壮观，具有深远的史诗性和深切的人民性"；夏义生书记也亲临彩排现场指导工作，不仅跟我们讲湖南贯彻落实精准扶贫方略，讲述七年来的精准扶贫是怎样一个波澜壮阔的人类壮举，全省 51 个贫困县全部脱贫摘帽，6920 个贫困村全面脱贫出列，全国每年贫困人口减少在 1000 万以上。义生书记说，将七年扶贫壮举搬上舞台要适应现代艺术发展和观众的审美需求，要求在艺术时空关系上作创新性处理，以更好地突出主题、凝练情节、塑造人物。义生书记的建议十分中肯，为精准呈现习近平总书记精准扶贫方略给十八洞村、湘西、三湘大地，乃至于全国贫困地方带来的历史巨变，湖南在有关方面立足自身创作优势，鉴于舞台与实际的视听艺术要求，我们选择综合运用、借鉴歌剧、舞剧、话剧、舞台综艺呈现等多种艺术形式，作开放性表达，以诗性叙述承载时代主题，以全景视野展现这一伟大历程、非凡壮举，把湖南精准扶贫成果做了一次全面的艺术汇报。

正因为有文联的加持，群策群力的智慧积累，才让《大地颂歌》成为夏义生书记所言的"改革开放以来湖南舞台艺术史上的一座高峰"。《大地颂歌》不仅荣获湖南省第十五届精神文明建设"五个一工程"特别奖，还荣获第二届湖南省文学艺术奖优秀作品特别奖。

2022 年，我执导"中国文学盛典·鲁迅文学奖之夜"的晚会，当时我已是湖南省文联的副主席，我思考最多的问题就是，如何将本次晚会"文""艺"联动，将文学颁奖典礼与舞台表演形式相结合。经过深思熟虑，最后决定以歌队合唱的形式来呈现主题，构成颁奖流程的内在环节。歌曲《新征程，我们一起远航》、情景歌舞《文学里的青春》、舞蹈《珊瑚颂》、歌曲表演《大山里的小诗人》、舞剧选段《敦煌飞天》、朗诵《回延安》、歌曲《不忘初心》等节目呈现文学之风雅，让舞台绽放出文学艺术之光芒，令观众意犹未尽。晚会还将庄重典雅的大型文学颁奖典礼与气氛热烈、形态丰富、传播力强的电视台晚会和网络平台直播充分融合，从各方面展示新时代文学欣欣向荣的发展态势，呈现新时代文学中"人民"的无数剪影，最大程度地吸引并拥抱广大读者，让文学"破圈传播"。在这次创排中，也表达了我以此向荣获奖项的作家及其作品致以崇高敬意的心声，通过其丰富的艺术感染力唤起观众对文学艺术的热爱之情，让文艺的星空听到花开的声音。

习近平总书记在二十大报告中提出，推进文化自信自强，铸就社会主义文化新辉煌。身为湖湘儿女，在这片拥有深厚历史积淀、丰富文化遗存的土地上，我更感受到了肩上扛着的使命，更加深刻地明白了既然流淌着文艺的血脉，就应该无怨无悔、一路前行。

省文联作为视协的主管单位，交办的每一项工作，我从来不敢懈怠，兢兢业业、坚定不移地履职尽责。在省文联的领导下，协会于 2023 年完成了各专业委员会的换届，目前完成换届的 5 个专业委员会分别是：动漫专业委员会、影视化妆造型艺术专业委员会、制片人专业委员会、纪录片专业委员会、少儿艺术专业委员会。另，按照省文联要求，成立了 2 个工作委员会，即行风建设委员会、新文艺群体工作委员会。至此，各专业委员会充分发挥专业平台优势，积极组织业务学习交流活动，不仅举办学习贯彻习近平总书记关于文艺工作重要论述专题培训班，邀请中国文联理论研究室副主任胡一峰授课，深入学习贯彻习近平文化思想和习近平总书记文艺工作重要论述，邀请到国家一级舞美设计师、北京奥运会闭幕式服装造型总设计师韩春启教授为大家教授专业课培训，还组织新文艺骨干人才参加省文联举办的新文艺群体骨干人才培训班等，这些都受到了协会会员的广泛好评。此外，协会党支部积极配合省文联进行主题教育调研活动，认真梳理协会台账，顺利完成协会年检等工作。由于表现优异，2022 年获评"湖南省文联社会组织行业委员会先进党支部"称号。

"参天之木，必有其根；怀山之水，必有其源。"我一直相信，我与湖南省文联结缘的"果"，正是文艺深植于心并成为我生命不可分割的一部分这个"因"所催生的。我深深知道，正是因为文艺，才成就了今天的自己，使我的人生变得更加丰富、生动和圆满，也正是因湖南省文联不断提供指引、教导知识、搭建广阔的平台，才使我取得了如今的成绩。

七十岁的湖南省文联走过的路虽长，但却正值青春，湖南省的文艺事业也正在新时代的大局中蓬勃发展。在未来的工作中，我也将始终牢记习近平总书记对文艺工作者的殷殷嘱托，切实做到德艺双馨，树立人民观念，及时关注人民随着时代和社会前进而不断发展的新需求，与时代共命运，精益求精、勇于创新，不断推出思想深刻、清新质朴、刚健有力的优秀作品，积极引领社会审美，弘扬主流价值，充盈人民的精神生活，为社会文艺工作的发展做出我们的贡献。

携手共绘

旷小津

在省文联的星空下，文化的展示，不仅是一场视觉的盛宴，更是一次心灵的洗礼、一次灵魂的触动。省文联的每一次文化活动举办，都似乎在这宁静的夜空中燃起了一束束璀璨的烟火，不仅照亮了天际，更照进了人们的心田。

文化的盛宴

记得六年前，"美丽湖南·三湘巨变"展览的帷幕缓缓拉开。面对筹备工作的重重挑战，省文联与省美协精心组织，湖南的艺术家以卓越的胸怀应对，他们不仅带来了高品质的艺术珍品，更是通过一次次各市州的巡展，成功地将湖南的自然风貌、文化底蕴和时代脉动展现给了世人，极大推进了湖南文化强省的宏伟蓝图。当那些细腻入微的山水画卷在灯光下展露风采，每一位观众的眼前都不禁浮现出"三湘"大地的壮丽河山和深厚文化，伴随着一股股艺术的香气，沁人心脾。

2023 年，"大美潇湘"这场壮阔的美术创作展览，不只是对艺术创新的一次大胆探索，更是对潇湘山水文化的深度情感与现代表达的集中呈现。筹备之路困难重重，但在省文联的有力推动和艺术家的紧密协作下，我们克服了重重难关，将潇湘的山水神韵和湖南文化的独特魅力展现无遗。传统水墨与现代艺术的交汇，让参观者在每一笔色彩与线条间穿行，感受到艺术的无限深度和广阔天地。那些含蓄而又强烈的视觉冲击，仿佛在告诉每一位观众，这不仅是一次艺术的呈现，更是一次文化自信的宣言。

2023 年，我们携带七个山水画长卷和三十五件山水精品亮相于中国美术馆，引起了前所未有的关注。那次，我们还举办了规模宏大的研讨会，国内知名艺术家和学者的精彩研讨赢得了满堂彩。仍然记得，在中国美术馆里，我站在人头攒动的人流之中，注视着每一幅作品在柔和的灯光下苏醒，我的心中泛起了难以抑制的感动。这些作品，宛如璀璨星辰，不仅点亮了整个展厅，更点亮了每一位观众内心深处的温暖和希望。

文化的甘泉

我深知文化的未来，依赖于新一代的肩负与创新。因此，我们格外注重对新一代艺术家的培养。省文联举办的许多艺术讲座和研讨会，宛如文化的甘泉，浇灌着年轻艺术家的才华，让他们在艺术的天地中茁壮成长。这些平台不只是知识的传递，更是灵魂的碰撞，是经验的交流，是梦想的孵化器。每一次活动，我们都能看到年轻艺术家眼中闪烁的光芒，他们渴望表达，渴望创新，渴望将自己的作品呈现于世界。

在第十四届全国美展前夕，我有幸见证了首届湖南省美术创作专题研修班及其"冲刺第十四届全国美展"创作骨干培训班的成功举办，以及中国美协第十四届全国美展专家组观摩指导会（湖南站）的盛况。在省文联的坚强领导和精心组织下，我们不仅为创作者搭建了宝贵的学习交流平台，更在精神层面上给予了他们极大的鼓舞和支持。这些活动充分体现了省文联对于人才培养和创作工程的高度重视，以及对于推动湖南美术事业高质量发展的坚定承诺。

文化的航船

在这个瞬息万变的时代，省文联的领导者以远见卓识和卓越策略，引领我们的文化事业驶向无限可能的未来。未来路线图已然描绘，承载着跨区域的艺术合作的深度交流，预示着我们的文化将超越地域界限，向全国延伸。我们正站在一个全新的起点上，着眼于国内、国际舞台，努力编织一张跨地域文化的交流网。

在省文联的引领下，我们的文化航船正乘风破浪，驶向更广阔的海域。我们将构建更为广泛的艺术合作网络，开启与国内、国际文化机构合作的新篇章，将我们的文化故事讲述给更广阔的听众。载着我们的艺术梦想，我们的文化航船正向着光辉灿烂的未来航行。

携手共绘文化的未来

省文联的每一步，都凝聚了对文化事业的深厚热爱和承诺。从成功举办各类展览到培养艺术新星，再到策划未来的文化蓝图，省文联以实际行动诠释了何为真正的文化领导力。我们扇动着艺术的翅膀，我们的文化之船已经扬帆远航。省文联的领导和支持，像是引航星，为我们指明了方向。

文化的交流不认边界，艺术的语言是普世的，省文联的目标就是要打破障碍，架起桥梁，让湖南的文化走出去，让各地的文化引进来。省文联鼓励艺术家突破传统框架，探索新的艺术形式和表现手法，同时又不失对传统文化的尊重与传承。这种平衡艺术与创新的智慧，是我们能够在文化的长河中砥砺前行的关键。

未来，我们亦将重视文化科技的结合，让文化艺术的传播更为广泛，互动性更强，体验更为丰富，以此吸引更多年轻人的参与，让他们成为文化传播的新力量，让艺术与科技的融合激发出新的文化生命力。携手共绘文化的未来，不仅仅是一句口号，更是我们每一位文化工作者的使命与担当，是我们共同的梦想与追求。

在今后的日子里，省美协将继续秉承开放包容的文化理念，深耕艺术创作与文化传播，充分发挥桥梁和纽带作用，促进文化艺术的繁荣发展。我们将汇聚更多的力量，激发更多的创造，书写更加辉煌的文化篇章。

此时此刻，让我们以更加激情的态度、更加坚定的步伐，共同迎接那些充满希望与挑战的未来。在省文联的领导下，我们有信心也有能力将湖南的文化推向新的高度，让湖南的艺术之光照亮万千世界。

润物无声

纪红建

淅淅沥沥地下了好几天雨，如丝如缕，润泽着"三湘"大地。坐在熟悉的书房里，在书海中徜徉，我的思绪便在文学的世界里遨游。我将头探出窗外，满眼翠绿，郁郁葱葱。

好一场春雨！滋润大地，更似阳光雨露，抚慰心田。翠绿与生机，绝非只属于植物，还包括动物、精神、灵魂与文艺，那是一个立体多元而又色彩斑斓的世界。

此刻，我觉得自己就是一棵小草或是小树。听起来似乎有点浮夸，但这却是我多年来的亲身体会。事实上，文学梦想还没有在我心中盛开之时，我就已经在春雨中汲取前行的营养。作为一名湖南作家，我始终能感受到这片土地轻微的呼吸声以及心脏的律动。

何为春雨？在物质匮乏的年代，生长于静谧乡村的你弱小无助时，一部文学著作，甚至一篇副刊小文，有时候就能点燃我们内心深处的激情和灵魂的火焰，让我们变得顽强而坚毅。身处低谷时，文学始终在你身旁，不仅唤醒了自己对人生的希望，还不断温暖和治愈着周围的人。在人生的十字路口，文学的导师向你伸出热情的双手，文学犹如高耸的灯塔，让你在彷徨中坚定，在思索中清醒。

于我的文学之路而言，省文联这个温暖的大家庭和大家庭中的每一位老师，对我的鼓励与支持犹如一场场春雨对我的滋润。特别是省文联第十次代表大会的召开，出台的一系列举措犹如甘露，滋润着我的心房，让我的文学之路更加坚定而有力。组织的培养，领导的嘱托，让我更加清楚地认识到作为一名新时代作家的责任与使命。我们应该胸怀赤子之心，牢牢把握以人民为中心的创作导向，主动对接人民群众精神文化需求，努力创作更多接地气、群众喜闻乐见的优秀作品，应该始终坚守艺术理想，牢牢把握引领文明新风的社会责任，自觉弘扬和践行社会主义核心价值观，始终把作品的社会效益、社会价值摆在首位。

在这条路上走得越远，我对文学的理解就愈加深刻，也更加感受到春雨的可贵。特别是近年来，我一直行走在改革开放、脱贫攻坚、乡村振兴以及革命老区和先进制造业的前沿，抵达生活和历史现场。深入生活、扎根人民，永远是作家的必修课，对于报告文学作家来说更应如此。行走，自然孤独，也必须孤独，在孤独中方能远行，才能吸收丰厚的营养，才能构建起属于自己的精神世界。

采写《乡村国是》的两年多时间里，我曾独自一人走访了 14 个省 39 个县的 202 个村庄，都是深度贫困地区。在辽阔的大地行走，我深深体味着"精神"二字的宽广与无垠，贫困山区群众自强不息、坚毅与顽强的意志与精神，各级扶贫干部，各行业各领域的扶贫力量的无私奉献精神……当我来到被大山包围的广西壮族自治区百色市凌云县泗城镇陇雅村陇堆屯，看到村口石碑上刻着"为了生存，永不放弃"这八个苍劲而沧桑的朱红大字时，不由得心里一震：这是中国贫困群体与铁面无私、残酷无情的大自然搏斗的誓言啊！

太多的细节感染着我。

一天，我从贵州省晴隆县乡下采访回到县城已是晚上六点多了，但因为第二天约好到罗甸采访，我必须连夜赶往贵阳，第二天一早转车。到汽车站时，长途客车已停运。就在我失望地离开汽车站时，一个女子把我带到附近的小巷子，坐上一辆九座的小商务车。晚上十点多，车子在贵阳金阳客车站北边的绕城高速停下，我在路边下了车。正当我准备翻过围栏，走下高速路时，发现手里少了一样东西——笔记本电脑。我连忙回头，但车已经消失在夜色中。笔记本电脑一直是我的重点保护对象，虽然每采访完一个人，我都会把采访资料备份在 U 盘。关键是，不论是笔记本电脑，还是 U 盘和录音笔，都放在了电脑包里。可我没有司机的电话呀！我瘫坐在路边……也不知过了多久，我的手机响了，是黔西南州的号码，我既惊喜又担忧。是个女子打来的电话，对，就是拉我上车的那个女子。半个小时后，那个女子从商务车上下来，手里提着我那个笔记本电脑。我拿出两百块钱表示感谢。那女子淡然一笑说："要什么钱，只要你没少东西就好。"我问她叫什么名字。她还是淡然一笑说："我是晴隆的。"望着消失在夜色中的商务车，晴隆那片充满温情的土地又浮现在我眼前，泪水湿润了我的双眼……

2020年2月至3月，武汉疫情严峻之时，我加入中国作协赴武汉抗疫一线作家小分队，逆行武汉，用文学书写大国战"疫"的强大力量。在武汉采访的35天里，我想方设法克服交通出行、住宿饮食等困难，力争采访到最典型的人和事，每天早出晚归，先后深入方舱医院、火神山医院、雷神山医院、武汉市中心医院、协和医院、金银潭医院、援鄂医疗队等，以及街道、社区、小区、企业、隔离点、派出所、警务室等一线，采访医务人员、患者、干部等200余人，采访笔记达40余万字。在武汉采访期间，我创作了中短篇报告文学《人民战"疫"》《生命之舱》《一个武汉民警的春天》《武汉"转运兵"》《湖南援鄂第一人》等，近10万字，先后在《人民日报》《光明日报》《人民文学》等报刊发表，在全国引起较为强烈的反响。

自4月1日从武汉返湘隔离开始，到这年年底，我一直全身心投入武汉抗疫的长篇报告文学创作中，并数易其稿，创作了这部30万字，凝聚着情感、汗水和心血的全景式真实记录武汉抗疫的长篇报告文学《大战"疫"》。作品聚焦武汉主战场，以人民的视角，记录全民抗疫鲜活感人的故事，更展现全国人民在党中央的坚强领导下齐心协力、万众一心，克服一切困难，打赢大仗的决心、勇气和力量，展现新时代中国面貌、中国精神、中国力量。

为创作长篇报告文学《彩瓷帆影》，我从长沙彩瓷故里开始，探访长沙铜官窑如何融合南北，并成为世界釉下多彩陶瓷发源地、瓷器世界工厂，之后再从湘江出发，沿长江、东海、南海、印度洋、阿拉伯海等，追溯长沙彩瓷走向世界的恢宏历程。这是一次艰难的创作之旅，更是一次洗礼灵魂的远航，整个创作过程历经四载有余，有艰难、有辛酸、有泪水，但更有震撼、感动、反思和欣慰。

我被千百年前长沙铜官窑窑工的苦难辉煌感动着。长沙彩瓷走向世界的浩瀚之旅，抛洒了无尽的泪水和血汗，甚至付出了生命的代价。采写中，我感受到了长沙铜官窑创造创新过程中的迷茫与困惑、痛苦与艰难、希望与期待，体味到他们在创新失败时的绝望瞬间，甚至跳入湘江自尽的悲伤场景。追寻长沙彩瓷的足迹，我从湘江出发，经过洞庭湖，来到长江，甚至漂泊在大海……我明白了什么叫风雨飘摇，什么叫颠沛流离，什么叫苦苦求索，什么叫在希望中死去，又在绝望中重生。我更深深体会到，锲而不舍、坚韧顽强，以及鲜血与生命的真正内涵与价值。可以说，长沙彩瓷有多辉煌，它背后就有多苦难、有多悲壮。我还被现代的考古学家、古陶瓷学家、文博专家感动着。虽然长沙窑始见于中唐时期，兴盛于晚唐时期，甚至风靡全国乃至世界，但它却在五代时期彻底断烧消亡，湮没在历史长河中。长沙铜官窑能重见天日，要感谢各级政府特别是文化部门的高度重视，一批批考古学家、古陶瓷学家、文博专家前赴后继的奔跑呼吁。

采写长篇报告文学《大国制造》，我既深入现代制造业现场，也深入历史现场。有艰辛，更有豪迈。这是一次深情的凝视与回眸，惊心动魄而又热血沸腾，艰难与辛酸、拼搏与希望、感动与欣喜相伴而行。我深刻感悟到实干兴邦，创新引领未来，奋进开启新征程的时代精神，以及从制造大国迈向制造强国背后付出的艰辛和努力。我不仅深刻感受到了工业人的艰辛与艰难，自己的创作也遇到了前所未有的挑战。

整个采写过程，我一直努力挖掘工业人丰富多彩的精神世界，企业家精神、科学家精神、劳模精神、工匠精神、创新精神等昂扬向上的时代精神，像一条涓涓细流的小河，流向心灵深处，一直浸润着我的心灵。我希望通过这本书能在制造业从业人员中产生共鸣，特别希望能在年轻人中引起共鸣。精神的力量是无穷的，对于年轻人而言，这些精神是最好的激励。我希望他们能感受到中国建设制造强国的艰难与困苦，更能感受到工业人面向未来，共赴制造业星辰大海的自信与豪迈。

特别是 2023 年，我沿着 1917 年暑假毛泽东和萧子升游历的足迹，探寻了民国时期行政区划的长沙县、宁乡县、安化县、益阳县、沅江县等所有与那次行乞游学有关的地方以及相关的人和物。一路走来，有感动和泪水，也有惊喜和欢笑，还有困惑与纠结。感动的是，毛泽东和萧子升这次行乞游学的初衷、过程、结果，历久弥新，闪烁着时代的光芒，让我反思，让我重新审视自己的创作与人生。惊喜的是，这次看似岁月久远的行乞游学的故事，并没有隐没于山野的杂草丛中，长期以来被当地百姓津津乐道、口口相传，并走进了他们的灵魂，流入了他们的血脉。

创作这部作品，更是为了深切缅怀毛泽东同志的丰功伟绩，学习和发扬毛泽东等老一辈无产阶级革命家为党、为国家、为民族、为人民矢志奋斗的革命精神和崇高品格。我希望更多的年轻人关注毛泽东和萧子升 1917 年暑假行乞游学这一历史事件，从中找到自己的前进方向，找准解决问题的办法，找到活在当下的意义。

…………

可以说，这些作品，都是从湖南文艺大花园里冒出来的小小花朵。

无疑，我创作的源泉、行走的动力，源于一场又一场春雨的滋润。创作实践也让我深深感悟到：关注这个巨变的时代，以扎实细腻的笔触，探索国家发展、民族复兴和人类命运等深刻的现实话题，立足湖南、面向全国，讲好湖南故事、传播好中国声音，是湖南作家义不容辞的责任和使命；唯有坚持以人民为中心的创作导向，坚持深入生活、扎根人民，将个人情感与国家命运紧密相连，才能创作出既有时代精神，又有思想深度和生活温度的作品。而省文联勠力书写湖南文艺高质量发展的决心与担当，大力鼓励与支持文艺家"深入生活、扎根人民"的具体举措，正是浸润人心的春雨。

当然，这只是新时代湖南绚丽文艺百花园的一个缩影，也只是跳动在湖湘璀璨历史长河中的一个亮丽音符。在漫长的历史长河中，湖南在不断积淀其丰富的文学内涵，让这片古老的土地历久弥新。

年复一年，一场又一场春雨滋润着"三湘"大地。

或许，这正是这片古老而富有韵味的土地焕发恒久活力与魅力的精神密码。

最美的遇见

杨少波

　　十二年前的仲夏，我由湖南省通道侗族自治县委常委、常务副县长调任怀化市文联党组书记、主席。不承想，在这个岗位上一干就是十余年，自然和上级业务主管部门——湖南省文联成为"老朋友"了。

　　其实，我与湖南省文联的缘分，可以追溯到更早的时间。我还在通道侗族自治县工作时，就对发生在红军长征途中的"通道转兵"这一历史事件"情有独钟"，先后花了近20年的时间，通过重走长征路、走访见证人、拜访革命前辈后代、求教党史专家和查阅历史资料等，编著了文史著作《通道转兵》，并在此书基础上创作了电影剧本初稿。我知道自己个人能力有限，希望得到专业而权威的指点，首先想到了省文联，于是，通过朋友石长松的牵线，我找到了时任湖南省政协副主席、省文联主席谭仲池。谭主席对作品提出许多指导性意见，并做了大量修改。我们一起合作，好事多磨，剧本终获通过，剧本属国家重大历史题材，由潇湘电影集团和怀化市委政府、通道县委政府联合拍摄，并作为建党90周年献礼片在国家大剧院发布新闻，而且在人民大会堂首映。

　　当电影《通道转兵》在人民大会堂首映时，我已走马上任怀化市文联主席。从此，我乘势借力文艺界的平台，在湖南省文联的大力支持下，继续把"通道转兵"推向更广阔的舞台。全国著名音乐家、时任湖南省文联副主席孟勇和时任湖南省音乐家协会副主席兼秘书长金沙等联合创作了大型交响乐合唱《通道转兵组歌》，并到全国各地巡演；湖南省美术家协会时任主席朱训德，省美协理事、怀化市美协主席李昀溪，副主席兼秘书长孙小蒲创作的《通道转兵》红色主题美术作品，许多进京参展；湖南省舞蹈家协会借助"新农村少儿舞美工程"，将通道转兵红色文化传承根植于青少年心灵深处；湖南省电影家协会、湖南省画院、湖南省文艺评论家协会和省企事业文联等授牌通道转兵地县溪杜鹃草堂长征文化园，作为各省直文艺家采风创作基地，逢通道转兵纪念日等重要节点便开展各类文艺惠民活动……我也相继在《人民日报》《中国艺术报》《湘江文艺》和《文坛艺苑》等媒体发表以我与通道转兵为题材的文章……"通道转兵"这段尘封的历史开始从通道走出大山，从"三湘四水"走向神州大地。

2020年9月，习近平总书记考察湖南时指出："湖南是一方红色热土，走出了毛泽东、刘少奇、任弼时、彭德怀、贺龙、罗荣桓等老一辈革命家，发生了秋收起义、湘南暴动、通道转兵等重大历史事件。"习近平总书记所说的"通道转兵"作为红色湖南三件"重大历史事件"的讲话，让一段尘封多年、鲜为人知，党史、军史和长征史不曾记载的"通道转兵"通过文艺的力量真实还原在世人面前，从而确立了"通道转兵"重要历史地位。这是艺术的魅力，也是湖南文艺界对党史的一份特殊贡献。

雪峰巍巍，沅水泱泱。2015年11月9日，由湖南省文联组织的"武陵追梦"湖南省文艺家采风创作团，在湖南省文联副主席、怀化采风团团长周祥辉的带领下走进怀化采风，我作为此行的副团长，率领怀化市部分文艺家全程参与，我们第一站便来到雪峰山。

白天，文艺家们深入雪峰山深处的乡村农家，与群众亲切交流，在坎坷崎岖的山间小道寻觅历史遗迹。听到山背花瑶姑娘美妙的歌喉，音乐家唐勇强高兴不已，他说："花瑶姑娘演唱的歌曲原汁原味，非常有特色，我会把它的音乐元素用到我今后的创作中去。"晚上，文艺家们不顾旅途的劳累，现场挥毫泼墨，进行了书画创作。美术家王金石、李亚辉、周华平师徒3人还兴致勃勃地创作了国画《穿岩山图》，通过艺术形式展现了雪峰山的美丽山水。

成立于2014年5月的雪峰山文旅集团，积极抓住这次全省文艺家采风创作的契机，在抓好景区基础设施建设的同时，特别突出文化作为旅游灵魂的理念，切实建好作为民间智库的雪峰山文化研究会，并充分发挥其独特的作用。曾在省直单位和怀化市文艺家任职的知名文艺家邓宏顺、张家和、柴棚、谌许业、雷文录等都成为雪峰山文化研究会的骨干力量。

时隔不久，时任湖南省政协副主席、湖南省文联主席欧阳斌，中国书法家协会副主席、时任湖南省文联主席鄢福初，时任湖南省文联副主席、湖南省作协主席王跃文，湖南省美协主席旷小津和副主席杨国平和湖南省书协副主席兼秘书长胡紫桂等领导和文艺家相继来到雪峰山区，为雪峰文旅发展献计出力。雪峰山文旅集团在旅游开发中高举"文艺先行"大旗，在传承和利用历史文化、民族艺术与旅游深入融合，取得了文化与旅游的全面发展。

多年来，雪峰山文旅集团共投入文旅融合资金20亿元，创建景区6个（2个4A级、4个3A级），年接待旅客150万人，实现年产值达2.12亿元，解决当地民众就业2100人，人均年增收3万多元，被湖南省政府命名为旅游扶贫和助推乡村振兴"雪峰山模式"并在全省推广。湖南省最美扶贫人物、雪峰山文旅集团实控人陈黎明感慨地说："文艺赋能，艺术乡建，感谢湖南省文联和怀化文艺界，让雪峰山文化旅游插上腾飞的翅膀……"

如果说，聚文化之力，助雪峰山文旅事业蓬勃发展，是湖南省文联践行"爱国 为民 崇德 尚艺"的一次生动实践，那么弘扬主旋律，讴歌新时代，一直是湖南省文艺界最鲜明的创作特色。

2023年9月4日晚，由湖南省委宣传部，湖南省文联，怀化市委、市政府等单位共同主办的"一粒种子 改变世界"原创民族音乐会在北京音乐厅首演。全国政协副主席何报翔出席，中国文联党组成员、副主席俞峰出席并讲话。在如泣如诉的音乐声中，王峰老师深情朗诵袁隆平写给妈妈的一封信《妈妈，稻子熟了》。接着又呈现《南国雪峰》《通道转兵》《山的那边是海》《五溪新韵》《稻花飘香》《美丽乡村》等7首具有怀化独特标识和湖南本土特色的原创音乐作品，音乐会在中央电视台"寻找刘三姐"全国总冠军、中央民族歌舞团侗族青年演员王馨精彩演绎的《美丽乡村》中结束。音乐会总时长约60分钟，倾情讲述了共和国功勋获得者、"杂交水稻之父"袁隆平院士的故事，讴歌他热爱党、热爱人民的高贵品格，展示了他把"科技论文写在祖国大地上"的为民情怀和艰苦奋斗、勇于创新的时代风范。

原创民族音乐会先后到北京、长沙和怀化举办三场，为当地大众带来了丰富的艺术盛宴的同时，也以其原创性、民族性和艺术精湛赢得了业内有口皆碑，高度评价。中央音乐学院指挥系教授李又青十分动情地说："一粒种子改变世界这是物质的，今天这场音乐会又是精神的，这不仅是中国的精神，更是民族的精神，更展示出我们坚定的民族文化自信。"

怀化市文联是这次"一粒种子 改变世界"原创民族音乐会的承办单位。作为时任市文联主席的我，全程参与了这场音乐会的策划、组织、导演，包括创作。音乐会的成功固然是多方面的，有领导的重视，有孟勇、江晖和刘一璋等湘籍中青年音乐人的高水平创作等，但更有省文联的精心指导和湖南省音协的悉心帮助。

我清楚记得 2022 年 6 月 24 日，音乐会的作品初稿完成后，省文联和省音乐家协会专门组织了一次作品评审。省音协主席团成员几乎悉数到场，他们发表了许多修改意见，让作品质量、艺术表现形式有了质的提高，特别是省文联党组书记夏义生在百忙之中前来具体指导，对音乐会主题和内涵深挖提炼，为这次音乐会成功举办奠定了坚实基础。

我和省文联的不解之缘，还得益于一次"湘江夜话"。十二年前到怀化市文联任职不久，我便来省城长沙的岳麓山下、湘江河畔参加省文联工作会议。说来惭愧，当时，我从常务副县长转到"清水衙门"的文联，像"米箩跳进了糠箩"，又是学非所长，心里难免有些郁闷彷徨。会议晚餐后，谭仲池主席邀我散步谈心："少波，湘西怀化的历史悠久，文化土厚根深，你在地方有创作基础，现到文艺界，就是专业对口了，这可为你提供了更宽阔的舞台，而你原来的行政经历也将会用于对文艺界的管理和服务。这些都是你之所长的用武之地啊！"这份关心与信任让我心存感动。他又告知我 20 世纪 90 年代，时任湖南省文联副主席、怀化籍著名作家向本贵深入湖南省最大水电站沅陵五强溪移民库区，"十年磨一剑"，创作获国家"五个一工程"奖《苍山如海》的事迹。我也知道了全国著名花鸟画家、百岁老人易图镜依然坚持艺术创新；文坛湘军常青树、年近九十岁高龄的军旅作家谭仕珍还在笔耕不辍；身体欠佳、年近八旬的陈元贵老师仍在《踏歌追梦》，佳作迭出……这些都无形地影响感染着我，让我重新审视自己的人生坐标，树立起"到哪个山就唱好哪个山的歌"，力争"把冷板凳坐热"的良好心态。同时，湖南省文联副主席、省音协主席邓东源，省音协副主席兼秘书长金沙等鼓励指导我进行音乐创作，全省音乐采风活动都邀请我参加。于是，我经常深入基层，虚心求教，与广大文艺家交朋友，创新工作思路，坚持党建引领，团结文联一班人，率领全市广大文艺家围绕党委政府中心开展工作，重点抓好精品创作、文艺惠民、组织建设和人才培养等方面工作。我们率先在全省成立了 34 支文艺志愿者服务队，常年入社区下农村到学校入军营开展文艺惠民活动，其中和省摄影家协会一道连续十年举办"怀化市美丽乡村文化艺术节"。大力实施人才培养"十百千万工程"，本届文联推荐发展的国家级、省级会员分别是历届文联总和的两倍。湖南省第二届艺术奖怀化实现了零的突破，有四人在音乐、舞蹈、美术和影视等艺术门类获奖。怀化市文联也多次被湖南省文联评为全省文联工作先进单位。怀化市获湖南省第二届文学艺术奖音乐作品便是自己作词（江晖谱曲）、曾在中华人民共和国成立 70 周年天安门广场奏响、中华人民共和国成立 100 周年被评为"百年百人百首"红歌的《美丽乡村》，创作的歌曲《我奉献 我快乐——文艺志愿者之歌》（黎晓阳谱曲）获全省"五个一工程"奖，《两岸情歌》（温喆谱曲）获全省"中国梦"征歌金奖；我的摄影作品《向警予同志故居》获全省"欢乐潇湘"摄影赛优秀奖；在文联主席岗位上撰写发表的近二十万字的文学作品《山海之约》（暂定名）正结集出版。多年来，我先后加入中国作协、中国音协、中国民协和中国文艺志愿者协会等，特别是得到湖南省文联党组的关怀推荐，被中国文联"评为全国文联优秀个人"，作为湖南省第十次文代会代表到北京参加全国文代会，并荣幸当选本届文联主席团委员。

回望来时路，白云深几重。时光不老，讲不完一名文艺工作者与湖南省文联的故事；岁月缱绻，述不尽一位民族地区文联主席与湖南省文联的情缘。深化文联改革走在全国前列的湖南省文联，"激活一池春水"，现在，省文联领导班子团结务实，机关干部奋发有为，省直各文艺家协会"兵强马壮"，正带领全省文艺湘军意气风发地走在文化强国的阳光路上。我虽已离开辛勤耕耘的文联岗位，但我初心常在，艺心永远，不惧生活磨难和逆境风霜，因为一路走来，湖南省文联是我今生"最美的遇见"，而这份欣喜和美好，已然化作一种精神力量，如一盏明灯，照亮我前行的路。

時光回眸

悠悠情谊温暖的家

甘征文

　　1963 年，我在湘阴县六丰大队任团支部书记时，创建了一个农村青年农民文学创作组。我任组长，成员有回乡青年任振弘、甘庆林、熊洪颐、甘建中，地点设在我家。我们利用农闲和夜晚，读书，写作。

　　这事不知怎么被省文联得知。那是一个温暖的春天，桃红柳绿，丽日中天，门前的老梅树上喜鹊跳来跳去喳喳直叫，妈妈说："喜鹊叫，贵客到。"谁也没有想到当时省文联委派《湘江文艺》编辑部主任王勉思大姐从长沙乘火车到杨桥，再步行六里路来到甘家冲。她一踏进我家，便操着一口纯正的普通话自我介绍："我叫王勉思，是《湘江文艺》编辑部主任，省文联领导听说你们这儿办起了一个青年农民文学创作组，非常高兴，特委托我来看望你们，本来我们的主编任光椿老师也要来的，可他感冒了，我下了火车不知如何走，只好一路打听才得知你们这个地方。哎呀呀，你们这周围都是高山峻岭，唯你们这儿一块平地。不错啊，山清水秀真的好美啊！"王勉思大姐圆圆的脸上，笑意盈盈。我父母赶紧端茶倒水，母亲抓了那只生蛋的芦花母鸡杀了，父亲忙着去村店买肉，加上自家菜园里的黄瓜、茄子、豆角，办了一桌子菜招待远道而来的客人。

　　王勉思大姐笑着说："不要这么客气嘛，我们以后会常来常往的呢。"

　　饭后我便将创作组成员召集到一起，王大姐说："你们几位农村文学青年创办业余文学创作组，这在全省是一个好的开端，省文联特意委托我来看望你们，给创作组加把劲儿，祝贺你们。"

　　我们几个听了王大姐那一番温暖的话语，一个个心里头感到热乎乎的。

王大姐问:"你们都读了哪些文艺作品呀?"

我说:"我们最近读了丁玲的《太阳照在桑干河上》、赵树理的《三里湾》、周立波的《暴风骤雨》,这些书都是写的农村题材,农民的生活使我们收获不少。"

大家又拿出各自的读书笔记本给王大姐看。

王大姐认真地看了我们的读书心得,连声夸奖:"哎呀!不错,不错!希望你们今后一边创作,一边多读书,读好书。"

我说:"报告王大姐,我们乡下要看到省里办的刊物太难了。"

王大姐一听,马上从挎包里取出几本刚刚出版的《湘江文艺》递给我们,说:"省文联领导决定在你们这儿建立一个读书站,每期刊物定期赠送你们。希望你们几位文学青年对我们刊物上所发表的文艺作品提出读后思想收获及思想上、艺术上的点评。"

当年,插完早稻,我们几个农村文学青年,每人花两毛钱,买好车票,乘绿皮火车到了长沙,来到省文联驻地五一路(当时的中苏友好馆内)。门卫是一位姓邹的老人,他得知我们的来意,便带我们一行上到二楼的《湘江文艺》编辑部。任光椿老师与我们一一握手问好,他说:"听勉思同志说,你们几位扎根在农村,又业余坚持文学创作,还成立了一个农村业余文学创作组,这是一件很有意义的事呀,我代表编辑部欢迎你们几位的到来,衷心地希望你们对我们刊物上所发表的文学作品提出意见。"

我第一个说:"非常感谢省文联及《湘江文艺》编辑部对我们这些泥脚杆子的关心、关爱。上次王大姐送给我们的刊物,我们都从头至尾地拜读了。我是从诗歌开始文学创作的,当读到工人作者张觉的一首《节日书简》时,很是高兴,很有感觉——

'江水泼墨嫌清淡,白云当纸太轻飘。

机床工人通信札,借问钢刀互问好。'

我认为这样写工人的诗非常有诗意,抒发了工人阶级的豪迈气概。"

任老师听了笑问:"你是农民呀,你是怎么写农民的呢?"

我随口念了一首诗歌:

"我的扁担三尺三,日月星辰两头担。

挑过风霜和雨露，移走昆仑和泰山。"

任老师听了点头笑道："哎呀，不错，很有气派嘛！"

随即转过头来问任振弘同志："这位任同志像个秀才呀，你一定也写了许多好作品吧？"

任振弘便从口袋中拿出本子，开始念他的新作《送肥姑娘》：

"六月炎天似火燃，

路上烤得冒黄烟。

蝉蛉子热得吱吱叫，

暑气蒸腾冲上天。

一群姑娘送土粪，

稻子与她肩并肩。

担担挑得一百五，

只见扁担不见箕。

转小角，转大圈，

前催后，后催前。

好似仙女驾云彩，

又像水鸭蹿红莲。"

任老师听了拍手笑道："你们把农村劳动妇女参加生产的现场写得生动，好美呀！不愧是劳动出诗篇！"

随即又要我们对刊物上的作品提点意见。

我说："我看了今年3月的刊物，觉得头版头条发的那首纪念三八节的诗缺乏诗味，诗中写着：'三八，三八，又一个三八。'完全是几句口号呀。"

任老师连忙解释说："这是当时的老诗人萧三到了长沙，康主席请他为纪念三八节而写的。萧老只好急就章，以他的身份不得不放在头版头条，但确也诗意不足。"

熊洪颐说："任老师，这期刊载您的长诗《兰香与小虎》写得很好，也很感人，但我们读完觉得诗中人物关系在某些方面及段落中，缺乏逻辑性。"

任老师谦虚地笑道："你们看得好认真呀！我写的这首叙事长诗，篇幅较大，时间紧，没有精心打磨。你讲得对，某些地方是有不足的，待成集时再认真修改。"

编辑部的同志热情地为我们一行准备了午餐，中午在客厅休息过后，任老师说："省文联的领导都十分关心你们这个新组合的农民文学创作组，下午我带你们去拜见一下几位主席吧。"

我们一听，既感动，又激动！接着，任老师带我几个步行到了八一路，一走进新修的文联大院，任老师便告诉我们："湖南省委书记张平化为了振兴湖南的文艺事业，1961年特选在这儿建了几座小洋楼，请回几位湖南籍的大作家担任文联主席和副主席。"

他首先带我们去拜望周立波主席，立波主席是益阳人，我们进屋时，他正戴着眼镜在埋头疾书。任老师跟立波主席做了简单的介绍，周立波主席听了介绍后，立刻与我们热情地握手，招呼我们坐下后，说："文艺就是要写工农兵嘛！你们农民自发组织起来利用业余时间写作，这个很好嘛。希望你们认真学习毛主席《在延安文艺座谈会上的讲话》精神，首先要把立足点移过来，移到工农兵方面。你们本来就是农民呀，但还是要认真观察、研究，分析你们身边的人和事，研究他们的生产、生活状况，研究他们的精神世界，在创作中塑造可敬可爱的农民形象。"

我们认真地听着立波主席的谆谆教诲，都拿出小本子记录下来。

随后任老师又带我们去拜访康濯副主席，这是一位高瘦的长者，以前我们读过他写的《我的两家房东》。他一见我们，热情地说："你们是湘阴来的呀，其实我也是湘阴人啊！今后你们在写作上有什么困难，尽管直接来找我呀。上次王勉思同志去了你们那儿，回来她告诉我，你们的家乡好美，你们那儿的人好朴实。特别是你们几位青年农民在沉重、繁忙的劳动业余时间成立了文学创作组，大家一块儿读书写作，真的令人高兴，今后有什么需要的，我们文联一定尽力帮助。"

接着又去拜望副主席蒋牧良，任老师介绍说："蒋主席的分工是专管省作家协会的，有什么要求，尽管提。"

见到我们一行，蒋主席很高兴地从书房里走出来，可惜的是，老人家那一口湘乡话把我们难住了，十句能听懂一两句。但老人家脸上始终洋溢十分的热情和善意，使人感到十分亲切。

刚一走出门，迎面恰遇一位四十岁出头、身体微胖、梳着巴巴头的女领导，任老师向我们介绍："这位是文联副主席蒋燕同志。"

我们立刻向蒋燕副主席问好，她听了任老师的介绍，非常热情地拉着我的手，一口一声地叫道："小甘，小甘呀！欢迎你们有空多到文联来呀！"

那慈祥和亲切的神态犹如慈母。

我们这次长沙之行，真的是大开了眼界，见到了省文联几位领导，受到不少教益和鼓舞。

回家后我便创作出短篇小说《月夜》，并在《湖南日报》发表了。其他几位文友也各自写出了诗歌、散文。

1963年，我加入了湖南省作家协会。

1964年，我们在读书会上学习拜读了周立波主席创作的长篇小说《山乡巨变》，这部小说讴歌了农村实现合作化的情景，作品中的人物，如办社干部邓秀梅、社长刘雨生、那个砍楠竹的"亭面糊"及青年社员陈大春与盛淑君的爱情，一个个人物生动、鲜活。尤其是作家把益阳的农村语言写得生动、幽默风趣，使我们收获到不少文学创作的知识与技巧。

不久，又从报纸上读到周立波主席写的《山那边人家》，作品中将农村的婚事习俗娓娓道来，如听壁脚等细节描写得妙趣横生，有如亲临其境之感，使我受益匪浅。

1965年11月，由湘阴县委宣传部、岳阳地委宣传部推荐，我荣幸地参加了全国青年业余文学创作积极分子会议。湖南代表团有三十多位文学青年参加。出发前，在省文联办公室集合，周立波主席向我们讲话，他说："你们到北京去，一定要认真听好各位首长的报告，虚心向其他省的作家、作者学习。"

大会上周主席特指定老作家韩罕明先生（省文联秘书长）带队。

会议期间，我受韩秘书长的指示，让我代表湖南代表团在人民大会堂做了《一手拿锄，一手拿笔》的典型发言，第二天，《人民日报》全文刊出。回到住所，我百感交集，随口念出："过去我到城里来，人家笑我穿草鞋。今日北京开盛会，千人鼓掌我上台。"会议期间我们荣幸地受到朱德委员长、周恩来总理及其他党和国家领导人的接见，并与其合影留念。回到家后，湘阴县县委书记陈秉芝、县委宣传部部长张瑞林，特意安排我在全县三级干部大会作了两个小时的汇报发言。

"文化大革命"后，省文联由康濯任主席。"文化大革命"后期，岳阳第一次召开创作规划会议，省作协主席未央亲临指导，当报送创作题材时，我大胆地报了一长篇小说的计划，当时很多人认为我不能胜任。晚饭后，我与未央老师一块儿散步，我问："未央老师，你认为我能写长篇吗？"

未央老师说："写长篇小说，必须具备两个条件，一是要有丰富的生活经验，二是要有驾驭文字的功力。我认为你一直生活在农村，生活有一定的积累。在报刊上也发表了不少的小说、散文，文字有了一定的基本功，是可以写的。"

未央老师的话对我鼓舞很大，散会后，我白天耕种，晚上奋笔疾书，不到一年，一部近二十万字的长篇小说初稿已经完成。我将稿子寄给当时的湖南人民出版社，当时的社长黄起衰、主编王勉思收到稿件后不久，就来信叫我去长沙修改。文联康主席得知，马上告诉出版社，一定要下大力气帮助这位农民作者。在出版社的帮助、指导下，我全力以赴，终于把作品修改好了。1965年，小说终于顺利出版发行。

不久，我也被汨罗县县委书记汤吉贵特招到县文化馆任文学创作专干。

这时，省文联修起了办公大楼，我每次去文联，就像回家一样，左邻右舍去串门。作协主席刘勇也是农民出身，我读过他写的《一面铜锣天下响》，很是欣赏，我们是好朋友。剧协秘书长周峥嵘以办公室为家，宽大的房内摆着一张钢丝床，中午可去休息。书协颜家龙先生1981年到了汨罗，我带他去川山买了好多毛笔，他赠送我一幅墨宝"宝剑锋从磨砺出，梅花香自苦寒来"勉励我，我一直珍藏着。美协的陈白一老师住在康老的对面，一见我就笑嘻嘻地说："欢迎农民作家到我家做客呀。"我去文联那儿有茶喝，有饭吃。摄影家协会的唐大柏主席曾经在湘阴报任职，是看着我成长的。一见到我就十分亲切地拍着我的肩膀："小甘呀，小甘，成长得很快啊！"

有次我去长沙办事，在公交车上把钱包丢失了，无钱买火车票回家，立刻跑到康老家中借钱，康老不仅给了我钱，还留我吃了饭。湘阴业余作者吴果迟创作了一部历史电影剧本《一剑仇》，他拿着稿子找到我说："本子写好了，可不知道怎么办呀？"我毫不犹豫地说："我带你去省文联，他们会帮你的。"于是我俩一起来到康老家，康老放下手中的工作，马上看他的作品，看了后说："写得不错，你对历史有一定的研究，放在这儿，我负责推荐。"不久，该作品便在《电影剧本》刊物发表了，大大提高了吴果迟的创作积极性。

1978 年首届世界龙舟节在汨罗举办，我专程去长沙邀请康老、蒋燕几位老师来汨罗观看龙舟盛会，几位领导一致称赞。因为伟大的爱国诗人屈原晚年在这儿度过，使汨罗著名于世，成为"端午源头，龙舟故里"。

1980 年省文联召开文代会时，康老找我个别谈话，他说："甘征文，明年你不要写小说，写个剧本吧，我们省这几年剧本上不去。"

我从来没写过剧本，但接受了任务，为了不辜负康老的期望，回来后，便将一个准备写长篇的农村题材，改写了一部名为《八品官》的大型现代剧本。经反复打磨后，这部剧本在 1981 年 6 月的《文艺生活》发表。这时恰逢中共湖南省委、省政府为了纪念建党 60 周年而举办首届大型文学艺术评奖活动，《八品官》又获得优秀作品奖。紧接着省剧协又派出专人将作品送往北京参加文化部、全国文联首届剧本评选奖，我做梦也没想到，是康老第一时间写信告诉我《八品官》竟获得全国大奖，并叫我立即赴京领奖，文化部的工作人员王仲春同志告诉我，《八品官》在评审中得到著名剧作家吴祖光评委的极大赏识，是获票最高的作品。当晚《剧本》主编颜振奋找到我说："刊物明天要发这个剧本，你得马上写一个创作谈。"我遵命，立刻执笔写下："人自心底出，戏从生活来。"颜主编看了很满意，连同剧本一块儿发了出来。康老得知消息立马给我写了封长长的祝贺信，信中洋溢着兴奋、热烈之情，字字闪光，句句火热。汨罗市花鼓戏剧团将《八品官》排练好，参加了首届湖南省戏剧会演时，中国艺术院院长张庚先生在观看后，在会上对《八品官》一剧的演出做出了热情洋溢的评价，并鼓励剧团将这部作品送到农村去。汨罗市剧团一连在农村演出了 200 多场，获得省文化局两万元的奖励。1984 年，再次由湖南省花鼓戏剧团排练的《八品官》参加了全国戏曲、话剧、歌舞会演，中国艺术研究院常务副院长郭汉城看了剧本后，写下《生活在笑声中前进》一文，并在《人民日报》刊载了满满的一个整版。由此，《八品官》成为汨罗剧团的保留剧目。2021 年，汨罗市举办艺术节，老省剧协主席范正明亲临汨罗看了后，感慨地对我说："一个现代戏，30 年了，还如此受观众欢迎，真的了不起啊。"不久，《八品官》被选入《中国当代十大喜剧集》《中国新文艺大系》《中国金曲集》《中国新文学简史》《曹禺剧本奖》十卷中戏曲卷的首篇。

1986 年，我去西安参加全国现代戏创作年会时，全国剧协秘书长何孝充告诉我，据他统计，全国有 70 多个剧团排演了《八品官》。

当康老离开湖南去北京之时，老人家与夫人王勉思及儿子毛博在汨罗住了三天，我陪康老瞻仰了屈子祠、屈原墓地。并和老人一起去寻找他的祖居之地——汨罗新市毛家河。

康老去京后，省文联实行执行主席制，当时的执行主席范正明先生是湖南戏剧界的领军人物。有次他将我叫到文联办公室，说："甘征文，要交给你一个重要任务。刘海是湖南文化界的一个很好的品牌，但多年来，写刘海的人一批又一批，大大小小的剧本不少，遗憾的是没有看到一篇完美之作。这个任务我交给你去完成。"

我接受了任务，开始重新构思，打破以前所有写刘海的套路，写了一稿送给范老审阅。经他提出意见后又改，一直改了十多次，范老看了后欣喜地说："蛮好！人物性格鲜明，主题升华了，有情、有趣、有味、有戏。你可以去省版权局申请版权。"

我按范老的指示，去省出版局按照程序申请了版权证书。

当年汨罗市建立屈原碑林，收集全国许多著名书法作品，主持者特将书法作品编成集子，想请文坛泰斗曹禺先生写个序，便找我商量，如何能找到曹禺先生。我马上来到省文联找到时任省文联秘书长姜友石先生，他二话不说，马上进京，在北京医院见到曹禺先生，老人扶病而起，欣然作序。

省文联任光椿先生晚年在行动不便时，还书赠我墨宝"朴素最美"，以示对我的加勉。

不久，我被省文联列入湖南文艺人才扶持"三百工程"。这年，省文联党组书记江学恭先生因公来到汨罗，看到我时热情拥抱，互诉友情，连我们市委书记、市长见了也为之动容。

不久，省文联通知我去长沙领取创作扶助资金，我便开始了大型现代戏《平民领袖》的创作。该剧由汨罗市剧团一上演，立刻在岳阳、长沙等地引起了轰动，省委宣传部许又声部长亲自到场观看，并发表了热情洋溢的讲话。不久，该剧被选为党的十八大献礼之作品。在北京演出时反响强烈，毛新宇及家人不但观看了此剧，也发表了热情洋溢的讲话，还接见了全体演职人员。湖南卫视、湖南经视向全国观众进行了现场直播。我在电视中看到现场有不少北京的观众连声叫好。

不久，北大两位教授来到汨罗找到我激动地说："真没想到，湖南竟有这么好看的戏啊，我找了许多关系才购到票，一连看了两场。"

065

时光回眸

不久，《平民领袖》参加全国艺术节又获得文华剧目奖。

1989年，我们汨罗市成立文联时，省文联党组书记蒋国斌同志赶到汨罗亲临指导，并在成立大会上致辞，省文联未央、王以平两位老师也题词祝贺。未央老师写下"花开汨罗"，王以平老师写下"诗歌之乡"。

2009年，省文联副主席、省书法院院长周云带着湖南卫视一班人到汨罗拍摄汨罗江风情片，一见到我，周主席紧紧握着我的手说："哎呀呀，甘老师你一点也没老呀。"并和我一块儿论及汨罗江流域的人文景观，临别时，他一再交代那位在汨罗兼职的省文联干部："你在汨罗的任务，就是照顾好甘老师，关心好甘老师。"关爱之情溢于言表，使人全身温暖，如沐春风。孙健忠同志任省作协主席时，那年春节的正月初三便和李元洛、水运宪三位来到我家聚会。

谭谈任文联主席后，特到汨罗看望我，并邀我一同去屈子祠瞻仰，我两个各写了一篇纪念屈原的散文在《湖南日报》副刊发表。

2013年，省书法家协会主席鄢福初来到汨罗，他指着我对汨罗市委书记问道："你认识他吗？"书记说："认识呀。"鄢主席说："你去看望过他吗？"书记笑道："我们年年都去看望的。"鄢主席满意地点了点头："你们市委市政府重视文艺创作人才，做得很好。"

2000年，省剧协主席王阳娟和省剧协副秘书长曾芳专程到汨罗看望汨罗戏剧甘家班全体创作成员，并给予高度评价和鼓励。

　　2022年，省剧协换届时又特邀我出席，并将我安排坐第一排首位，还专门派了一位年轻工作人员负责我的起居，照顾得无微不至。

　　2022年4月，省作协的党组书记胡革平专程到汨罗看望我。省作协副主席沈念到汨罗时特加了我的微信，并对我当下的创作十分关心。

　　2023年11月，汨罗市文联举办有关我的四卷本《戏剧文学集》及《文坛岁月忆名家》散文集发行共享时，省作协党组书记胡革平专程赶来参加并发表热情洋溢的讲话。省剧协秘书长李红飚也专程赶到汨罗祝贺，使我感动不已。省毛泽东文学院的刘哲也专程过来祝贺。

　　令人感动的是省剧协主席肖笑波当时正在北京党校学习，得知消息后，及时打来电话祝贺，她一再说："很想参加这次活动，一连向组织请了三次假未获批准，只好在电话中表示祝贺。"

　　千言万语汇成一句话：文联是我家，终身铭记它。

栉风沐雨　与文联同行数十年

龙海清

　　当初我怎么也不会想到：自己的命运会和文艺结下不解之缘，几十年的风雨历程竟和省文联息息相关。

　　小时候，我最怕的功课是写作文。我也做过各种各样美丽的梦，唯独没做过缪斯女神光顾之梦。1963 年，负笈千里到岳麓山下一所高等学府求学时，所选专业完全是冲着"尖端科学的前哨"那个迷人的招生广告决定的，哪里会想到什么文学艺术？有个"湖南省文学艺术界联合会"是在星期天逛街时知道的。那时省文联的办公场所就在五一路的中苏友好馆内。这座颇具洋式风格的楼房，现在看来已显得十分矮小，但那时却是长沙令人瞩目的标志性建筑。从学校到河东闹市区游玩，我常常经过省文联门口，总不敢跨进大门一步。

　　直到大三那年，有一天我终于鼓足勇气，走进了省文联的大门。动机很单纯，仅仅是为了一睹大作家周立波的风采。结果却令人失望，因为他已成为被批判的对象，"大字报"满墙都是。等到他又恢复大作家的光环时，我却只能从书本里拜见他了。其实，"文化大革命"开始之后，文联中许多作家、艺术家相继遭到厄运，不是被批斗、进"牛棚"，就是被下放。文联机构基本上从瘫痪到解体。

　　大学毕业之后，我被分到株洲一个大型工厂工作。当时的知识分子排行第九，叫"臭老九"。工厂的"臭老九"们统统要下到车间生产第一线顶班劳动。我所在工段区有三四十个人，却汇集了包括清华、北大等十多所重点大学毕业生。那时，"知识无用论""技术无用论"大行其道，倒鲜见"文学无用"的提法。为了消磨下班后的无聊时光，我便开始摆弄起"文学"来。不时也有我在纸格子的涂鸦变成省、市级以上报刊的铅字。于是，在"臭老九"的头上，我又多了一个"业余作者"的名号。

1973 年年初，我以"业余作者"的身份，被抽调到省工农兵文艺工作室改稿。这是省文联撤销后的文艺工作机构，也是后来文联恢复的前身。办公、生活的场所就在长沙坡子街。有一天，我突然接到一份"速回，有新的工作任务"的电报，便撂下手中未改完的稿子，匆匆赶回株洲。当我回到厂里时，递到我手上的是一纸不容申辩的调令。原来，就在我来省文艺工作室改稿期间，市革委会、市报社和我所在工厂达成了对我的"交易"置换，即株洲日报社用一名工作人员将我从工厂置换出来，调我去报社编辑文艺副刊版。从此，我就不得不吃"文艺"这碗饭了。那时的这饭碗很不好端，动辄犯忌，无论是作者还是编者，都得小心翼翼地在夹缝中求生存。

随着党的十一届三中全会的召开，文艺界重获新生。省文联及其各协会相继恢复或建立，办公场所也搬到了现在的文联所在地。省文联、省作协恢复后召开的第一次大会是全省的少数民族文学创作会议。其规模之大、气氛之热烈，丝毫不亚于后来的文代会。在筹备期间，我作为省作协会员借调到长沙来为省文联主席康濯起草大会工作报告。从此便和文联结下了不解之缘。

在此后不久的 1980 年上半年，新时期湖南省召开的首次文代会在长沙举行。此次文代会与各协会的代表会是合在一起召开的。在这次文代会期间，省民协（当时称"中国民间文艺研究会湖南分会"）正式成立。德高望重的省政协副主席谷子元当选为主席，彭燕郊、郭味农、邹朝祝等为副主席，陶立任秘书长，我则当选为"常务理事"。

我是在 1981 年 6 月初调到文联的。初到文联我的主要工作是在民协创办《楚风》杂志，陶立同志则负责主持协会的日常工作。一会一刊，仅为两人。我来之前，《楚风》创刊号的稿件是由协会的几位副主席帮助选编的。我来之后，继续做些未竟的工作。三个月之后，即 1981 年 9 月，创刊号终于面世。88 个页码，定价 0.43 元，交由新华书店发行。谁知谷老（子元）看了样刊定价后，颇为生气，批评说："为什么要多收别人三分钱？改为四角整好了！"我只好赶忙跑到印刷厂，和工人师傅一起，将已印好装订好的杂志在封底上用铅字一本一本戳上红色的"0.40 元"字样。而该期印数却是 2 万册！

《楚风》的创办，得到了社会各界各方面的支持。毛主席同学、老诗人萧三和文艺界老领导林默涵等名家都给《楚风》题了词，被周总理戏称为"20世纪最大的自由主义者"聂绀弩后来也寄来稿件。钟敬文等民间文艺界的著名专家学者则更是关注与呵护。广大读者也纷纷来信表示欢迎和投稿。

可是，谁也没有想到，杂志开办初期，最起码的办公条件也没有。编辑部和协会一起都挤在一间几个平方米的住房内。我刚来文联，居无"片瓦"，只得睡在办公室里。一个小书柜、一张旧桌，再加上一张单人床，再也容不下一张带靠背的小椅子了，遑论其他。编辑部和三个协会才共用一部电话。那种境况，可用楚先人的"荜路蓝缕"来形容。那时的刊物并无各种职务的设置，实际行使主编职能的当算彭燕郊先生吧。后来他也日渐淡出刊物编辑，我则坚守下来，保持刊物的正常出版发行。虽然各种编务都得做，却不拿一分钱的编辑费、校对费，只凭着一种责任感艰难前行。

1985年，省民协换届，省政协副主席谷子元仍兼任协会主席；我加入了"副主席"的行列。会后，文联在关于我的任命书上，在"副主席"之前多了"常务"两个字，而在职务之后则有了"副处级"的括号。

就在那段时间，作为全国艺术科学研究规划重点项目的民间文学三套集成工作在全国范围内开始铺开。1985年年初，在省委宣传部的红头文件上，我又多了只有责任和义务而无待遇的职务：湖南省民间文学集成工作领导小组成员兼集成办公室主任。这一临时机构，虽由省委宣传部牵头，联合省文联、省文化厅、省民委共同组成，但具体工作却落在了省文联及民协的头上。由此，我的主要精力不能不转到人称"修建文化万里长城"的巨大工程上去了。回首往事，屈指一算，前前后后一干就是近二十年！

近二十年的时间，在历史的长河中只不过是白驹过隙，但它却占据了我生命中最宝贵的一段。我经历过由起草文件、组织发动、培训队伍、全面普查、编选成书到出版发行的全过程。通过全省上万参与者的共同努力，搜集到的民间文学资料以数亿字记；编印成书的集成资料本达300多部，计6000多万字；最后作为国家卷出版的三套湖南民间文学集成有 370 多万字。湖南省试点推出的县集成资料本被当成范本在全国推广，整个集成工作走在全国的前列。大家的汗水没有白流，既为湖南的文化建设做出了贡献，也为湖南争得了荣誉。我个人不仅集下了盈箱的各种获奖证书，还被中国文联列为首届"德艺双馨"中青年文艺家座谈会的代表。

作为集成工作的具体组织者与参与者，我知道这项工程的浩大与艰难，也体会过勤于奉献却不易被人理解的清寂与委屈，更深知这项工程对当代与将来的意义！

2006 年，湖南省又启动了一项巨大的文化建设工程，即编选出版《文艺湘军百家文库》大型丛书。这项工程是省委、省政府直接主导的。这既是湖南"十五五"出版规划重点项目，也是国家的重点项目。湖南文化底蕴深厚，留下的各种文献著述浩如烟海，要从中选出数百本来作为一套丛书并非易事。为此，省编委会还先后邀请了中国社科院、清华、北大、中华书局及省内高校有关专家参与书目选取，所幸的是，我主持编撰的湖南民间文学三套集成列为其中，也是整个文联唯一被选中的作品。根据省里要求，文联党组为这三套书成立了修订小组。当时的党组书记罗成琰任组长，副书记江学恭为副组长，因为三套书原为我主持编纂的，我则任常务副组长，具体负责修订工作。修订后，这三套集成分六册出版。整套丛书 702 册（历史文献四百多，今人作品两百多），我们的占 6 册，总字数 3 亿，我们占300 多万字。这不能不说是文联对湖南文化建设的一种独特贡献，这大概也是我可以自慰自傲的地方吧！

当这些重大的文化工程相继完成时，备受全社会关注的非物质文化遗产抢救保护工程又在全国范围内开展起来。作为一名老兵，在文联领导的支持和省文化厅的聘任下，我担负了湖南省非物质文化遗产专家评审委员会委员的任务，还曾被任命为副主任委员。想不到年届退休又投入了一项伟大的文化工程。

如果仅仅从我担任协会常务副主席（后称驻会副主席）到主席任上退休来算，就长达二十年有余。我深深感到，文联工作特别是协会工作的复杂性。其事务是多样的，不仅有联络、协调、服务、管理等职能，还有研究、创作的任务。虽然工作庞杂多样，好在文联环境宽松，领导也积极鼓励驻会干部带头出作品。多年来，在完成重大项目工程及协会工作的同时，我也在全国多种期刊或出版社发表出版上百篇学术论文和其他作品，有的还产生过广泛的影响，也因此应邀到德国、美国、法国、日本、奥地利等国家和台湾地区进行学术交流。

如今，我已进入朝杖之年，省文联也走过了七十周年的历程，文联无论在软件还是硬件等方面，都发生了当初难以想象的发展变化。回望过往，我从未后悔自己的人生选择，依然习惯性地在过去的人生轨迹道路上自承其苦，自感其乐。东晋书圣王右军说："虽趣舍万殊，静躁不同，当其欣于所遇，暂得于己，快然自足，不知老之将至。"这话好像也是对着我说的。

知遇之恩不可忘

向本贵

让我不可忘怀的，是我文学创作的路上，湖南省文联领导和老师们的关心、扶持和帮助。我高中毕业的时候，由于那场特殊的运动全国停止高考，我只得回到贫穷落后的偏远山村务农耕种。那时我二十多岁，前途无望。迷惘中，便在艰苦的劳作之余学习文学创作。那时，省作协和省文联还没有分开，办有一份文学杂志叫《湘江文艺》，王以平老师是《湘江文艺》的主编，赵海洲老师是《湘江文艺》小说组的组长。当时，我在乡文化站做文化辅导员。两位老师去我的家乡沅陵县给文学作者讲课时，都去过我农村的老家。王以平老师握着我父母的手说他们养了一个好儿子，工作和劳动之余，还坚持写小说，日后肯定是有出息的。赵海洲老师去的时候是冬天，坐在火塘边，一边烤火，一边细心地辅导我怎么写小说。我的短篇小说《三大金刚》就是经过赵海洲老师的修改，于1983年7月在《湘江文艺》发表的。那是我在公开刊物发表的第一篇小说。就因为那篇小说的发表，我义无反顾地走上了文学创作之路。二十年之后，由于文学创作上的一些成果，我居然当上了省文联副主席，能经常聆听省文联领导和老师们的教诲，得到他们的关心和帮助。做省文联副主席的那十年（第七届、第八届）心情愉快，创作下力，也是我出作品最多的十年。

那时，夏义生书记兼任《创作与评论》的主编，我有新作问世，夏义生书记是一定会组织评论家写评论的。记得我的长篇小说《苍山如海》出版后，他就组织评论家写了多篇相关的评论在《创作与评论》发表。后来，我创作出版的长篇小说《凤凰台》在读者中引起了反响和好评，夏义生书记不但组织相关的评论在《创作与评论》刊出评论专辑，还做了一个访谈在《创作与评论》刊出，使我得以认真回顾与检视自己的创作之路，梳理与展望我的创作前景与信心。说实在的，我没有上过大学，在文学创作之路上的知识储备和文学素养均存在不足，但得益于评论家对我的作品的解析与得失的品评，让我能从这些解析与品评中汲取养分，认知与弥补作品中的欠缺与疏漏，以及时调整创作的前行之路。几十年来，我在文学创作的路上一直不停歇地往前走去，有了一定的收获——共计出版发表文学作品一千万字，并两次荣获中宣部"五个一工程"奖，两次荣获全国少数民族文学创作"骏马奖"。

在我做省文联副主席的时候，谭谈主席和谭仲池主席对我的关心都是无微不至的，只要见着我，就一定要问问我的创作情况。谭谈主席更像是一位亲切的兄长，慈祥、谦和，鼓励的话语格外地温暖感人。欧阳斌主席还在怀化市做市委书记的时候，就给我解决了很多工作和生活上的困难，使我能一心一意从事文学创作。后来，无论他做省政协副主席还是做省文联主席，对我仍是无微不至的关怀和帮助，鼓励我好好写作，争取写出更好的作品，不负这个伟大的时代。还有江学恭书记，对我也是关怀有加，每次开会或是参加活动，对我的食宿安排和行程都一定要亲自过问的。彭见明副主席是领导，也是我的良师益友，他的小说写得好，是我在文学创作路上的榜样和标杆。

在我做省文联副主席的十年里，我还要感谢时任处长的叶心予和谢群，他们都是我的好领导、好朋友。由于我是兼职省文联副主席，只有开会或是举办活动时，我才去省文联。那时没有高铁，每次去省文联的时候，总是前天晚上七点半从怀化坐火车去长沙，第二天清早六点半下火车，走二十分钟的路，赶到八一路 227 号。他们总是把我的早餐安排得好好的，待我吃过早饭，正好去参加会议。那可不是一次两次、一年两年，是十年啊！是他们无微不至的关心与照顾，使我感到特别温暖，特别亲切，真有回家的感觉。

让我不可忘怀的是在省文联做了两届副主席，我得以认识了平时只能在书上、在电视上，在剧院里才能见着的大家、名家。黄铁山副主席是著名画家，他的画作名扬海内外，不承想到，他老人家是那样的平易近人，面对面聆听教诲，又是那样的才华横溢。左大玢副主席是著名湘剧表演艺术家。她扮演的观音菩萨神情庄重，仙气弥漫，她的那种端庄与福禄形象，惟妙惟肖地塑出观音娘娘，见着她本人，又是那样的和蔼可亲。景仰中，一定是要认真瞻望几眼这位观音菩萨的，就想着能沾上一点儿仙气，让自己的作品也能写得更出色一点。吴月英副主席是著名导演，导演过许多脍炙人口的影视作品。我感到荣幸的是，根据我的长篇小说《苍山如海》改编的同名电视连续剧，由她执导拍摄，并在中央电视台播出，还获得了中宣部第八届"五个一工程"奖，目睹她对工作的认真负责，对艺术的精益求精，让我敬佩，让我感动。许红英副主席是著名舞蹈家，她在舞台上是那样的靓丽而华美，工作中，又格外地细致入微。说一件小事，我第一次参加省文联的会议时，坐在主席台上，面前摆着一个文件袋，文件袋旁边还放着一支黑墨水笔，我真想把那支黑墨水笔带走，做做笔记什么的方便。却又不敢，担心别人笑话我占小便宜。坐在我旁边的许红英副主席轻轻对我说："摆在各人面前的墨水笔是可以带走的。"

还有谢璞老师，我做省文联副主席时，他老人家已经退休，可只要见着我，他是一定要鼓励我努力写作，争取写出好的作品。他慈祥的面容、和蔼的话语，久久地萦绕于心，不可忘怀。

细节见扶助，知微显关心。我这个做过农民，当过生产队队长和乡干部，一步一步从大山角落里走出来的乡土作家，就是在这样温暖的大家庭里度过了愉快的十年，也成长了十年。那十年，省文联开会也好，搞活动也好，只要通知我，我是决不会缺席的，甚至连迟到也没有过。因为，我喜欢那样的集体，因为，我喜欢省文联的领导和各位老师。从那样的集体中，从各位老师的言行与举止里，我开阔了眼界，扩大了视野，领悟了很多我不曾知晓的真知与文论之理。

前些年，得知我准备出版《向本贵文学作品集》，谢群处长给我打电话，询问作品集资料的收集和准备情况。过后，分管湖南省文艺创作扶助基金会的管群华书记也亲自给我打电话，并在出版经费上给予支持，使得我的八卷《向本贵文学作品集》顺利出版。

如今，我是快八十岁的老人了，关心、帮助和扶持过我的领导和老师大都已经退休，但每年春节的时候，我总能接到省文联打来的电话，声音虽是陌生，却是同样的热情，同样的体贴和温暖。几多问候，几多关怀，使得我这个耄耋老人心里暖乎乎的了。

常常，我会回忆起那一段美好而难忘的过往，总结着，就六个字：激动，感动，感谢。无以回报，就只有攒着劲用心写作，争取写出好的作品，报答社会，报答省文联的领导和各位老师。我一直牢牢地记着，文联这个组织，就是出人才、出作品的地方。作品写得越多，写得越好，领导和老师就越高兴。

一个基层业余作者的感恩

谷 静

在喜庆湖南省文联 70 华诞之际，我抚今追昔，夜不能寐，常常老泪湿枕。经二十余夙夜思忆、笔记，终于形成此篇文字……

一、主席关怀

1964 年的夏天，我在湘潭县从教的学校放暑假了。利用假期，我到长沙二舅家小住，那时我带了我的一篇写我的学生勇救三个儿童的文章，想求教于年近六旬的二舅。他读过中学，虽工作在商业战线，但爱好文学。他很快看完文章，说："你写的这个少年，事迹很感人。是给报社还是杂志？"我想了想："给报纸那这几千字，是长了些……""那就给管文化、文学的单位吧！"二舅说。我听了，觉得还有管文学的单位？有意思！二舅说："管我们商业的有个省工商联……听说还有个省文联，应该是管文化、文学的。那就找省文联试试吧！"这是我第一次听说"省文联"三个字。我马上说："要得！要得！"

第二天用过早饭后，我打听到省文联在五一路的中苏友好馆。在路人指点下找到了那里。在大门口，我看见有三块牌子，一块上面写着"湖南省文学艺术界联合会"，一块写着"中国作家协会湖南分会"，还有一块写的是"湖南文学编辑部"。问传达室才知这三家单位是一起的。我想第一块牌子应该就是"省文联"的全称，也是最大的单位，下面那个"湖南文学编辑部"不就是管文学投稿的么？正是我要找的地方。于是，我问清湖南文学编辑部是在三楼，便走了上去。

走上三楼，在一位青年（后来知道他是省作协的金振林）引导下，来到一间房间，里面有位戴眼镜的男同志正在埋头看稿。他说："潘老师，这位同志送稿子来了。"潘老师抬头笑笑说："好啊！"我走过去把稿子递给他，说："请老师指教。"潘老师接过稿子翻了翻，说："嗬，有五六千字。这样吧，你把稿子放在这里，过两天就是后天你再来听我的意见。"这样，我认识了潘吉光老师。

到第三天，我又去编辑部找到潘吉光。他对我说："你的稿子写得很顺畅，事迹感人，但这是一篇人物通讯，没有把人写成立体的。"啊，我明白了，是没有写出人物性格，我把我的想法说了。潘吉光说："这个救人的孩子的性格特点是什么？"我马上回答："做了好事不张扬。"他说："对！对！别人做了好事爱显露，而这个孩子却不锋——"等他没说完，我马上接口道："不锋芒毕露！"我们几乎同声说出"不锋芒毕露"，说完两人都笑了。感谢潘吉光的点醒，我立马赶回学校重新构思，认真把稿子进行改写，随即把这篇"盯着人物性格写"的文章寄给了潘吉光。

没过几天，潘吉光回信了。他在信中说："你这一稿写得很好，写出了主人公周达斌的独特性格……"他还告诉我，"这篇报告文学决定在 10 月刊物发表。"

过了不久，近万字的、题为《红色少年周达斌》的报告文学在 1964 年《湖南文学》第 10 期发表了。

到 10 月下旬，我又接到潘吉光来信，他在信中说，发表的文章很受好评，向我表示祝贺，同时希望我近期能去杂志社一趟，要我带一篇小说稿子过去。恰巧那时学校放一周"秋忙假"，于是我又来到杂志社。

到杂志社时，汨罗的曹家健和邵阳的蒋若谷正在编辑部，当时他俩已是省内知名小说作者。潘吉光见我去了，说："谷静，要你来就是参加小型小说创作班。"我在编辑部住下，并参加了这个创作班。我们三人互相看稿，互相提意见，又倾听潘吉光老师的当面指导。几天过去，我准备回学校了。潘吉光对我讲："我写信要你来，还有一件事，就是省委第一书记张平化已经率领省委社教工作团进驻你们良湖公社开展社教运动了。你晓得不？"我说："晓得，张书记具体在我们公社良湖大队搞运动。"潘吉光见我知道得这么清楚，便说："这个创作学习班，带你只四个人，还有岳阳的张步真没到，你们四人是省文联主席周立波圈定的，你们一方面改稿，另一方面要到良湖大队参加社教运动，一边劳动、一边体验生活，大概十多天。你工作正好在良湖公社，可就近参加这个学习班体验生活。"我说："我所在的学校离良湖大队有十好几里路，来去不方便，我争取去吧！"我离开编辑部时，潘吉光又对我说："周主席带你们下乡，这次在良湖多跟他接触接触，看他是怎样体验生活的。"我连说："好！好！"

回到学校，秋忙假已结束。我白天忙教学，晚上参加社教运动，甚至星期天也搞运动，忙得很！就这样，我还是利用一个星期天去了良湖大队，和三个青年作家一起劳动，一起交流，也看到周立波主席与贫下中农有说有笑、一身泥巴一身汗地在田里劳动。我远望着他，心生感动和敬意！那天我在良湖大队只有大半天，而周主席也事多，我没机会亲聆教诲，但他以身作则的行动深深地教育了我！三十多年后，在省作协办的《文学风》一期杂志上，我看到潘吉光一篇回忆文章《与周立波下乡》，就是写当年周立波率四位青年作家，下到良湖大队体验生活的事，他把我的名字列入其中。我看了，心中既有感动也有遗憾。感动的是潘吉光一直把当年立波主席带四个青年作家下到湘潭县体验生活一事铭记心上并写文记录，遗憾的是那次我因种种原因没自始至终参加，但我仍要感激立波主席对我的关心和培养！

转眼到了1965年春节。春节过后，我到长沙看二舅，又在他家小住。那时春节假机关三天，学校仍是寒假期间，我在长沙多待了些日子。一天，我来到编辑部给编辑部老师拜年。我走进潘吉光的办公室，在他的办公桌旁坐下。他笑着指着桌上一大叠信件说："你的《红色少年周达斌》是去年（1964）我们刊物反映最好的一篇，你看，这么多读者来信！"我俩正聊着，一个戴着眼镜的瘦高个儿同志进来，我立即认出他就是我在良湖远远望见过的周立波主席，马上站起来说："周主席好！"立波主席眼里有些疑问地看着我，潘吉光同志马上站起来指着我说："这是写《红色少年周达斌》的谷静同志。刚才他还在讲在良湖没亲聆您的教导。"立波主席随即笑了，一边笑着一边与我握手，说："谷静同志，这次见到你了。你的《红色少年周达斌》写得蛮感人，写出了一个少年英雄的形象，写出了他做了好事不声张的性格，就是写出了典型环境下的典型人物。你很年轻，听老潘说才满二十二岁。年轻人，再接再厉，努力写出更多的好作品……"听了立波主席这一番话，我非常感动，我对他说："谢谢周主席指教，我还很不够……"我激动得说不下去了。这时，立波主席对潘吉光说了句什么，他们有事一道出去了，立波主席转身出门时，又朝我笑笑。这是我与文学大师立波主席良湖后第一次见面，虽短暂，但在记忆中是那样深刻，他对我的处女作的表扬、肯定，永记于心，永为动力！

《红色少年周达斌》问世至今已近六十年，初问世时，我也收到过许多读者来信，后来（2003）我把它收入我的报告文学选《当代湘潭人》。此书出版后，当代著名诗人、广州市作协原副主席顾偕读后，赞叹说："《红色少年周达斌》是为经典之作。"我的女儿读后流下了眼泪。前不久，湘潭市岳塘区作协主席武正坤告诉我，《红色少年周达斌》他读了两遍，每遍都流下了眼泪……

再叙 1965 年往事。寒假结束，学校开学了。我教的是六年级语文，我又忘情地投入教学工作中去。

大约到了 4 月下旬，省文联打电话给我所在区的教育组，为我请了三天采访假，邀请我同潘老师一道去韶山采访（那时《湖南文学》对外业务活动，一般都由省文联出面联系）。这样，我和潘吉光有了一次共同的韶山采访之行。

那时我俩分别承担一篇文章的采写任务——他负责采访韶山先进典型刘雪娥，而我负责采访韶山女民兵排。我们白天夜晚连轴转，三天忙碌的采访很快过去，第四天一早，我们登程返回各自单位。

回到学校，我利用课余时间，对韶山采访的素材进行梳理，再作提炼、构思，写成报告文学《韶山女民兵》，在 1965 年 8 月出版的《湖南文学》第 4 期发表了，发表后受到读者欢迎。以抓民兵工作为工作重点的湘潭军分区、湘潭县人武部领导还接见我，进行表扬。1966 年年初，北京群众出版社（时属公安部）主动将《韶山女民兵》收入"民兵风采"丛书。

大概半个月后，即 1965 年 5 月上旬，省文联副主席、《湖南文学》主编王剑清在长沙主持召开作者座谈会，邀请我参加，也由省文联出面跟我区教育组打了电话，但因我前不久已请假赴韶山采访，这次教育组没有同意。因此，我对这一活动概不知情。直到作家、江南机器厂干部沈德辉开会回来，专程到学校找我，讲了座谈会情况，还给我带来了厚厚的一封信。他说："这是会议召集人省文联副主席、《湖南文学》主编王剑清在会议快结束时，特地给你写的一封信，要我带给你。"说罢，又补充一句，"王主席可是12级大干部啊！跟我们厂的厂长一样大！"我听了这封信是"大干部"写来的，心中立马有几分紧张。沈德辉走后，我展开信来看，只见信写了六张纸，钢笔写的，字比较大，字迹端正又不失潇洒！后来因我调动频繁，辗转多个单位，在辗转中将这封宝贵的信丢失了。现在经回忆，我记得信有以下几层意思：一是对我的《红色少年周达斌》获得很好的反响表示祝贺；二是对我未能出席座谈会表示遗憾；三是较详细地介绍了此次创作座谈会的内容；四是希望我继续写出好作品。尤其是第四点，王副主席对我今后写出好作品，给予厚望和期待！看罢信，我极为感动，想写回信，却不知怎么动笔，尤其想到她是12级大干部，更没勇气动笔了，至今引为很大的悔事，我深怨自己，为什么那么谨小慎微，连基本礼数也不讲呢？

省文联主席对我的关心、关怀延续着。到2010年，我退休八年了，准备出版剧本集《无价亲情》。我请时任省政协副主席兼省文联主席的谭仲池写序言。他欣然应答。他认真地研读了我的相关资料，不久写来两千多字序言《应是飘雪赏春时》，从多方面肯定、鼓励我的剧本创作。谭谈主席也在多方面关心我。几十年来，省文联主席的关心、关怀一直温暖着我的心！

二、杂志信任

1972年《湘江文艺》诞生，省文联和《湘江文艺》惦记着我这位基层作者。1974年，我被调到湘潭县文化馆任文学专干。调到县文化馆时，全国的农业学大寨运动正进行得轰轰烈烈。作为县级机关更是学大寨的重中之重。我到文化馆两个月后便被分配参加工作队下乡参加学大寨运动。

1976 年 10 月 6 日，一声春雷传来，全国一片欢腾！过了几天，一天上午，工作队欧阳队长找到我，说："你马上带上行李回机关，县委办来电话要你马上回去。"当时，我是丈二和尚摸不着头脑，究竟什么事要我这么急赶回去？当时学大寨抓得很紧，一般工作队员，除非重病是不能随便撤离返回机关的。

回到机关，县委办的老刘对我说："省文联的同志在这里等你。"话刚落音，随着一声"谷静，你终于回来了！"，金振林出现在我面前。相识几年，我们已是老友了。我们热情握手。他说："我这次来，是因为《湘江文艺》要组织欢呼华主席粉碎'四人帮'的文章，要你去清风大队采访，写一篇文章。我自己也要采访那里一些素材。"又说，"为了把你从基层抽回来，我在这里两天了，找了几位县委领导，还找了一把手郝书记，才批准你回来。"

我们的采访地就是当年在合作化运动时，毛主席亲自作出批示给予表扬的湘潭县良湖公社清风大队。我和金振林采访了大队党支部书记，请他谈当年受到毛主席表扬的感受，特别联系以华主席为首的党中央粉碎"四人帮"的感想。我们又下到生产队采访老党员、老赤卫队队员，获得了农民群众对粉碎"四人帮"的热烈反响！第三天采访结束，我来到长沙《湘江文艺》编辑部住下，就在那里写出散文《金秋十月访清风》,《湘江文艺》杂志社负责人郭味农自始至终为我阅稿、审签。文章很快在《湘江文艺》1976 年第 6 期（该刊是双月刊，11 月出版）刊登出来，排在杂志文章的前面，与好几篇"欢呼华主席、粉碎'四人帮'"的文章形成一个组合。

时间到了 1977 年，全国各条战线深入揭批"四人帮"，特别是在理论上进行彻底批判。这年 10 月，我接到《湘江文艺》理论组编辑朱日复的电话，他说杂志正准备在全省组织批判"文艺黑四论"，希望我写一篇批判文章。

为了完成他交给的写批判文章的重任，我首先学习了毛主席有关文艺创作的论述，仔细研究了"四人帮"的"反真人真事论"的由来、错误实质及根源，对"四人帮"泡制的虚假的错误影片《反击》等作品的内容仔细进行了解和分析，还将其与在毛主席文艺思想指引下，自新中国诞生以来，作家们深入生活创作的著名红色话剧《万水千山》、歌剧《洪湖赤卫队》等作品进行对比，又结合自己深入生活进行创作的体会，作综合思考。经过几天运笔，一个星期后，我这篇题为《斥"反真人真事论"》的评论写出来了。我很快寄给了朱日复。他及时看了并很快回信，说："文章不错，已决定发刊物第6期。"这样，我的批判"四人帮"的"反真人真事论"的文章，在1977年11月出版的《湘江文艺》第6期刊登了，并且受到好评。这是《湘江文艺》杂志又一次对我的关怀、信任，我深深感谢他们！

省文联和《湘江文艺》对我的关怀和信任在继续着。以后几年，《湘江文艺》多次办小说创作班，都邀请我参加。在创作班我的小说创作水平得到提高，那几年我在《湘江文艺》上连发了《心》《我才认识他》等小说。

三、感恩奋进

当年省文联、《湘江文艺》就是这样关心、指导我这个基层小作者，给我机会，让我历练，促我成长！我也没有辜负他们的希望。我在湘潭县文化馆工作十年，无论是在机关还是下乡办点，我都坚持文学创作。1984年4月，我被调到湘潭人民广播电台担任记者、编辑工作，工作之余，仍坚持创作。后来担任湘潭电台副台长、湘潭广播电视报总编辑，时间更紧，我便利用节假日和零星时间写作。几十年来，我的报告文学创作紧跟时代发展步伐，宣传了湘潭的先进典型艾爱国、毛雨时、李罗斌、王庆河等数十人，为把湘潭先进典型推向全省乃至全国做出贡献。我的小说上了《人民文学》，电视文学剧本上了《当代》，散文上了《人民日报》等国家级刊物、报纸。创作的电视剧《亲情》在中央电视台多次播出，并获湖南省"五个一工程"一等奖和湖南广播电视奖一等奖。新闻作品由新华社发通稿，在《人民日报》《中国青年报》《中国新闻出版报》等央媒发表。文学、新闻作品获省级及以上奖项40多次，其中一等奖21次。出版专著7部。加入了中国作家协会。1994年被评为湖南省首届"十佳记者"和湘潭市劳动模范，1995 年获"全国首届百家新闻工作者"提名奖（全省一名），同年当选中共湖南省第七次党代会代表并出席大会，1997 年被省政府记一等功。饮水思源，我的上述业绩，与省文联、《湘江文艺》对我的培养鼓励是分不开的，我深深地向他们致谢！我现在年过八旬，但也未息笔耕，我要让当年从省文联获得的创作奋进精神，继续发扬光大！在省文联 70 华诞之际，我衷心祝愿她事业发达、人才辈出、硕果累累！

那个人与那段岁月

卓列兵

提到湖南省文联的那段岁月，我自然会想起一个人，就是省文联主席谭谈。

早在 1995 年，谭谈的中篇小说《山道弯弯》就已享誉文坛，他的大名在湖南无人不知，无人不晓，而我当时还是一个仰望文学星空的业余作者。

我认识谭谈，是在我的家乡益阳。当时他带职深入生活，安排在县级益阳市担任市委副书记，我在市政协担任副主席。听说大作家谭谈来当副书记，我和许多好奇的市民一样，热切地盼望一睹其尊容。

在四大家的见面会上，第一次见到谭谈，他打扮朴素，模样憨实，满脸胡须，一点也不讲究点修饰，说着一口地道的涟源话，那平凡的模样看起来不像个干部，倒像个朴实的工人。听介绍，他本来就是个矿工，后来开始学习写作，算是个典型的工农作家。他的身世、经历以及在益阳政坛别具一格的一举一动都吸引了众多的目光。

而这位谭书记有点异样，他深居简出，从不张扬。走访农村，深入基层，不喜欢坐小车出入，总是骑一辆半旧的自行车，独往独行。有一次他公干之后，已是午餐时分，他悄悄摆脱下属的陪请，一个人混在职工队伍里排队就餐，因为陌生的面孔还差点引起一场误会。大家给他的评价是五个字："当官不像官。"

回到省会不久，他就当选为省文联第六届主席团主席，有人恭维他当上了厅官，他却说："我是来当广大文艺家的服务员。"他是这样说的，也是这样做的。五年来，年年按照"服务员"的标准要求自己，处处为广大文艺家排忧解难，受到大家的一致好评，所以大家总是引以为傲地称他为"我们的谭主席"。他说文联的工作，就是贯彻党的文艺方针，要出人才，出作品。上任不久，他就请省委领导同志亲自出任主编，请省委宣传部直接操作，先后编辑出版了《当代湖南作家作品选》《当代湖南文艺评论家选集》《当代湖南戏剧作家选集》三套丛书。这三套书，展示了湖南省未央、彭燕郊、石太端、萧育轩、任光椿、周健明、谢璞、宋梧刚、张步真、莫应丰、谭谈、孙建忠、彭见明、水运宪、蔡测海、何立伟、唐浩明和李元洛、胡代炜、凌宇、胡光凡、乔德文、余开伟、龙长吟、胡良桂、胡宗健及范正明等三十三位文艺家的成果，还有另一些文艺家的优秀之作也收入了综合卷。

省文联第六届的最后一年，尽管他已经做了历届文联没完成的大事，但他还觉得不够完善。这一年恰逢省文联成立五十周年，为了总结半个世纪以来湖南省的文学艺术事业，集中展示湖南省五十年的文艺成果，全面检阅湖南省的文学艺术队伍，他做出了一个大胆的建议，决心付出自己的全部精力和智慧，编辑出版《文艺湘军百家文库》。这是一个浩大的历史工程，他以豪迈的气魄接受了时代的挑战。

"百家文库"主要入选对象是当时最活跃的、成就突出的中青年文艺家。"百家文库"分十个方阵编排，即小说、散文、诗歌、儿童文学、文艺评论、音乐、戏剧、影视、曲艺与民间文学以及检阅老文艺家的红叶方阵。大体上一百本书，故名为"百家文库"。因为开支巨大，他以一个创业者的智慧采用半民间的方式组织力量，并争取省委、省委宣传部等领导自始至终的重视和支持，省新闻出版局、湖南文艺出版社也为此贡献了智慧和力量。如果把这一工程比作一次成功的大演奏，那么谭谈主席就是这次演奏的金牌指挥家。

历史的巧遇是因为《文艺湘军百家文库》让我近距离地结识了谭主席。

那一年，湖南省首届毛泽东文学奖颁奖，我于 1998 年 11 月在湖南少儿出版社出版的《卓列兵儿童文学作品选》荣幸地获得了儿童文学奖，得到了一万元奖金。为感谢小读者对我的支持，我决定购买一批《文艺湘军百家文库》的儿童文学方阵，并通过"希望书库"工程，捐给家乡的农村学校。

谭谈主席从电话中得知我的这一决定，兴奋地当即表态，极力支持我的这一义举，儿童文学方阵收录了湖南省 8 位儿童文学作家有影响的作品，每本定价 20 元，谭主席为了支持我的行动，决定以 2.5 折最低价格给我优惠。本来一万块奖金只能买几十套"儿童文学方阵"，他竟慷慨地给了我二百五十套，这让我第一次真正认识了喜欢办实事的谭主席。

2000 年 12 月的一天，我从益阳市政协借了一辆面包车赶到省文联大院提取我买的新书，让我倍感意外的是谭主席竟亲自在书库接待我，我感动地握着他那双温暖的大手，抱歉地说："谭主席，您事务繁忙，哪敢耽搁您的宝贵时间，在这里等我。"谭主席紧紧握着我的手说："您是省文联的客人，远从益阳到我们文联大院做客，我是主人哪有不迎之理，更何况您是为孩子们做贡献，我深感钦佩，不敢怠慢。"我连连点着头，激动地拍着他的手，由衷地说："省文联真是我们广大文艺工作者之家。"

谭主席带我走进书库，指着一大片城墙一样码着的书，我真没想到一万元钱竟买下了一座书山。我望了望同去的司机朋友，这才觉得没带几个人来，真是最大的失策，一时不可能找到帮忙的人，我与朋友相视苦笑，唉，只能是对自己粗心的惩罚吧！我们俩一趟又一趟地往车上搬着略显沉重的书，几个来回就已累得气喘吁吁汗流浃背。

谭谈主席正好从办公室走出来，看到我们二人忙忙碌碌的样子，惊讶地问："你们就来了两个人？"

我低着头像个做错了事的孩子，只"嗯"了几声，没有说话。

坦率的谭主席明白了，他二话没说，转身进了办公室，脱了罩衣，只穿一件衬衫，扎脚勒手地跟我们一起搬起书来。

我受宠若惊，着急地拦住他，面红耳赤地说："谭主席真不行！我怎能让您这样的大领导一起搬书呢？"

谭主席挽起袖子，露出肌肉饱满的胳膊，憨厚地笑着说："你看不起我，嘿，早年我在矿洞里挖煤，是真正的工人阶级哩！你倒是个吃粉笔灰的先生，算个知识分子，还能有我这般力气？"

一句自我解嘲的笑话，让我无话可说。他一手提着一包书，动作比我轻松多了。

同去的陶师傅看着这个"当官不像官"的粗大汉子，附在我耳边，悄悄地问："卓主席，这位同志是谁？"

我爽朗地笑出声来，大声地说："你看不出来吧！这位就是我们省文联的谭主席。"

陶师傅怔怔地望着那忙进忙出的背影，汗水早已浸湿了他的衬衫。他惊奇地反问了一句："省文联主席呀？正宗的厅级干部啊！"

我看他张大着嘴巴，脸上写满惊讶，忙不迭地要替谭主席解释："他是真正的人民的勤务员。虽然身居高位，但仍保持着工人阶级的本色哩。"

谭主席在一旁憨厚地笑了，那张长满胡子的脸，像绽放的菊花一样笑了，看来他十分满意我对他的评价。

这件事让我留下了深刻的印象，那些在省文联工作多年的同志却说，这才是我们认识的真正的谭主席，我们心目中最尊敬的省文联领导。

回忆拜访周立波主席

罗学知

　　那是 1967 年 12 月中旬的一天上午，铅灰色的冬云布满天空，天气显得格外阴冷。正在长沙理工大学（当时校名为长沙电力学院）读电厂热能动力专业三年级的我，决定邀请同是文学爱好者的同窗好友孟祥云去八一路的省文联，拜访我们仰慕已久的著名大作家、湖南省文联主席周立波先生。其时，由于"文化大革命"的关系，所有大中小学均已停课，学校处于自由无序状态。

　　像我这样一文不名的青年学子为何会想到去拜访周立波先生这样的大作家呢？说来话长，我的父亲罗光汉是一位中学语文教师，"文化大革命"前已是常德县第四中学的校长。我在父亲的辅导下，从高小开始，就先后阅读了周立波的小说《山乡巨变》《暴风骤雨》和赵树理的《三里湾》《小二黑结婚》以及丁玲的《太阳照在桑干河上》曲波的《林海雪原》、冯德英的《苦菜花》、知侠的《铁道游击队》、李六如（笔名季交恕）的《六十年的变迁》等名家名作。而周立波先生的《暴风骤雨》和丁玲的《太阳照在桑干河上》是中国作家中获得斯大林文学奖的两部优秀长篇小说。尤其是《山乡巨变》，以湖南益阳为背景写的农村合作化道路的题材，是我熟悉的湖南农村生活，读来倍感亲切，人物栩栩如生，使我对周立波先生的崇敬感油然而生。其实，当时我并不知道周立波先生已任湖南省文联主席，工作和生活都在长沙，离我们近在咫尺。俗话说，有缘千里来相会，无缘对面不相逢。当时我的同班同学，和我一样爱读文学名著的安乡籍的孟祥云，是长沙市一个群众组织的成员，他们为编辑一本《鲁迅语录》，向周立波先生借阅《鲁迅全集》，周立波先生立即让他在北京电视制片担任厂长的夫人林岚把《鲁迅全集》从北京寄了过来。一来二去地就和周立波先生熟悉起来，于是隔三岔五地去向周立波先生求教一些写作上的问题。他说周立波先生待人和蔼可亲且十分平易近人，完全没有著名大作家的架子，对他们的请教有求必应。我听了十分羡慕，请他下次有机会去时带着我一同去。他满口答应了，于是就有了这次对周立波先生的登门拜访。

那天我们吃过早饭，从长沙市南门外的金盆岭涂家冲校园出发，乘坐了四十多分钟的公交车，到达八一路湖南省公安厅对面的湖南省文联大院时已近上午九点。进入大院向左转，往里面第三栋小平房便是周立波先生的住处。进入小平房便是一间不大的客厅，围着一只生着木炭火的火盆，摆着几张木沙发。接待我们的是一位瘦高个头的老人，穿着一件深蓝色的呢子大衣，戴着一顶深蓝色圆筒形的呢质便帽，他热情地招呼我们入座。我们说明了想拜访周立波先生的来意，他给我们泡了茶便进入里间通报周立波先生去了。这时，同去的孟祥云同学小声地告诉我说，他是周立波先生的胞兄，为了让周立波先生能够专心致志地写作，从益阳乡下老家来为周立波先生买菜做饭、打扫卫生等，负责照料周立波先生的生活起居。说话间，周立波先生从里间来到了客厅，我们忙起身致敬，周老微笑着向我们点头致意，与我们一一握手。我抑制住无比激动的心情打量着眼前这位仰慕已久的著名大作家，他有着宽阔的额头，慈祥和蔼的面容，戴着一顶黑色的鸭舌帽，鼻梁上架着一副棕色边框的老花眼镜，上身是一件普通的黑布棉袄，下身是一条黑色罩裤，脚上穿着一双手工做的棉布鞋，在我看来就像是一位农村的教书先生，如果是在大街上遇见，你绝对不会把他与著名大作家、湖南省文联主席的身份联系在一起。

我们知道周老的时间很宝贵，挤出时间来接待我们实属不易，于是抓紧时间提问请教。那时，我对小说创作可以说是一无所知，问了现在看来是十分幼稚甚至是很愚蠢可笑的问题。

"周主席，《暴风骤雨》那样的长篇巨著你是怎么写出来的？就是凭脑子想出来的吗？"

周老笑了笑，道："小说创作首先要有生活积累，是无法凭空想象的。写小说故事情节可以构思，但是细节必须是来自生活中真实的素材。好比盖一栋房屋，房屋的式样你可以设计，但是每一根梁柱、木板、每一块砖头、每一片瓦都必须是真的，否则你就盖不成这栋房子！我写《暴风骤雨》前参加东北的土改工作队，在农村做了一年多的土改工作。"

"原来你还参加过东北农村土改？有亲身的经历？"我好奇地问道。

周老回答："是的。我们的土改工作队为了发动农民群众与农民同吃同住，吃的是咸菜就玉米饼子或者窝窝头，喝的是高粱米粥，晚上都挤在一条土炕上睡觉。由于我们每天都与农民兄弟在一起，他们有什么事都告诉我们，有什么话都对我们说。我写《暴风骤雨》的素材就是这时积累的。"

"您在《暴风骤雨》中写的那些人物都是真实的吗？"

周老笑了笑回答道："你问的是小说写作的人物原型问题，好比是画家画人物肖像的模特儿一样。有的人物有一个具体的生活原型，有的则是几个真实的生活原型合成的。比如韩老六就是三个人物合成的，一个是当地有一百多垧（一垧是 15 亩）土地的大地主韩成林（音），另一个是当地的土匪头子，还有一个是恶霸、伪保长。有的容貌是一个人，说的话是另一个人的，故事又是其他人的。"

"《暴风骤雨》这样的长篇巨著您是都想好了才动笔写的还是边想边写的？"

周老回答："长、中篇小说容量大，人物多，一般都是先构思好整个故事大框架和主要人物类型并写好人物小传后再开始创作，故事情节都是根据总框架展开，细节是围绕人物的设计写作，不可能先把每一个故事情节和每一个细节都想好了才动手写作。"

两个小时过去了，十一点多周老该午餐休息了，我们依依不舍地起身告别，周老一直送我们到门口，站在台阶前目送我们，向我们挥手致意。这次拜访，周老深入浅出的谆谆教诲给我们上了一堂小说创作的启蒙课，使我没齿难忘，受益终身。我一直把周老的教诲作为激励自己创作的动力和指引自己创作的指针，几十年来不论本职工作多忙，我都坚持业余创作，笔耕不辍。迄今为止，共出版发表长、中短篇小说、纪实作品、散文、杂文，电视剧本共 450 余万字，作品多次在全国和省级获奖。周老已经离开我们四十多年了，他的音容笑貌一直铭刻在我的脑海里，每当我在创作上有所收获，就会激起我对周老的无限缅怀与感激之情。

润物细无声

胡 宇

我于 2020 年开始担任宁乡市文联主席，成为文联系统中的一员，从此与省文联有了工作接触。我虽然工作在基层一线，但省文联上上下下务实勤勉的作风、对基层文艺人平易近人的工作态度、不遗余力的支持帮扶，让我有着深切的体会，发自内心地感动。记得 2020 年，宁乡市文联主办的《宁乡文艺》杂志创刊，扉页栏目为"名家寄语"，主要定位为文学艺术各门类大家对宁乡基层一线文艺工作者的寄语和希望，我也是希望通过这个栏目建立起宁乡与文艺名家的链接。栏目设置之初，我第一时间就想请鄢福初主席题字。于是冒昧地发了信息，请求他对基层文艺工作者给予鼓励。没想到，鄢主席第一时间就爽快地回复了，说这样的工作要支持。一周之后，我收到了鄢主席寄过来的书法作品"放歌青春——赠宁乡文艺"。这幅作品现挂在宁乡市文联会议室的入门显眼处，以此激励我们的文艺人要积极表达，纵情书写。欧阳笃材是宁乡杰出的画家，但艺术成就的影响力一直有待一步被挖掘。2021 年是欧公诞辰 120 周年，借此机会，宁乡积极策划组织"欧阳笃材作品研讨会"活动。事先，我和省文联领导汇报此事，鄢主席非常支持，说这个活动很有意义，在他的带领下，省内书画界大咖齐聚宁乡，济济一堂，盛况空前。鄢主席在会上作了饱含情感的讲话，对宁乡书画界给予很大鼓舞。讲完话后，他连午饭都没吃，急急忙忙赶往机场。事后我才听说，为了欧公这个活动，鄢主席数次调整航班预订。2023 年夏天，我有幸和鄢主席碰面，当时汇报了一个想法：宁乡准备把本土籍文学艺术人才资源进行整理，盘清底子，编成《宁乡文化名人》一书，以助力宁乡的各方面发展，同时想请鄢主席再写书名。鄢主席二话不说就提笔挥毫，写完之后，在场的人都觉得十分好了，但他仍觉得不够满意，又写了第二遍，以至于大家都嫉妒："怎么给你们宁乡写一幅字，还写两遍呢？"其实，鄢主席是觉得这个事情有意义，他很看重这本书，所以对题字也特别郑重。

夏义生书记在省文联工作多年，我刚到宁乡文联，就听老同志们私下讲起，说夏书记理论水平很高，很善于和文艺人打交道。这个评价，我在一次接触中，就深深体会到了。有一次，夏书记在从张家界回长沙的路上，临时想起到宁乡金洲镇看望雕塑大师雷宜锌，我有幸在场陪同。两人一见面，老朋友一样拉开了话匣子，聊当前的作品，聊行业内的设想，聊文艺界关注的话题，不时还互相开开玩笑，氛围十分轻松活跃。当时雷老师正在构思一个大型主题创作，我注意到，夏书记在谈笑中，不动声色地指出了一些问题，雷老师也心悦诚服，就这样云淡风轻地推进了工作。真是文艺范儿的领导艺术啊！2023年夏天，夏书记到宁乡调研，着重了解基层文艺组织建设的问题。夏书记一行看了坝塘镇文联建设情况，观摩了几个文艺阵地，在宁乡市文联机关召开了一个扎实的座谈会。一路走一路看，夏书记照例是谈笑风生的风格，和每一个基层文艺人深入交流，亲切交谈，反复盘问一些工作细节，掌握第一手材料。两天后，省文联公众号发表了一篇内容丰富翔实的长篇调研报告《小文联大能量——宁乡市坝塘镇文联主题调研案例剖析》。省文联的工作速度和质量，真是让人敬佩。省文联组联处前后两任处长，谢群和肖双良我都多次打过交道，印象十分深刻。谢群处长是亲切的大姐，浑身散发着太阳一般的温暖，她说话快言快语，个性十分爽快，但凡我只要提服务基层文艺人的问题，她都尽力给予支持。有次我说想请《湘江文艺》的各位老师与宁乡的作者们交流一下，她立即热心地帮我联系介绍。有一次，宁乡组织歌词大赛，我想在颁奖仪式上请省里的歌词大家来上一堂课，她又立即热心地帮我联络并邀请到了金沙老师。还有一次，人事处和组联处的同志联合在宁乡开展党日活动，联系我的干部，事先反复提醒，他们打电话只是想咨询一下线路，了解一下现场情况，不要我去作陪，也不需要接待。虽然如此，我还是觉得，省文联的领导到了宁乡，于情于理，我应该尽地主之谊，于是做了一下接待准备，并且坚持去了现场。谁知到了现场，谢红梅处长和肖双良处长坚持赶我走，说不需要宁乡接待和陪同。恭敬不如从命，我就真没陪了。事后，听在现场做服务的同志说起，省文联的支部党日会，开得十分严肃扎实，真正领悟到了省级机关严谨的工作作风。网络文艺发展中心的蒋蒲英主任，我是经常半夜骚扰她，主要是发给她稿子，她从未有过任何不快，而且总是第一时间给我回复。民间文艺家协会王涘海秘书长、曲艺家协会原野秘书长因为工作事宜，几次到宁乡实地指导，态度特别低调谦和，但讨论工作又十分专业给力。这几年来，我和省文联各处室、各协会几乎都有过工作接触，限于篇幅，在此不一一列举，但和每个人打交道我都觉得十分亲切，从每个人身上我都能感受到他们的儒雅与真诚。他们的言行，像春雨一样无声地润泽着基层文艺人。我在宁乡相关的内部会议上，曾多次谈到这些感受，并勉励我们的文联机关干部和各协会的同志们，要学习省文联的好作风，传承省文联的好风尚。

千里情缘省文联

舒绍平

　　1974年4月，湖南怀化地区在安江镇举办文学创作学习班，芷江县文化馆派我前去参加学习。当时我在乡间中学当教员，因为1972年我在《湖南日报》发表了一首诗，后又在《工农兵文艺》等刊发了诗，县里把我当成重点作者，那次一共学习了三天。

　　那时，省文联来了好几位老师，《湘江文艺》杂志李启贤老师讲小说创作，他说："你要学习小说创作，最笨最有用的方法，就是选一篇你自己喜爱的短篇小说，读透读懂，然后将这篇小说按自己的构思重写几篇，通过这种学习训练，你就会摸到规律，学到写小说的办法了。"他讲的这个方法我一直记在心里。于沙老师讲诗歌创作，作家刘勇老师等也讲了课，会上介绍刘勇老师是个农民作家，他当时在省群众艺术馆编《工农兵文艺》杂志。农民也当了作家？他戴了一副眼镜，说是深度近视，我们这些业余作者对他很吃惊却又佩服。这是我第一次认识接触到省文学界的老师们。

　　那时我写诗，对诗有兴趣，于沙老师很会讲课，热情洋溢，激情澎湃，语言风趣，生动活泼，特别吸引人。他讲诗歌创作要做到三个字，即新、精、深，并举诗歌实例深刻阐明，随口而出："头发梳得光，脸上抹得香，只因不劳动，人人说她脏。"好形象啊！满堂学员都哄笑起来。我第一次听这样别开生面的创作课，有理论有实践，启发很大。老师们的授课，像清清的泉水流进我干涸的心田，更像一把钥匙，打开了我封闭的大门，让我印象十分深刻，几十年过去，还记忆犹新，仿佛就是眼前的事情。

　　学习班休息时，我去找于沙老师，将我写的一百首诗给他看，他看了后语重心长地对我说："小舒呀，为人要老实，写诗就不要太老实了，不能写得太实，要空灵些，要大胆想象，天南地北海阔天空，古今中外凡能想到的都要想象，眼界要宽，心胸要大，你要加强想象，没有想象就没有文艺创作，要运用比喻、拟人、夸张等手法将想象的东西在诗中具象化……"他还举例说明，对我帮助很大，让我有了新的感悟，诗歌创作得到了一定提升。他从我的诗作中选了一首《足迹》，说这首诗想象丰富，有新意，后将其发在《湘江文艺》上。后来好几年，我从事诗歌创作，时时用于老师的"新、精、深"这把尺子来度量自己的诗作。其实所有的文学艺术创作都应该达到这个标准。

1977年，我被调入县文化馆任文学创作专干，后又任县图书馆馆长、文化馆馆长。县里恢复了文联，我担任了文学协会主席，便在图书馆办起了未来作家培训班，培训业余文学爱好者，每个星期六星期天上课。当时请了地区文联的作家谭士珍、廖泽川等人来上课。

一天，我试着给《湘江文艺》主编王以平老师打电话，当时我在《湘江文艺》上发了一篇小说《马脚》，王主编曾给我打过一次电话。我们两都没见过面，我一个默默无闻的业余作者，打电话邀请他来芷江上课，心里惶恐不安，生怕他拒绝，没想到他竟很高兴地答应了，真让我意外，百感交集。

那时，交通十分不方便，来芷江千多里路，没有客车可坐，只有湘黔铁路火车过芷江，又正是夏天，天气炎热，王主编自己坐绿皮火车，在硬座车厢坐十多个小时，熬了一夜，第二天上午十点多才到芷江西站下火车，他也不要我们接站，自己搭了个便车，一路问信，找到图书馆，背着包，全身都是汗水，没有一点架子，当时我感动得眼泪都流出来了。他一个大主编，不辞辛劳跑到湘西偏远的芷江来上课，几人能做到？当时县文化局的人都震惊了，局长周高海热情地接待了他。在芷江三天，他连续讲了两天课，讲小说创作，讲杂志编辑部的看稿要求，并详细介绍了《湘江文艺》，又很耐心地给作者们看稿，评稿，提修改意见。天热得很，教室只有一台老式电风扇，"哐当哐当"给他扇风，条件很差，他却没有一句抱怨。我说："王老师，太对不起你了，我们这里条件实在太差。"他笑了笑说："小舒，没关系，我不是来享福的，是来上课的，只要给大家讲了课，我心里就舒服高兴！"后来我们陪他到天后宫、文庙等处参观，三天时间，他没要一分钱讲课看稿费，没拿一点土特产，来回路费、住宿费都不要我们出，真是无私奉献，让我们赞叹不已！几十年过去，当年听课的作者们谈起这事，仍然感慨万千，都说王以平老师是个大好人，大家永远不能忘了他。

没过一年，王主编又派年轻编辑黄斌老师（后来担任过《湖南文学》主编）到芷江，给我们讲写作课进行辅导。

1982年，省文联、省作协在芷江举办湖南省少数民族文学创作学习班，邀请了省内外很多知名作家与编辑来会。当时《人民文学》《诗刊》《湘江文艺》等都有人来，我记得有公牛、王朝文、孙建忠、谭谈等作家诗人编辑十多人。于沙老师也来了，师生见面很高兴，他和我进行了亲切交谈，并对我进行鼓励，还给我题写了一幅书法作品。这次学习班，两天讲课报告，一天参观采访，对湘西作者尤其芷江作者创作鼓舞很大。

1985年，我加入了湖南省作协，后来又调入了县文联工作，担任主席，那以后与省文联的直接联系就更多了。

我记得曾参加一次省文联在长沙举办的会议，各地市文联还有部分县文联都有人参加，会议开了三天。大会报告，小组讨论，我还特别听了作家古华的讲课，那时古华刚从德国访问回来，名气很大，获了茅盾文学奖，我读过他的《爬满青藤的木屋》《芙蓉镇》，十分佩服。他写湘南乡村生活，乡土语言，很合我们基层作者口味。会上省文联谭谈主席也讲了课，他的《山道弯弯》，那时也是十分轰动，获得全国第二届优秀中篇小说奖，大家读得爱不释手。他们结合自己的作品，谈了如何从生活中取材，怎样构思，如何塑造典型人物，怎样运用自己独特语言写作……听了作家老师们的授课，大家在会上讨论热烈，深深受益，我的小说在很多方面都受到他们的影响，写的也是乡土题材，自己熟悉的生活。

我在县文联工作了十余年，得到省市文联很多指导和帮助。省文联领导到怀化来，他们有时间都会到芷江打个转，看一看。记得有一年夏天，谭谈主席来了怀化，他说要到芷江看一下我，那天下暴雨，潕水河涨大水，市文联同志劝说他雨大水深，不要前往，他坚持要去，结果两辆小车走到芷江境内公坪段，因大水淹没了公路，无法通行，只好返回。事后市文联黄主席打电话跟我讲了这事，说谭主席讲未能前往芷江看望，深表遗憾，当时我听了十分感动。

第二年谭谈主席又来了怀化，这一次他到了芷江文联，我陪同他们一行，参观了芷江受降园、龙津桥、天后宫、孔庙等，他们还与我县部分文学作者进行了座谈，指导创作座谈会上谭主席说："我知道县文联的同志很辛苦，有的县工资只领到百分之七八十，没有办公经费，人少，县文联只有一个或两个人，事情又多，还要开展很多活动，组织文艺创作活动，真是难啊。我也是从基层上来的，我在煤矿当过工人，我知道基层的不容易，所以每到一处，我都要看看下面的同志，这也是一个慰问和鼓励，是我们的一片心。"

谭主席的话说到我心坎里去了，我心里热热的。省文联是我们的娘家，领导们就是家长，他们体贴关心下属的艰难，令我十分感动，芷江县文联就是这种情况，我在县文联工作期间，机关两人，没有办公经费，好些年工资都拿不全，可是再难我们仍然要千方百计开展工作，组织创作活动。芷江县各个门类的创作都出了一批比较好的作品，涌现了一大批文艺创作人才，芷江文联曾连续三届获评省先进文联。我深深感谢省文联对我的厚爱、支持与帮助。那时，我去省文联和各协会汇报工作，省作协、省舞协、省音协、省美协、省书协、省摄协都热情接待并对县里工作进行指导。芷江县少儿舞创作做得较好，少儿舞工作搞得活跃，省舞协许主席专门给芷江县文联发来一个通知，要我们创作舞蹈参加全国少儿舞大赛，我们排了一个节目参赛，预赛选中，后我带队参加中国文联在天津举办的全国少儿舞大赛，获得二等奖。省文联的《文坛艺苑》经常会登一些芷江县文艺活动的消息，还刊登了两篇对我的长篇历史小说的评论文章。其间，芷江县有十三位同志成为省作协、省舞协、省美协、省书协、省音协、省摄协等协会会员，并有三人成为国家级会员。芷江县青年画家芷江师范教师刘兴剑，要与省里其他两位青年画家，在长沙联合举办三位青年画家展。说起来容易做起来难，我记得当时困难重重，是省文联、省美协领导与工作人员，及时给予了大力支持，帮助排忧解难，从展览谋划、场地、布展、经费等各方面，积极联络，出主意想办法，终使我们走出困境，画展成功举办，取得很好效果，后来刘兴剑还被调入长沙理工大学任教。此事已过多年，对省文联这种大力扶持帮助基屋文联与作者的无私奉献精神，我仍深深记得，感激不尽。

2001年，我出版了长篇历史小说《王安石宰相全传》《范仲淹宰相全传》，随后又出版了《夜郎传奇》。当时任省文联、省作协副主席的彭见明对我很关心，2002年他与王跃文在靖州给怀化市作家讲课，其间与我交谈，对我的创作成果表示祝贺，他主动说："老舒，你的创作成果很多，可以加入中国作协。"我当时蒙了，真是受宠若惊，中国作协那是文学创作的最高殿堂，我做梦都不敢想啊。我们怀化市当时只有四位中国作协会员，三位都是老前辈，我行吗？他鼓励我："能的，一定成！"他回长沙不久就给我寄了一份中国作家协会会员入会申请表，要我把表填好，直接将表与几部长篇小说寄往中国作协创联部，我抱着试一试的心态，照着办了，谁知道在2003年我果真就加入了中国作协。我太高兴了，在省文联、省作协的培养帮助下，我多年的愿望终于实现了，深深感谢彭见明主席！

后来，我退休了，因为一个偶然机会又从事电视剧本的写作，我写了四十集电视连续剧剧本《县令满朝荐》。2013年，省文联在郴州举办一期电影电视剧与剧本创作改稿培训班，谭仲池主席要人打电话通知我与另一位作者参加改稿班。那时我在深圳儿子家带小孩，得到消息激动万分，高兴得两眼湿润，老了老了，退休多年，省文联领导还不忘我这位老作者啊！当时我的家人也深受感动，大力支持，儿子要我立即乘火车赶去参会。我是改稿班里年纪最大的学员，当时省文联非常重视改稿班，谭主席亲自坐镇指挥，从北京请来了三位剧作专家讲课，每天有一堂生动的创作课，省里还请来省戏剧研究院的几位剧作老师专门看稿、评稿，提修改意见，对我很有帮助。会上，谭主席还深入作者中，与我们讨论稿件，听取意见，他肯定了我们创作的剧本，还安排省文联影视中心帮助我们联系拍摄有关事宜，后因种种原因没能成功，但是省文联领导对我们基层作者的关心支持与帮助培养，这份难得的情谊我将牢记在心！

五十年了，弹指一挥间，路可以走过，水可以流去，我与省文联以及各位领导作家编辑老师相交的那份深情友谊，将天长地久，永远缅怀！

我与湖南省文联

曾胜程

　　20 世纪 80 年代，我所生长的湘中农村虽已解决温饱问题，但精神生活却无比贫乏，由于父亲工作的电影队订了《小说月报》《小说选刊》杂志，还是懵懂少年的我就比伙伴们多读了些课外读物，时光流转中，我悄然爱上了文学，梦想长大后能成为一名作家。

　　1989 年暑假，高考完后，我有了一些闲暇时间，便写了一篇一万多字的小说，当时我连方格稿子都买不起，便用数学作业本抄了一遍。想投稿到《湖南文学》，却不知道《湖南文学》地址，想起在文章中看到时任省作协常务副主席、著名作家谭谈多次帮助文学青年的事迹，便给谭谈老师写了一封信，连同自己的小说稿寄给谭谈老师，请求谭谈老师转给《湖南文学》。

　　过了些时候，大约到了国庆节，正在复读的我收到了谭谈老师的回信和退回的小说稿，谭谈老师在信中告诉我，他将我的小说稿转给了《湖南文学》编辑部，编辑说没达到发表水平，就将原稿退回给我。谭谈老师还在信中鼓励我努力提高写作水平，争取早日写出优秀的文学作品来。我做梦也想不到，谭谈老师这么一个大作家，工作和创作那么忙，竟然满足了一个素不相识的文学少年的冒昧要求，还回信关心我的学习成长，这给了我莫大的鼓舞和激励！

　　1991 年秋，我正在湖南广播电视大学省直属分校学习。其时，电大直属分校与省作协联合举办一个文学讲习班，招收了 50 多名文学爱好者，由省作协常务理事、诗人彭浩荡教授担任班主任。文学讲习班共二十堂课，每周五晚开课。开班时举办了盛大的开班仪式，省文联副主席、作协主席未央发表讲话，他鼓励同学们珍惜机会，认真学习，不管以后是否能成为作家，都要养成终生热爱文学、热爱写作的习惯。未央老师的话，我一直牢记在心，也影响了我的一生。在之后的人生道路上，我无论面临顺境还是逆境，一直坚持读书、写作。

　　为文学讲习班授课的都是省内著名作家，如"七月派"诗人彭燕郊、朱健，省文联副主席谢璞、李元洛，著名小说家任光椿、贺晓彤、何立伟，报告文学作家张步真，通俗文学作家宋梧刚，诗人于沙、崔合美，散文家王开林，文学评论家邓映如等。第一堂课是省文联副主席、著名诗评家李元洛讲授的，他超强的记忆、渊博的学识，妙语连珠的口才，令人惊讶和佩服。每个老师授课的风格不同，任光椿老师的严谨，于沙老师的热烈，何立伟老师的洒脱，崔合美老师的幽默，邓映如老师的尖锐等等都令人印象深刻。我当时备了一本专用的笔记本，在做好笔记的同时，很热衷在课余找老师签名，也许是我担任班长的原因，所有的老师都满足了我的要求。女作家贺晓彤老师是邵东人，在课间休息时得知和我是老乡，特别地亲切，特意给了我许多叮嘱和祝福。洞口籍的谢璞老师在课后还专门与邵阳籍的学生合了影。我唯一没有听到的一堂课是彭燕郊老师的。彭燕郊老师是新四军老战士、"七月派"代表诗人，是我十分敬仰的一位诗人老师。他为我们授课的时间是 1992 年 4 月间的一个周五，正值我第二天代表直属分校参加全省电大文学知识竞赛，当时已住到省电大总校，晚上不准外出，无法去听课。彭浩荡教授为了弥补我的遗憾，要我安心比赛，争取好成绩，以后他再专门带我去拜访彭燕郊老师。第二天比赛结果出来，我所在的代表队获得了第一名，彭浩荡老师非常高兴，专门抽空带我到马王堆博物馆去拜访了彭燕郊老师。彭燕郊老师非常慈祥亲切，与他交谈如沐春风。临走时，他还在我的笔记上题词："诗人者，不失赤子之心也——与曾胜程同学共勉。"这本文学讲习班的专用笔记本我一直如同宝贝一样地保管，遗憾的是 1996 年邵阳市遭遇特大洪灾时，我把书籍和这本笔记本打包吊在住所的房梁上，还是没有逃掉被洪水浸泡的厄运，晒干后全是泥，也就无法保存了。

　　三十多年过去了，我已从弱冠青年变成了满头华发的半百中年，在文学讲习班上课时的场景依然历历在目，许多老师的话还在耳边回荡，仿佛就在昨天。文学讲习班虽然只有二十堂课，却影响了我的一生，虽然我至今没有成为一名优秀的作家，却一直保持购买文学书籍、文学刊物，坚持文学创作的习惯。多年来，我致力楹联创作、邵阳地方文化和民间文学的挖掘整理，发表了200多万字的作品，撰著、主编了20余部书籍，其中《联话中华五千年》《邵阳农优文化集锦》《名人眼中的蔡锷》《大祥地名文化荟萃》等书籍公开出版，《邵阳名山名水名胜》《北塔区地名文化荟萃》等书籍作为邵阳地方文化资料内部保存。我也一直牢记彭燕郊老师的教诲，保持赤子之心。特别是近十多年来，我在邵阳市诗词协会、民间文艺家协会等文艺社团任职，为广大会员服务，积极组织开展各种文化公益活动，服务和回报社会。我还筹集资金，搜集两万多册图书，创办了邵阳市地方文化图书馆，向市民免费开放，成为邵阳市的一道文化风景，更为研究邵阳本土文化提供了许多珍贵的资料。

作为文艺追梦人，我庆幸自己在青年时代就能得到许多文艺大家的指点，沿着正确的方向逐梦前行。今天，我作为湖南文艺战线一个默默耕耘的老兵，将紧握手中笔，牢记文学初心，继续奋力逐梦。

我与文联二十年

谢子元

正是人们常说的，不算不知道，一算吓一跳。在庆祝湖南省文联成立七十周年的日子里，我也算了一下，自己在省文联工作整整二十年了。再举头一看，在省文联（含二级单位）百几十号在岗的同事中，比我先到的同志，竟不满十个手指头了。不禁感叹，岁月真是一把"杀猪刀"，当年的小谢，已然成了顶秃鬓白的老谢了。不免记起刚到文联时，常常听到对面办公室里叶心予处长打电话，开口必是"我是省文联小叶"，我曾揶揄他道："你都小叶，我岂不该叫小小谢了？"现如今心予先生也早成我们的"老领导"了。

是啊，人生能有几个二十年？姑且按四个算吧，前二十年从懵懂幼年到接受学校教育，后二十年则退休养老，中间为社会劳动的人生盛年，不过两个二十年罢了。

2003年11月1日，是我从家乡县城公考调入省文联上班的第一天。当时我不知道，文联是以1953年11月召开第一次省文代会作为纪念成立的。事实上，当年也没有什么庆祝、纪念活动。直到2013年，按照省政协原副主席、时任省文联主席谭仲池先生的要求，才隆重举行了庆祝活动。在这项活动中，我还是做了一点工作的。当时，我担任组联处副处长，按照谢群处长的安排，承担了《湖南文艺六十年》丛书和六十年历程与成就图片展览的组稿、统稿工作，并做了些"从艺六十年文艺家"的摸底表彰工作。《湖南文艺六十年》丛书包括17卷19册，其中《省文联卷》综述、历史沿革和重要活动主要由两位耄耋老文艺家范正明先生、胡英先生和我承担撰稿、组稿工作，省各文艺家协会、事业单位和各市州文联的历史沿革则由各单位提供，我们加以提炼统一。在与两位老先生共事中，他们认真、严谨、谦和的作风予我以良多感触和教益。对于这一卷书，文联很多干部职工包括退休的老同志都积极提供了资料、进行了审稿。省各文艺家协会及省画院则承担了自身分卷的撰稿工作。全套丛书从制订编纂方案到成书发行，只用了不到半年时间。时间如此仓促，丛书整体质量当然难说很高，然而正如谭仲池主席在丛书总序中所说，"回眸沧桑岁月，存照往日风华，是为了超越，为了奋进，为了攀登"，也如时任省文联党组书记江学恭先生在《省文联卷》序言中所说，"回顾历史，是为了更好地前行"，有这样一套做出阶段性总结的图书，终究是一件可以告慰前人也可以昭示来者的工作。

我在文联的二十年，大体可以分为前后两个十年。两个十年有什么区别？我想来想去，前十年的要求主要是"干好"事，后十年则既要"干好"事，还要"做好"人。前十年文联的事也没少干，但规则比较宽松，机关制度、作风都比较自由，有事的人干事，没事的人玩玩，也没有什么攀比和怨艾，这一时期的关键词是"和谐"，文联被人视为"轻闲""好玩""享福"的所在，实际也是"清贫""边缘""无权无势"的同义语。后十年各项工作有了新的要求，文联也不例外，省文联接受了两届省委三轮巡视、一轮巡视回头看，还有几次审计，其密度似乎胜于一般单位。这一时期的关键词是"正风肃纪"，人人都要先"做好"人，擦干净屁股，扣好扣子，轻装上阵，并不时咬咬耳、扯扯袖，再"干好"事，忠诚、干净、担当。这一时期，文化建设越来越受到重视，文联在社会生活中的地位有了变化，老百姓也朦朦胧胧地了解"文联"这个单位和它的作用了。而且，文联人也常常要加班加点了，虽然在头十年里，总也有一部分人要加班加点，但毕竟不是普遍的和经常的。

我庆幸的是，在比较宽松的头十年里，在领导和同事的关心支持下，我半工半读地读了硕士研究生，完成了博士研究生的主要课程，还附庸风雅地学了些吃酒赋诗、写字联对的玩意儿，借以文其不文，厕身于文艺界中。想想如果一开始就是后十年这般规矩和紧张，我必定没有勇气、不敢也很难去混文凭、学杂耍了。唯一深感遗憾的是，我没有在这一阶段完成博士学业。我是 2010 年考入时任省文联党组书记、湖南师大文学院博导罗成琰先生门下读博的，由于自身怠惰，而天又不假年于罗师，最后幸得赵树勤导师收留，我才终于完成了学业。

说起做诗联的爱好，我虽然从小有点苗头，然而真正学会基本格律，则是到了省文联工作之后向几位老先生请益并偶相唱和的结果。我也为省文联作过对联。一副是 2017 年春节前，为省文联给文艺工作者的慰问信而作的："万艳争春，文运相牵国运；三声唤日，民心共向核心"。因为前一年的 12 月，中国文联十大召开，习近平总书记的讲话中有一个传播很广的金句"文运同国运相牵，文脉同国脉相连"，所以转年的春联就从此着想；又因这一年是生肖中的鸡年，故下联暗引了"三声唤出扶桑日"的意思。2022 年春节前，文联党组布置要组织几副春联，在大院门口和办公楼等处悬挂起来。大门联是由时任省文联主席、中国书法家协会副主席、省书协主席鄢福初书写的，内容是："笔濡湘水千重浪；艺绘神州万象春"。这副联是联家鲁晓川所撰，我只改了两个字，晓川说这要算我们共同创作了。记得转年后的文联全委会上，省委常委、宣部传部长在讲话中还提到这副春联，肯定它的气势、气象，并借以祝贺湖南省文艺事业的前景。

我更庆幸的是，亲身经历了文联机关的乔迁。在文联七十年庆祝活动中，党组书记、主席夏义生有一个金句，就是湖南省文联"七十年前河东，七十年后河西"。因为在庆祝活动之后，文联机关就由湘江东面八一路老院子迁到了河西岳麓山下的文艺家之家。俗话说的"三十年河东，三十年河西"，是说风水轮流转。共产党人信马列不迷信，但文联办公环境的根本改善，当然是巨大的变迁，既体现了省委、省政府的关心，凝聚了文联干部职工的努力，也预示着文联将进一步打开发展空间。

但诚如省文联名誉主席欧阳斌先生所言，八一路老文联院子是省文联的"祖屋"，要永远珍视，那里还有文联很多干部职工的家属楼，更重要的是，那里记载着我们的初心。追溯起来，老院子最初是 20 世纪 50 年代周立波、康濯、蒋牧良、柯蓝四位湘籍文艺家回湘工作后，省委为他们专门修建的四座别墅，后来踵事增华，陆续修建办公楼和家属楼，紧株密植而成。说来老院子也确实是文联发展的重要福地和驿站，我们不能忘记。

二十年弹指一挥，当然有很多往事、很多记忆，但一时也无从说起，最重要的还是面向未来，行稳致远。我不免又一想，等到省文联的八十周年庆，我已经不在工作岗位上，可能无由共襄其盛了。但世事如棋局局新，也难说的。如果延迟退休真实行呢？还有，我今天翻阅省文联原主席、中国作协原副主席谭谈先生主编，于2000年出版的大型丛书《文艺湘军百家文库》之一卷，就见谭谈先生在总跋中写道："今年，恰逢省文联成立五十周年。"原来，省文联的历史不仅可以追溯到1950年7月，中共湖南省委批准在长沙文联筹委会基础上成立湖南省文联筹委会，也可以追溯到其前身1949年8月成立的长沙文联筹委会。万一省文联的成立庆祝按通例尽量往前追溯，那么我又有了与年轻的同事们同沐80周年庆典荣光的可能了，岂不幸哉！

当然，面向未来，最重要的是记住习近平总书记的嘱托——"撸起袖子加油干"，因为一切成绩、一切变化都是在实干的汗水中得来的。

想到这里，几句歪诗便冒了出来：

自　嘲

人曾呼小谢，今自称"老臣"。

岁月如刀锯，沉浮付笑嗔。

立身经百炼，戒酒已三轮。

未到码头日，拉船腰莫伸。

文坛艺苑写春秋

管群华

文坛艺苑写春秋，
苦辣酸甜劲未休。
是非成败何足道，
莫负年华乐悠悠。

寒来暑往，春去秋来，不知不觉老汉我退休已十年了。

回顾到省文联工作这段经历，感慨万千。虽有烦事、憾事、不愉快之事，但快乐多于烦恼，开心多于叹息，舒坦多于抑郁，收获大于丢失。虽无大成，但有小获，我知足，我快乐，身心愉悦，其乐融融。

一

说起文联，真与我有缘。1976年，我在湖南第一师范工作。那时，星浩昌同志是一名人民解放军军官，这年暑假，他还未脱军装，就担任省招生组组长，我同他一起赴岳阳地区招生。我俩一起工作了两个多月，圆满地完成了招生任务，彼此留下了深刻印象。后来他转业到了省文联。

1976年10月，我被选调进省委工作团去麻阳县参加农业学大寨工作。省教育厅李自力同志也在这个团。我们虽不在一个大队，但每个月都到谷达坡公社集中学习开会一次。我们在农村共同工作了一年，既有收获，又有感情。后来，他从省教育厅调到省文联工作。

1984年春，我被选调到省委宣传部工作，常陪领导参加省文联组织的文艺活动，省文联大多数工作人员我都认识。其中，1985年，我陪同省委宣传部领导去湘潭市参加省舞蹈家协会第三届会员代表大会并与全体代表合影。2001年，我到省文联上班，省舞协主席许红英将保留的合影照片送给我。我惊喜万分，照片上有江学恭、许红英等熟悉的面容。

按常理，我在省委宣传部从事行政、机要、文秘、纪检、党务工作，之后又在省文明办从事管理工作，没有从事过文化艺术工作，不可能调到省文联担责。可命运偏偏这样安排，2001年，省委任命我为省文联党组成员，副厅级纪检员。就这样我别无选择地来到省文联上班，开启了我人生又一里程。我曾共过事、认识的一些朋友如星浩昌、李自力、周江沅、蒋国斌、江学恭、朱圣珍等都先后调到省文联工作。我们在这个大家庭共事，这就是缘分。命运决定我同文联有缘，同文艺工作有缘，同文艺家有缘。

二

文联是我家，搞好靠大家。既然来到省文联工作，就应该把文联当作家一样对待，关心它，热爱它，维护它，建设它。

我清楚地记得，2001年12月10日上午，省文联在人华宾馆二楼召开全体职工大会。时任省委常委、省委宣传部部长黄建国专程到省文联宣布罗成琰同志和我的任命。那天天气很冷，会议室没装空调，也没生火炉。我们虽然穿着冬装，但还是感到寒气袭人。

来省文联上班后，我发现这里与省直其他机关不太一样，工作环境差，工资待遇也低，除了工资没有福利奖金，本人级别提升了，而福利待遇却减少了一大截，有一种吃了亏的感觉。

是真的吃亏了吗？我反复想了几天，与革命先烈比，与父老乡亲比，与同龄同事比，与还在求温饱的人民群众比，我应该知足了。"人生百年，经历世事万万千。保持一颗平常心，功名利禄看淡然，不攀不比，自尊自爱，知足常乐比蜜甜。"这是我创作的一首歌的一部分，也是我当时心情的真实写照。

而后，我全身心地投入省文联各项工作中去，积极主动地做好分管工作。如尽快熟悉文联情况，建立完善各项规章制度，加强机关党员干部队伍建设，强化反腐倡廉制度建设，制定文联党组织议事规则和党组学习中心组学习制度等，使文联内部管理工作迈上了新台阶。在此期间，我分管的机关党委工作多次被省直工委评为先进，我先后两次获评省直优秀机关党委书记。

不但如此，我还尽力完成领导交办的其他工作。如刚来文联，面临省文联换届，党组要我担任文件起草组组长，负责大会所有文件的起草和宣传报道等工作。这本是秘书长的职责，我毫无怨言地接受了这一重任，同组内其他同志夜以继日地工作，很快拿出了工作报告初稿，并得到大家肯定。我认真修改全部文件，包括打印、校稿、分发等环节，我都严格把关，保质保量完成了任务，使这次文代会开得圆满成功，受到省委组织部、省委宣传部领导的表扬。2007 年，湖南省第八次文代会召开，党组又要我担任文件起草组组长，我又一丝不苟、认认真真地履职并圆满地完成了这一光荣而艰巨的任务。

2004 年，组织上派江学恭同志去省作协主持换届工作，党组要我代理秘书长之职，我二话没说接受了新任务。一年多时间，通过加强管理，上下协调，我很快扭转了省文联办公经费严重不足的被动局面，促进各项文艺活动有条不紊地开展。

受党组委托，我多次组织机关党员干部去兄弟省市考察学习文联工作经验，以取长补短，多次组织党员干部去革命纪念地参观学习，接受革命传统教育，以净化心灵。我还经湖南省人民政府批准，先后两次率湖南文化艺术代表团出访法国、德国、意大利、美国等西方国家进行文化艺术交流考察，将优秀的中华文化、中国故事介绍传播到西方，让受访国的政要和文化人感受中华文明的博大精深和源远流长。

三

我从小就想当一名作家。参加工作后，我经常写一些短文、诗歌发表，一直想圆作家梦。2001 年，我被调到省文联工作，圆作家梦已有了可能。我仰慕的名家大师周立波、康濯、蒋牧良、铁可、周健明、未央、陈白一、谢璞、任光椿、范正明、黄铁山、钟增亚、宋梧刚、谭谈、唐浩明、谭仲池等都先后担任过省文联领导，与这样一批著名文艺家为伍，我的创作激情得到迸发，创作灵感不断闪现。2003年，我的长篇小说（与肖远奇合著）《秋雾濛濛》（40万字），由湖南文艺出版社出版。2004年，我加入了湖南省作家协会，圆了我的作家梦。2006年，我的诗词作品选《长河回望》（23.8万字）由光明日报出版社出版。2009年，我的第二部诗词作品选《江山多娇》（20万字）由作家出版社出版，这一年我成为中国作家协会会员。我的人生因有诗而丰富多彩。2012年，我的歌词作品选《岁月如歌》（21万字）由文化艺术出版社出版。到现在为止，我已出版300余万字的著作，我可以自豪地说，我是一名真正的作家。

四

2013年，我从省文联领导岗位上退休，但组织上又要我担任湖南省文艺创作扶助基金会常务副理事长，主持日常工作。十年来，我尽心尽力、想方设法为基金会募集资金，管理基金，不断扩大基金规模，使基金保值增值。基金会始终不忘初心，牢记使命，先后开展了十次扶助工作，共扶助文艺创作项目178项，总扶助金额达841万元，为湖南文艺事业的繁荣和发展做出了积极的贡献，受到全社会和广大文艺工作者的欢迎和点赞，被誉为是"功在当代，利在千秋"的善事好事。我为此贡献了余热，义务服务十余年，也感到骄傲和自豪。

2023年是湖南省文联成立70周年，湖南的文化艺术事业得到蓬勃发展，各艺术门类都取得了骄人的成绩，这是历届省文联领导共同努力的结果，也凝聚了全省广大文艺工作者的智慧和力量，同时体现了省委、省政府对全省文艺工作的关心和支持。我要深情地祝福现在还在文联工作岗位上的领导和同志，你们身临好时代，有机会创作出更多更好的精品佳作，回报人民、回报社会、回报新时代。

時间聲响

我与湖南省文联结缘 28 年

王观宏

相遇是一种缘分，缘分天注定。

我与省文联的结缘是从 1991 年 3 月开始的，至今已有 32 年，占据了我一生的重要时间。那时，在中学教书、任政教处主任的我，经人引荐来到了津市文联，也不知文联是何类单位。待弄明白了，我拼命"逃离"，三次"摆脱"又三次回归，直至 2015 年年底任文联主席 10 年后轮岗到科协主席。

我与湖南省文联结缘是在 1995 年 4 月底，那时我任津市文联秘书长。经我们邀请，湖南省文联执行主席谢璞，率《小天使报》等省城文艺报刊一众年轻的编辑、作家，来津市指导文学创作。谢主席一行 7 人在津市三天，举办文学讲座，考察古大同寺、嘉山孟姜女寺与津市文联创办的文化公司，品尝津市小吃。他们的到来似一阵清风，吹拂着津市文坛艺苑，注入更多激情与活力。谢主席身材魁梧，很有亲和力，办事颇执着。我后来再没机会见到谢主席，只知他是全国著名的作家，有 20 多部长篇巨著出版、获奖，又听说他于 2018 年 3 月 6 日因病抢救无效在长沙去世，享年 86 岁。

2006 年 3 月，我正式就任津市文联主席，对文联工作已非常熟悉、踌躇满志的我，雄心勃勃地想干出点成绩来，恢复已停办十年之久的文联刊物《兰草》就是其中首选。在组稿差不多时，我收到省文联在娄底涟源白马湖创作基地举办县级文联主席培训学习的通知。7 月 20 日，我坐汽车几经辗转来到娄底汽车站，省文联的同志接车，一同去培训基地。面对一张张陌生的面孔和浩瀚宽广的湖面，心旷神怡起来。我见到了时任湖南省文联主席、中国作协副主席的谭谈和时任海南省文联主席的著名作家韩少功。初生牛犊不怕虎，43 岁的我勇敢地找到谭主席、韩主席，说了复刊《兰草》请他俩写个贺词，并请谭主席题写刊名的想法，二位主席欣然应允。次日见面时，他们便把各自写的散发墨香的题字交给我：谭主席遒劲有力的"兰草"二字和"祝贺兰草复刊"及韩主席的"明心见性 题赠兰草杂志"贺词。我如获至宝。3个月后《兰草》复刊出刊，两位主席及《文学界》杂志副主编黄斌的题词墨宝，及封二我与谭主席、韩主席的合影为刊物增色不少，让刊物沉甸甸的，在津市平静的文坛艺苑掀起一阵波澜。

在白马湖培训期间，大师、恩师们关于文联工作与文艺创作的谆谆教诲，极大地影响了我之后的文联工作与文学创作。7月22日培训班一结束，我便匆匆来到长沙，办完事后又急急坐大巴回津市，因为当时整个市文联就我一个人，许多事等着我去办，也没来得及与谭主席、韩主席道别。

2006年年底《兰草》复刊后，津市工商局局长、文学爱好者胡荣山，听说我要去长沙拜访谭谈主席，对谭主席的《山道弯弯》捧读多年的他，执意要我带他一同前往。我们在省文联大院找到谭主席家，狭小的房内堆满书籍，谭主席早已在家静候。我把刚出的《兰草》复刊赠给谭主席，得到了他的鼓励与赞扬。我们合了影，我回津市后将其扩放成大大的照片，一直摆放在我书柜里。后来，我因故一直没能与谭主席再谋面，但他生于娄底涟源贫苦家庭、当过兵、挖过煤、当过记者的经历与著名作家、诗人的头衔，让我敬佩，时常传颂。

与韩少功主席的再次相见，却是在十七年后的2023年9月。韩主席随省文联文艺名家采风团而来，我参加了其中的文学创作座谈会。我提前到了会场，给大师们桌上各放一本我刚出的个人散文集《生命之旅》，给韩主席还放了本十七年前出的《兰草》复刊。因为这两本书刊，更因为韩主席是澧县小渡口镇人，与津市相连，津澧一家，和津市新洲镇等地的韩姓人还有血脉关系，姓名在同一本韩氏族谱上，所以我俩交流起来自然、流畅、自在。

受到谭谈、韩少功二位大师指点、鼓舞而办的《兰草》越办越好，成了为当地政治、经济、社会、文化服务的重要工具，津市的一张文化名片，连年在市委经济工作会议上得到肯定，受到在外老乡和市民的喜爱收藏，至今仍坚强地生存、顽强地成长着。

白马湖缘聚后，我在情感上把省文联当成了自己的家，把省文联领导在心理上当成了自家人。我只要去长沙办事，都要去省文联坐坐，就住在省文联招待所文华宾馆。作为一个县级文联主席，省文联领导、老师没冷落、小看我，每次去时，省文联办公室虽狭小拥挤，却人气旺旺，人们忙碌着，见了我，都热情满面地端茶倒水、嘘寒问暖，了解津市的情况，询问有什么困难需要帮助，硬要安排我就餐。跑得多的事是为了在省文联机关刊物《文坛艺苑》上稿。起初，《文坛艺苑》是本小册子，小巧精致，栏目丰富，内容充实，文章既接天线又接地气。每当有什么文联工作经验、收获与特色活动，我总爱写出来投稿，每篇都会登发。最有影响的是经验文章《"三化"做得好，文联地位高》在 2012 年 7 月的《文坛艺苑》上登载，之后，省委宣传部机关内刊《湖南宣传》又予以登发，2013 年 12 月参加"全国基层文联组织网络体系建设典型经验文章比赛"，喜获优秀奖。《文坛艺苑》每期出刊都要给我们寄来一大捆，我分发给文联系统的骨干，他们均爱不释手、喜爱至极，争抢传读。

　　我与省文联的联系日益紧密，带来了诸多意想不到的效果。每年省作协、美协、书协、音协等协会发展会员，津市都榜上有名。2012 年 12 月，省书协举办"新人新作展"，津市有多人作品入展。津市老摄影家协会、老年书画诗影协会等协会，在省级协会中还占有一定地位。省美协、书协、影协、民间文艺家协会等协会，多次组织骨干文艺家来津采风、指导创作，大大提升了津市的文艺创作水平。那时，津市的文艺创作协会组织多达 36 个，出现了"出书热""演出热""培训热""研讨热""办个展热""采风热"的"六热"景象。津市文联虽在职在岗就我一人，但凭着广泛借力，文艺创作却空前繁荣，文联工作风生水起，这其中省文联的作用不容忽视，功不可没。

　　2008 年 4 月 6 日，我去长沙蓉园宾馆参加全省文联系统 2006—2007 年度文联工作先进单位表彰会。站在主席台上，我接过省文联主席谭仲池颁发的奖牌，无上荣光。毕竟两年多的辛勤付出得到了回报，得到了省文联的肯定。

　　奖牌只能代表过去。百尺竿头，更进一步。文联在发展路上，还有许多事要做，许多难关要攻克，更多的荣誉等着创造。

2008 年 10 月 17 日，时任省文联机关纪委书记管群华、妇委会主任张建华、人事处处长王清林来津调研，我全程陪同，感受到了几位领导的认真、细致、吃苦的工作态度与精神。这种省文联领导来基层调研的活动渐成常态，对基层文联工作现场把脉、开方，使我们工作更为顺畅。2014 年 3 月 6 日，我去湖南宾馆参加省文联九届四次全委会，再次受到表彰——津市文联被评为 2013 年度"全省文联系统先进单位"。会议结束后，省文联便组织创作力量向基层倾斜，津市迎来了一波省文联领导、文艺名家前来调研采风指导创作的高潮。

2014 年 5 月 6 日，受津市市委书记王学武指派，我去省文联，与时任省文联党组副书记、副主席、秘书长夏义生见面，请他去津市调研文化产业与文联工作，利用省文联的资源为津市发展鼓呼、出力。6 月 27 日至 29 日，夏义生同志率队到津市采风。三天中，在市委书记陪同下，夏主席一行先后参观考察了津市养老服务中心、古大同寺、博物馆、工业园区、灵泉神九堰、毛里湖、药山寺，为津市的文化产业发展提出了诸多建议。

根据夏义生主席与王学武书记敲定的意见，省文联津市考察团回去后便与津市加快对接步伐，迅速拿出了组织省、常德、津市三级文联在津市举办"大美津市——湖南省文艺家深入生活、扎根人民创作采风"活动的方案。2014 年 11 月 21 日午餐后，翘首盼来了时任省政协副主席、省文联主席、著名作家谭仲池，时任省文联副书记、副主席、秘书长夏义生，时任省文联党组成员、副主席、省音乐家协会主席黎晓阳，时任省文联巡视员、省书法家协会主席何满宗，时任省文联组联处处长谢群等领导、文艺家共 40 余人，人数之多、规格之高、人气之旺，开创了津市乃至常德市文艺界之先河，让津市一时成为全省文艺人仰慕、关注的中心。

22 日上午，浩浩荡荡的采风团在津市兰苑宾馆广场大合影后，开往津市和平生物科技有限公司、关桥村、毛里湖国家湿地公园、药山寺、养老服务中心、新村三眼桥社区、博物馆，感受着津市厚重的历史文化，领略津市的自然风光与工业发展、新农村建设的成果。虽下着蒙蒙细雨，采风人员的热情却不减，反而越浇越旺。文学、音乐、摄影、美术、书法等协会的老师，与常德市、津市市的文艺作者还纷纷开展座谈会、野外写生创作等活动，给津市留下了诸多精品力作，大师们专门创作的作品在之后的《兰草》上登载，极大地丰富了《兰草》的内涵，提升了刊物的品质。

夜晚，采风团成员与津市党政领导及重点作者欢聚一堂，熟悉与陌生的人坐在一起，拉近了彼此心灵的距离，消除了隔阂，话题自然多起来。文艺家们恣情挥毫，赢来阵阵掌声与喝彩声。

采风活动结束后，省城大师创作的赞美津市的散文、诗歌、歌曲、书法、摄影、美术等作品发来，先后登载于《兰草》上。正值"津市文艺创作中心"落成，我们便趁势举办了"大美津市"书法、美术、摄影大赛，收到作品近 2000 件，评选出获奖作品 88 件，其中 115 件在桥头广场、市委机关大院等处展出，所有作品在《兰草》登发，永久悬挂于"文艺创作中心"内。

2015 年年底，在文联任主席 10 年后，我按要求轮岗为科协主席，文联工作经验在科协得到成功复制：创办了科普刊物《兰津科苑》，成为《兰草》的姊妹刊；组建科普类学会协会；举办"科技之光"摄影大赛……科协工作经验在中国科协系统推介。

文联工作经历成了我一生的主要经历，与湖南省文联的交往点滴，成为我一生永远难忘的甜美回味，一辈子难以抹掉。本人在散文集《生命之旅》中，就记录了诸多与省文联结缘的故事。

2020 年 10 月，我作为全市科局级单位最年长的一把手，从科协主席位置上退下来，任市教育局三级调研员，回归文艺大家庭。文联各协会的昔日老友们争相请我参加文艺创作活动，在一起谈得多的还是对过往岁月的追忆、对老友的思念与牵挂、对文艺创作的思考……

2023 年 9 月 14 日，津市作协通知我参加一个座谈会，我去了。座谈会是由省政府参事、省文联名誉副主席、著名作家龚曙光带队，成员有湖南出版集团编审、中国作协会员王平，著名作家、编辑韩少功、水运宪、蔡测海、阎真、沈念、李卓、唐兵兵等。文联为媒，文艺联姻，"家人"相见，一见如故分外亲，多年前与省文联交往的片段又浮现在脑际，历久弥新。

当下，津市又在组织开展"大美津市"摄影创作大赛活动，昔日省文联为津市扶植的这一文艺创作品牌还在延续着，且发扬光大……

我与湖南省文联的相遇、相处、相知的经历，将永留我心中。沐浴着省文联光辉不断发展壮大的津市文联事业、文艺创作盛况，将永驻津市人民的心间。

艺园人亲

邓宏顺

我读高中时就试写过长篇小说，当民办老师时写过小剧本。后来即使在党政部门工作了 18 年，从公社秘书到组织部干事，到镇党委书记，再到县委宣传部常务副部长，心中的文学梦一直放不下来，总想着要做点什么。直到 1996 年，我终于下决心要为自己的文学梦拼一把！

这一年我 40 岁，正在县委宣传部任职。我向县领导提出要去怀化市文联工作时，县委领导感到有点不解，分管党群的黄副书记专门找我谈了一个下午的话，劝我说："你留在县里还怕没有用武之地吗！"我也听得懂他这番谈话虽然不算明着许愿，而其善意已令人心知肚明。但我还是强烈要求县委给我放行，让我去干自己喜欢干的事情。

1996 年年初，我被调到了怀化市文联下属的雪峰杂志社工作。《雪峰》杂志当时是全国公开发行，我当了约两年主编之后，通过公考，走上了市文联副主席岗位。因此，就和省文联有了较多的工作联系，有些事也就印象特别深刻。

人品引领，受益匪浅。我第一次参加省文联工作会议时，认识了谭谈主席。记得那天早上，太阳照亮着会堂大门口，大家正走进会场时，大门口的台阶上坐着一位方头大脸的人正和几个与会者聊天。听大家都叫他谭主席，我才明白，原来他就是谭谈主席。此前我已读过谭主席的一些优秀作品，尤其是他的中篇小说《山道弯弯》，让我印象深刻。一见谭主席这么随意地坐在台阶上与人聊天，我忍不住一笑。心想：堂堂省文联主席、著名作家，他还这么纯朴随心啊！

等到会议开始，请谭谈主席作报告时，"好戏"又来了。他念到一年来，在书法方面的所取得的成绩时，其中有"篆刻"二字，谭主席读到这儿却大声地问台下听报告的人："这个读什么刻？"台下与会者都笑了起来，不是蔑笑，不是讥笑，也不是耻笑，而是很亲近地欢笑着争相告诉他此字的正确读音。然后，他又将报告念下去，大家又都鸦雀无声地听下去，就像没有发生过这件事情。这事本是一闪而过，但我至今不能忘怀。试想，如果不是省文联开会，如果不是谭谈主席作报告，出现这种情况又会怎样呢？台下人为什么就能如此理解他，宽容他，喜欢他呢？这除了平时对他的了解，认可他的初心和本真之外，我几乎没能找出别的理由。

后来，在长期交往中，我渐渐明白了，谭谈主席让人感到亲切和可爱，果然是因为他和基层心心相通，尤其本真不假。后来，我有个中篇小说发表在省文联的杂志上，他还给这个小说认认真真地写了篇评介。知他很忙，他能给一个中篇小说写评介，真让我非常意外与感激。我出版中篇小说集《回望乡村》时，请示他允许我就拿他这篇评介作序，他在电话里非常高兴地表示同意。

后来又与罗成琰书记、江学恭书记、夏义生书记，以及组联处的老师们有过多次工作联系，在他们身上我都看到与世俗不同的本真。我感慨我们省文联领导一直在传承一种可亲可敬的品德和作风。上存本真，下学诚实。这也让我明白，在文联工作应该如何真诚地对待同事，如何真诚地对待作家和艺术家。

文人相亲，清淡有乐。后来，罗成琰书记来省文联工作时，我想，他是从高校调来的领导、大知识分子，要像谭主席那样亲近基层，只怕是奢望。没想到，罗书记上任不久就来怀化考察工作。那天刚一上班，罗书记就带着工作人员来到我们市文联机关小院里，他仔细观察我们市文联的住房条件和工作环境。大家在会议室坐定之后，他一个个地问市文联工作人员的情况，问了工作之后，他还要问家庭生活。我当时就感到罗书记虽是来自高校的领导，但这种感情和作风仍是贴近基层。他问到我的情况时，还特别地多问了一些，细到小孩子多大了，在哪儿读书。又讲了非常体贴人的话，让人听起来就像亲人话家常一样，又细心又亲切，没有一丝知识分子的高傲之气。他虽然离别我们多年，但他戴着眼镜微笑着跟我说话时的亲和样子，仍然深深地刻在我的脑海里不能忘怀。

后来的江学恭书记、夏义生书记，也都非常关心下级工作人员和作家、艺术家。这让我感受到在文联工作虽然清淡，但有大家庭的温暖。同时，省文联领导在为人处世方面也自然而然地成了我的榜样。我自40岁被调进怀化市文联，一直工作到60岁退休，从未有过想调往别处工作的杂念，一直将文联当成自己最如愿的工作单位，当成免费的自修大学，当成自己的情感归宿，把省文联的优良工作作风，当作我和各县市区文联工作人员相处的模范，安心从事文联工作，虚心向各个门类的艺术家学习。

润物无声，助我成长。来文联之前，我虽然在《萌芽》等杂志上发表过些中短篇小说，还获得过1994年度"萌芽文学奖"，但发表的作品并不多，更没有出版过自己的作品集。到了文联工作后，在领导和师长们的支持帮助下，使我走出湖南，先后在人民文学出版社、十月出版社、作家出版社等出版社出版了四部长篇小说，在《收获》《当代》《中国作家》《北京文学》等期刊发表中篇小说60余部，发表短篇小说和散文多篇。作品被《小说选刊》《小说月报》《中华文学选刊》《中篇小说选刊》《作品与争鸣》《作家文摘报》等各报刊转载，并入选各种年选和大学、中学阅读教材，还在北京、上海、广东和湖南获过"毛泽东文学奖"、"五个一工程"奖等奖项。

在我的成长路上，省文联将我评为全省第一批德艺双馨文艺家，管群华书记、彭诚老师、王涘海老师等，都无私地帮我发表作品和编辑出版中篇小说集。尤其是我的长篇小说《铁血湘西》出版后，怀化市评论家协会和怀化学院举办研讨会时，得到省文联夏义生书记的大力支持，委派陈善君老师带队来怀化祝贺和宣读评论文章，还给该作品评了当年的优秀图书奖。

自1996年调至怀化市文联工作，直到2016年退休，我在怀化市文联工作了20年，也和省文联交往了20年，算是基本上实现了自己的文学梦。如今虽已退休7年，但省文联对我工作上的支持，创作上的帮助，成长过程的引领，仍牢记在心。每每想起这些事情，总感到省文联像自己的家，感到艺园人亲，也为自己1996年的那次选择暗自庆幸！

人生中最为璀璨的那一束阳光

向午平

我与湖南省文联的结缘，最初是从写作开始的。

那是 1988 年，我在长沙的湖南林校读中专。十六七岁的花季，青春四射，热情澎湃，把"为赋新诗强说愁"的迷蒙演绎得轰轰烈烈。学兄刘杰红和我一起决定发动一批文学爱好者，我们在学校成立了"林涛文学社"，并创办了社刊《林涛》——一本手刻油印的小册子。在长沙当编辑的舅舅对这个小册子很看重，为鼓励我们，第 1 期出刊，他就托著名诗人未央题了词，第二期又托著名作家谭谈题了词。那是一个对文学狂热、对作家崇拜的时代，有了著名作家题词的油印小册子一下子就在校园里风靡一时。

第 3 期的著名作家题词，舅舅让我去找省文联的谢璞老师。

"文联是什么？也有作家？"我问道。

舅舅笑着说："文联全称是文学艺术界联合会，聚集着各个门类的艺术家，当然有作家。"

我很清楚地记得，那是 6 月的一天，那天艳阳高照，我从林校公交站出发，到袁家岭下车，兜兜转转了好几个来回，才找到位于八一路上的省文联。省文联的大门并不如我想象中的高大，中规中矩，"湖南省文学艺术界联合会"几个大字却熠熠生辉。那时的我连县级部门都没有进过，这次却要走进一个省直单位，而且是去拜访一位著名作家，顿时感觉到了一种特有的庄严与神圣。

当我怀着一种忐忑的心情敲开谢璞老师的家门时，并没有见到意想中的清高和冷淡面容，迎面而来的是热情与慈祥的面孔，那一脸真诚的笑容一下子就拉近了我与谢璞老师的距离。他与我谈文学、谈青春，也谈从前在洞口乡下的生活，我们跨越了年龄的鸿沟和阅历的界限，就像相识了多年的老朋友一样交谈。告别时，谢老师为我们的社刊题了词，并赠送了两本他的著作——《二月兰》和《海哥和"狐狸精"》给我，在书的扉页上我看到了他的简介，在刚刚的交谈中也知道了谢老师"省文联副主席"的职务，走出省文联大门的我忍不住回头再一次久久地注视着那块写着"湖南省文学艺术界联合会"的门牌。

从这一天起，我就时不时地走进省文联这个院子，很多时候都是找谢璞老师。请他签名，请他去讲课，甚至于个人情绪的渲泻，有时也找他倾诉。

其中有两次，我找过杨干之老师，请他去学校讲硬笔书法。杨老师在湖南林校的那堂书法讲座在全校师生中引起了轰动，参与听课的人至今都津津乐道。他们说，省文联里的人就是牛，随便走出来一个人都是大家！

1991 年 7 月，我毕业回到了家乡湘西，在古丈县高望界林场工作，后面又去了默戎镇政府。谢璞老师仍然常常写信鼓励我，我们的信件在省文联的大院里和湘西古丈的山水间来去，留下了一段浸润时光的情缘。

那时的湘西很穷，我所工作的默戎镇很多儿童都因为家庭的困境而面临失学。1996 年 5 月，我与驻在长沙的航空航天部第三设计院的团委副书记梁峰老兄策划了一个助学方案，从默戎镇中心完小选取了 18 个困难儿童去长沙结对子并过六一儿童节。当时，我就想到了省文联主办的《小天使报》，想通过他们在这些孩子的心里种下一颗爱好写作的种子。我给谢璞老师打了电话，他表示大力支持。

6 月 1 日下午，我带着这些孩子走进了省文联的大门。虽然是星期六，但兼任小天使报社总编辑、社长的谢璞，省文联党组副书记蒋国斌、小天使报社副总编辑萧为以及全体员工都等在那里。他们热情地与 18 个孩子交谈，并给每个孩子都赠送了爱国主义丛书和《小天使报》，并聘他们为《小天使报》特约小记者。谢璞老师满怀深情地对孩子们说："不要因为贫困，你们就丧失求知的信心，只有坚定求知的信心，才能根治贫困。何况，还有很多的爷爷奶奶叔叔阿姨会资助你们，你们一定要刻苦学习奋发向上，用优异的成绩来报答社会和人们对你们的厚爱……"最后，所有参加这次活动的人员一起在省文联办公楼前留下了一张珍贵的合影。

回程的路上，孩子们都用小手紧攥着《小天使报》特约小记者的徽章，眼中闪烁着兴奋的小星星。我感觉，那种向善、向美的力量已经在他们小小的心灵中悄然生根发芽。

同行的默戎镇中心完小校长廖斌说："想不到我还能走进省文联，亲眼见到平时只能在书上和电视上看到的著名作家和省文联的领导。"

梁峰兄笑呵呵地说："我在中央驻长沙的单位工作，也还是第一次走进省文联的大门，何况你一个来自大山深处的小学校长。"

虽然，这些孩子后来没有人能再一次走进省文联的大门，但在省文联的这一次经历无疑是照耀在他们成长道路上的一束明媚的阳光。如今，他们正在各行各业中为社会的发展贡献着自己的力量，有的还走上了县直部门的领导岗位。

2003 年，在乡镇工作了 12 年的我接到了一个重要的任务——筹建古丈县文联。同年 8 月，古丈县文联第一次代表大会召开，我当选为主席。从此，我正式成为文联系统的一名干部。当选的那天晚上，在我眼前浮现得最多的是省文联的大门，在我耳边一直回响的是谢璞老师为我 2002 年元月出版的长篇小说《躁动》作的序《"特殊群体"生命的画图》中写的一段话："艺术创作上要能结成更多更甜的奉献之果，享受更多的以奉献为荣的快乐，更要继续努力创造更有益于人民大众共同幸福的新果。"

在县文联工作期间，我聚人才、建队伍、做服务、抓创作，团结和引领全县的文艺工作者和爱好者抒写人民、讴歌时代，尽心尽力地履行着一个基层文联主席的职责。最值得骄傲的是，通过湘西州文联和上海市文联文艺交流的契机，古丈县的苗鼓队、茅谷斯队走进大上海崭露头角后，走上了中央电视台的荧屏和奥运会青岛分会场的开幕式；县文联创办的内刊《栖凤湖》先后得到我国著名作家王蒙和时任湖南省文联主席的谭谈题写刊名；在古丈县举办的首届全国茶歌大赛中，时任湖南省文联主席的谭仲池和著名作曲家徐沛东亲监赛场担任评委，并为大赛题词；中国文联和湖南省文联文艺志愿者走进古丈的农村、学校，让土家苗寨人民近距离接触艺术、感受艺术……2007年 6 月、2012 年 6 月，我作为湖南省文联第八次、第九次代表大会的代表参加了文代会，接触了诸多优秀的文艺家，感受了省级文代会庄严而热烈的氛围。

在第八次文代会上，我遇到了尊敬的谢璞老师，他拉着我单独合影后，笑呵呵地说："你从 16 岁就开始走进了省文联的大门，现在成长为真正的文联人，很好，很好！"

10 年里，古丈县文联连续 7 年被评为湖南省文联系统先进单位，其中，我有一次被评为省文联系统先进个人，2007 年年底我还以县文联主席的身份兼任了县政协副主席。每次，看见那些挂在办公室的奖牌，我就会想起矗立在长沙八一路上的那个省文联大门。

2013 年上半年，因工作需要，我辞去了县文联主席工作，原以为从此要离开文联的工作岗位了，心中不免生出些许惆怅。但是，想一想在不久前我当选的十一届湖南省政协委员，是唯一一名县级的文化艺术界委员，"两会"期间还和省文联的领导、省里的一批艺术家在一起，便有些释然。可喜的是，文联依然记得我，后来湖南省文联开展的以"武陵追梦"为主题的湖南省文艺家采风创作活动邀请我加入湘西分队，继续用艺术的眼光去观察、用艺术的笔调去讴歌生我育我的湘西。

2020 年 7 月，我被调入湘西州文联工作，12 月便当选为州文联主席，再一次走上了文联的工作岗位，更进一步拉近了我与湖南省文联的工作关系。12 月 29 日，刚刚当选 7 天湘西州文联主席的我带着湘西代表团坐在湖南省文联第十次代表大会开幕式的座位上，不由得心潮澎湃。会后，看着湘西的代表们兴高采烈地在会场里合影，十多年前我第一次参加省文代会的情景又浮现在我的眼前。

在州文联工作三年多来，我深深感受到文联系统从引领出发到文艺家们对湘西这块土地的热爱，对湘西州文联工作的支持和关怀，是那么地真切与温暖。2021 年 7 月，中国文联党组书记李屹来湘西调研，对州文联工作给予了肯定，湖南省文联党组书记、主席夏义生，原主席鄢福初经常来湘西指导文联工作；2021 年，湖南省文联还专门组织艺术家创作歌曲，并于 11 月 3 日在十八洞村举办了以"苗寨欢歌"为主题的歌会；2023 年 11 月 3 日，省文联又与中国文联一起组织了三十多名文艺大家、一百多名文艺志愿者走进湘西，让湘西人民享受了一次高质量的文艺盛宴……还有很多来自省文联机关和全省文艺家的关爱无法一一列举，生命中的点点滴滴都汇聚成小溪、汇聚成大河暖暖地淌过湘西这块神奇的土地，铭刻在湘西人民的心里。

因为文联，我从 2013 年元月开始，连续担任第十一、第十二、第十三届湖南省政协委员，都在文化艺术界服务，也是全省唯一一位这三届中一直坚守在文化艺术界的省政协委员。整整 15 年，可以和省文联领导、部分优秀的艺术家在一起生活和工作，这是一种非常可贵的人生经历与财富。

从 1988 年 6 月我第一次走进省文联的大门起，至今已是 36 年，这一份情缘一直坚守在持续、在壮大，在向更深处走去。我想，我与湖南省文联的情缘永远也挥不掉、抹不去，这段绚丽的历程成了此生中最为璀璨的一束阳光，始终照亮着我前行的路。

难忘那点薪之火

李平安

我从小就是位文艺爱好者，八岁时，我扭秧歌迎解放，十岁开始临摹家藏的《芥子园画谱》，中学时代就有美术作品在《湖南日报》《资江报》《滨湖报》发表。高中毕业后，上山下乡，我成了农场职工。后来，我当上了县级部门负责人，几十年来摸爬滚打，从未放弃对文学艺术的热爱与追求。

我不是一堆干柴，最多也只是山上散落的一根枯枝，甚至只是路边一株枯萎的小草。

然而，历史让我碰到了省文联的几位大家，是他们陆陆续续为我点燃了文艺的薪火，一直燃烧了八十多个春秋。

县文化馆是我常去的地方。一次偶然的机会，我遇到了当时的省曲艺家协会主席周汉平先生（笔名老汉），还有一位长沙弹词名家，姓彭，是位盲人。周主席是"文化大革命"时期下放到县城挂职的，他豁达开朗、哼词唱曲快乐得很。我听、我看、我想，混沌的我慢慢地就学着写弹词。周主席悉心指点，强调唱词与诗歌不同，要有通俗易懂的语言，要有情感，要用动作性……

那时的县一级文艺创作，主要是演唱资料，配合中心宣传党的方针政策和先进模范人物。从快板、三句半到弹词等，我慢慢学会了。几年工夫，我便加入了湖南省曲艺家协会。

"台上一分钟，台下十年功。"

那时省文联刘勇先生主编《群众文艺》，经常来湘乡组稿并指导业余作者。有次我写一个《查泵轴》的弹词，刘主席认真看了，细细地分段指导。弹词开篇是在开会研究问题。他说，这不好，不适合表演，没有吸引力，最好是带戏上场。譬如一个小戏《码头》，开幕就有人物慌慌张张跑上台来急急忙忙地念道："糟糕糟糕真糟糕，昨夜忘记拿那把砍柴的刀。"这样就能更快地吸引观众。刘主席还和我谈了一些戏剧曲艺创作的问题，譬如悬念、包袱的设计，结局要有韵味、有嚼头。透过那高度近视镜片，我看到了他那真挚炽热的目光……

20世纪80年代初，省主办首届农村小戏征文活动，我创作的《猪命官司》在湘潭地区会演中获一等奖，引起了省文化厅、省文联的高度重视。该剧由湘乡花鼓剧团在娄底巡回演出。省文联率专家专程赶到娄底观看演出，随后还召开了座谈会，对我的创作表示肯定，给予鼓励。此剧被评为三等奖，发放证书和奖金。

随着时代的进步，群众对文化生活的需求也随之改变，戏剧曲艺渐渐被冷落，于是我开始写小小说。我将戏剧曲艺创作中的技法用在小小说上很是见效，收获不少。

有福之人，常思好运。一个偶然的机会，我从省文联一份杂志上看到一个消息：长沙市准备搞一个群雕，名曰"湖湘魂"。我灵机一动：我为什么不写本书宣传湖南几千年来的英雄豪杰呢？冥思苦想，广泛阅读，我最终选择了从屈原到毛泽东等22位人物塑造一个群体的《湖湘魂》。创作期间，我还专程去长沙拜访了李渔村先生，并得到了他的热情指导。通过交谈，我受益良多，思路更加广阔。

此书出版后，我给著名诗人、评论家李元洛先生寄去了样书。李先生很忙，但仍然挤出时间亲笔写了回信并肯定我为湖湘文化整理和宣传做出了贡献。

有一次，著名评论家蔡栋先生到了湘乡，由梅琼引见，我认识了蔡先生，并和他详细地谈论了《湖湘魂》的创作过程及一些体会。蔡先生也看过这本书，认为很不错，建议再版时加上陈天华。的确，他具有特殊的时代性。后来，蔡先生还为我写了篇专题评论《所要者魂》并发表在《湖南日报》上，给我以鼓励！

省文联的领导和专家很多也很忙，不是我辈小人物想见就能见的。

那年省文联组织知名作家来到湘乡水府风景区参观采风，我有幸忝列其中。在游船上，我主动给他们讲解水府的一些景点和传奇故事，大家兴高采烈。那时王跃文先生是第一个开私家车出行的，大家都夸他，文人也能成"富翁"！

途中，我想见见崭露头角的青年作家谢宗玉，一位作家唤道："前面那个就是，英俊潇洒、风华正茂！的确令人羡慕。"

吃饭时，我和梁瑞郴、聂鑫森等名家一起，谈笑风生好不快乐。梁先生还郑重地谈到文艺工作者如何认真学习毛泽东文艺思想，为人民服务为实现中国梦服务。但他又强调一定要给文艺工作者一定的自由空间，不能僵化，要"百花齐放，百家争鸣"，才能写出真正的好作品！

润物细无声。领导的谆谆教导、专家的细心指导，几十年来也使我有了一些小小的进步。我创作了历史文化系列散文《精魂三部曲》《湖湘魂》《书生亮剑》《中华魂》。《书生亮剑》获得湘潭市政府文艺成果奖。散文《那道木栅门》获得西柏坡全国征文一等奖。《庐山烟云》获全国城市党报副刊铜奖。以上散文收入《中国散文大系》，《鸟为邻》收入《中国当代散文精选》。湘乡市委授予我十佳德艺双馨文艺家称号。

年过古稀，我坚守初心，朝花夕拾，拿起画笔，奋进丹青，十年来勤学名家，苦练基本功，山水花鸟一起来，先后创作了《湖湘红八景》《湘乡新八景》等在湘乡、湘潭展出。目前，我正在筹备出版一本个人画集。荣幸得很，原省美协主席兼文联副主席朱训德先生准备为我题写《霜寒墨韵》。

我已到耄耋之年，一蓑烟雨任平生。我虽未能成大器，但像一根火柴棒默默燃烧。

我衷心感谢省文联领导和文学艺术家为我点燃了最初的薪火，没齿难忘！

追寻艺术之光

杨香玲

　　我是湖南省美术家协会大家庭中的一员，也是一名工作了三十多年的中学美术教师。回首走过的岁月，每一刻都沉浸在美术的海洋中，让我更加明了，艺术不仅是画作上的线条和色彩，更是传递情感、承载文化、凝聚人心的载体。在这漫长而又充实的职业生涯中，我有幸结识了许多令人敬佩的艺术家，也走进了省文联这个蕴藏着丰富湖湘文化遗产的团体。在我看来，这既是一种机缘巧合，也是一份责任担当。

文联是桥梁和纽带

　　湖南省文联将大批优秀的艺术家组织起来，为我的学习提供了非常好的环境。对我来说，湖南省文联就是一所大学校，里面有许多值得我尊敬和学习的老师，他们犹如一束束闪亮的艺术之光，指引着我不断前进。

　　为了便于学习成长进步，我积极参加美术家协会组织的"送温暖"、写生采风等系列活动，走向生活、感受时代，并在活动中虚心向同人学习、请教、交流创作经验，为自己的创作寻找新的灵感。美术创作的源头活水在时代与生活之中。因此，我和美术家同人还多次深入农村，与老百姓近距离接触，在群众中发掘素材，为自己的创作注入鲜活的生命气息和跃动的时代脉搏。我们经常向滩头年画、苗乡刺绣、湘西蜡染、益阳竹编、望城剪纸等非遗特色民间老艺术家学习、请教，从中汲取艺术营养。所以，在耳濡目染中，我的作品不仅有传统水墨画风格，还有泼彩、版画等其他画种的元素。为使自己的创作作品能更加丰富地体现诗情画意，达到气韵生动的境界，我工作之余，不论是数九寒天还是三九酷暑，都坚持到案前练习，临摹明清以来众多花鸟画大师作品，描画各类植物、禽鸟、走兽的形、神、意，赋予花、鸟以人格化的使命，借物抒情。

文联是熔炉和传承

在这个物欲横流的年代，一代代美术家如何在创作中践行"爱国为民、崇德尚艺"的文艺价值观？在这个充满多元文化和价值观的世界中，优秀传统文艺价值观该如何传承与发扬？这些问题曾经一度困扰着我。

作为一名中学美术教师，我在参与省文联的活动中，见证了一代代美术家切实践行"爱国为民、崇德尚艺"文艺价值观，用他们的艺术作品生动诠释这一价值观，积极引领着我们的社会风尚。其中，影响最大的当属湖南省文联于 2020 年启动的"湖南著名美术家推介工程"。它以湖南美术馆为基础平台，以构建湖南近现代美术史体系，特别是以新中国湖南美术史为目标，推出及展览了陈白一、王憨山、颜家龙、曾晓浒、钟增亚、齐白石、张一尊、周昭怡等"德艺双馨"的老一辈艺术家的系列作品。每当驻足于这些优秀艺术前辈的作品前，我仿佛接受了一次深刻的心灵洗礼。当我更加深入了解到他们的生平及艺术成就后，答案如清泉涌现，令我顿时释然。

首先，这些艺术家对祖国、对人民的深厚感情是他们践行"爱国为民"的第一步。他们的画作，是他们的满腔热血；他们的笔触，是他们的赤子情怀。每一幅作品都饱含着对祖国大好河山的深情厚意，每一次创作都是为了抒发内心的爱国之情。他们用画笔，为祖国的美丽而歌颂，为人民的幸福而吟唱。

其次，"崇德尚艺"不仅是一种价值观，更是一种生活态度。这些艺术家不仅在创作中追求卓越，更在生活中注重道德修养。他们谦虚、宽容、坚忍、勤奋，这些美德成就了他们不朽的艺术作品。他们坚信，只有通过崇高的品德才能塑造伟大的艺术。

这种文艺价值观在他们的作品中得以淋漓尽致地体现。每一幅画作都是一本发自内心的故事书，讲述着祖国的兴衰、人民的苦乐。在这些作品中，我们看到了艺术家对人性的洞察、对社会的关注、对美好的追求。他们的画作如诗如歌，如梦如幻，如镜如画，如泣如诉。众多的精品力作让观众不仅在艺术的海洋中徜徉，更在价值观的指引下深思。

这种文艺价值观的传承与发展，对社会产生了积极而深远的影响。一代代美术家的坚守、传承乃至创新，不仅激励了后人，也为社会注入了正能量。观赏他们的作品不仅是一种审美的享受，更是一堂道德的洗礼。在这些作品中，我们看到了思想的伟大、精神的昂扬，看到了对美好生活的追求，看到了对社会进步的渴望。

这一代代艺术家，如灯塔般照亮了我们前行的方向。他们告诉我们，艺术不仅是表面的形式，更是内在的精神。他们的作品，如同一面明镜，让我们看到了自己的内心，看到了自己对社会的责任。他们的精神，如同一支火炬，照亮了我们前行的道路。

我一直坚信，艺术是连接过去、现在和未来的纽带。在省文联这座文化瑰宝中，我看到了一代代美术家的传承，看到了"爱国为民、崇德尚艺"的文艺价值观在艺术作品中熠熠闪光。他们坚守艺术使命初心，以服务社会、奉献人民的境界，来体现自己的价值与作为。这让我们对美的追求更加坚定，对社会的责任更加明晰。正是在这种传承中，我们才能更好地继承和发扬我们的文化，走向更加美好的未来。

文联是学校和摇篮

我从小就对绘画有着强烈的热情和喜爱。1987年，我考上中师，毕业后被分配到长沙市郊的樟木坝学校任教，1992年至1998年，又在湖南师范大学美术系深造，先后获得专科、本科学历，其间被调入马王堆中学任教至今。在三十多年的教学与绘画生涯中，我凭着对党和人民的热爱以及对艺术的追求，利用工作闲暇时间，辛勤耕耘、孜孜以求，创作并展出了许多正能量美术作品。

近年来，我和我的学生都有多幅作品参加了各级各部门组织的美术比赛并获奖：指导学生创作"楚汉美韵创意工作坊"系列作品，参加中华人民共和国教育部主办的全国第六届中小学生艺术展演活动学生艺术实践工作坊荣获二等奖、湖南省一等奖；个人作品多次在湖南省展览馆、齐白石纪念馆、长沙市简牍博物馆、长沙市图书馆、长沙市博物馆、湖南省圆点美术馆等专业场馆中展出；在《湖南教育》《年轻人·学校天地》《湖南中小学教师》《校园漫画》等报刊杂志上发表；在《中国美术教育·美育中国》《湖南书画》第 1801 期、1997 期和 2023 年今日头条"中国书画艺术频道"开辟个人中国画专题网络展；2022 年元月，爱心捐赠系列以梅花为主题的中国画作品，用于"党建·教育·公益"电影《同享一片蓝天 2》的置景道具，并被收藏。

中国美术家协会会员、湖南师范大学肖弋教授在看过我的作品后，曾评价："有海派风韵、任伯年画风。"但我从不满足于所取得的成绩，一直坚持虚心向老一辈艺术家学习，向美术家协会会员群里的同道学习，博采众长，对自己的每一件作品都仔细推敲、研究并邀请同道朋友围观，根据他们提出的修改意见和建议，认真整改，精益求精。

回首过去，我与省文联的交往不仅丰富了我的职业生涯，更深化了我对艺术和文化的理解。在这里，我看到了一代代美术家践行"爱国为民，崇德尚艺"的精神风貌，看到了中华优秀传统文化传承的责任和使命。作为湖南省文联大家庭中的一员，我自觉身上的责任更重了，自己不仅是一名"传道、授业、解惑"的艺术教师，更是中华优秀传统文化继承和传播的一分子。未来，我将继续与省文联一道，追寻老一辈的艺术之光：把自己的艺术理想、创作方向同社会的发展、人民的需要结合起来，微光如炬、秉烛前行，通过自己的教学工作和美术创作，为国家、为社会、为人民，倾注更多的热情和汗水，让艺术继续传递光芒、让生命继续感动生命，为中华优秀传统文化的传承和莘莘学子的培养贡献自己的力量。

时间声响

轮岗交流

肖井冬

湘水奔腾千年，浩浩荡荡地从屈原、杜甫、周敦颐身边经过，又一刻不停地从齐白石、沈从文、田汉的脚下流走，只留下不朽的文艺作品与精神在世间传承。湖南省文联自 1953 年成立以来，赓续湖湘文脉，弘扬湖湘精神，在滔滔湘水中走过了 70 年的芳华岁月，创作了多不胜数的文艺精品。

2020 年，我顺着湘江北上来到长沙市八一路 227 号，看着湖南省文联的大门，心中无比激动，就像朝圣者终究抵达圣地。我从小热爱文艺，尽管没有拿得出手的文艺作品，但始终是对文艺事业有着特别的感情，能够进入湖南省文联工作，已经足以慰平生。

然而，现实与理想总是有差距的，作为机关干部，我主要从事的工作大多是行政事务，采风创作的机会并不多。

我的第一份工作，主要是负责"文艺两新"的联络与服务。

行政业务是枯燥而严肃的，和我想象中的文艺工作有很大的差别。在制定新文艺群体职称评审办法时，每天都在学习职称评审的政策文件，然后就是反复征集意见和反复改稿，磨炼着我的耐心与初心。在某个深夜修改新文艺群体职称评审办法第 N 稿的时候，我反问自己："这是我热爱的文艺工作吗？"

在我坚持不住的时候，所幸有省文联领导的鼓励与支持，慢工出细活地完成了新文艺群体职称评审办法的制定，顺利完成了全国首次新文艺群体职称评审试点工作，湖南省 48 名新文艺群体获得职称，得到了中国文联、省委宣传部的高度肯定。

对于"文艺两新"工作上取得的成绩，我由衷感到欢喜，但是最令我感到骄傲的，却是一件业务工作外的事情。

新文艺群体职称评审试点工作结束后，评上一级美术师的自由书法创作者刘老师找到了我，他首先是对湖南省文联开展新文艺群体职称评审工作表示感谢，圆了他多年来想要评一级美术师的梦，其次是希望能够获得省文联的推荐到高校任教。后来在领导的支持下，省文联出具了人才推荐信，刘老师拿到推荐信激动地握住我的手说了声"感谢"。正是这一次握手和这一声"感谢"，让我明白了在"文艺两新"的工作中，我在电脑前敲的每一个字、加的每一次班，都是有温度、有回响、有意义的。也正是这件事情，让我更加坚定了自己的文艺理想。

后来我被调到了人事处工作，行政业务更多了。

有一次我加班到深夜，错过了最后一班回家的地铁。为了放松紧张的工作情绪，我步行到了湘江边，看着银白的月色覆盖在岳麓山上，涛声依旧，却看不到屈原，也看不到齐白石了。我放慢回家的脚步，思考着自己从事的工作与文艺事业的关系，似乎有关，又似乎无关。

某个平常的工作日，人事处来了一位老同志，说要寻找自己父亲的人事档案，需要办理公证业务。一开始，我根据介绍信上写的被查阅人员的姓名，在档案库房寻找两遍都没有找到相关信息，后来再仔细念了一遍介绍信上提到的姓名——"魏猛克"，我才猛然想起这是位大名鼎鼎的文艺家，是曾与鲁迅先生共事过的历史人物，也是 1953 年湖南省文艺工作者第一次代表大会上选举出来的主任委员。

作为湖南省文联的第一任领导，魏猛克先生的档案要么在省档案馆，要么在省委组织部。于是我致电省档案馆和省委组织部，最终确定魏猛克先生的档案被保存在省委组织部。我会同公证处人员前往省委组织部，复印了相关公证资料，帮助魏猛克家属解决了生活中遇到的困难。

这是我第一次在具体工作中与历史人物产生交集，感觉很特殊，就像 1953 年 11 月湖南省文艺工作者第一次代表大会召开时，雷鸣般的掌声持续响了近 70 年，终究传到了我这里。

省文联机关不同岗位的任职经历让我明白，在文联的历史长卷里，每一个文艺工作者都可以是见证者和书写者，就像工作中出具的一封推荐信、收集的一份档案材料，都有其存在的意义。

　　湘江的水灌溉了湘楚大地上的文艺种子，湖南省文联作为桥梁与纽带，将引导更多的文艺家走向更广阔的舞台。我作为文联工作者，抓好"做人的工作"，服务好每一位文艺家，就是我工作的意义。

画里话外

周广军

人生抉择——自信

2012 年，我告别了朝夕相处二十余年的军营，从部队转业到地方工作，在这人生的十字路口，我毫不犹豫地选择了省文联。当然，在一定程度上，这缘于我对书画艺术的酷爱与追求，到了省文联后，果然感受到了艺术的朝圣与庄严，每个部门都有能人与大家。而文联的工作环境亦使我如痴如醉，更加坚定了我对书画艺术的探索和研究。

今年，我到省文联工作已经十二年了，领导的关心和同事们的支持，让我倍感惬意。十二年文艺熏陶，十二年如沐春风……

生活学习——自律

我非常珍惜时间，小时候在镇上读中学，家里到镇上有八里路，骑自行车要半个小时，我自幼也喜欢唱戏，天天往返路上我可以随心唱戏，到学校再复习功课，在上学的来去之间，我合理地安排时间，动与静结合，相得益彰。现在仍然保持着这个"坏习惯"，为了时刻提醒自己不浪费时间，我专门刻了一枚闲章"不让一日闲过"。把握时间是门艺术，时间用好了事半功倍，把握不好则功亏一篑。每个人的学习方法不同，需要自己去用心体会。

到省文联工作的这些日子，我更加珍惜每时每刻，和文艺家们更近距离地进行交流，也阅读了大量书画理论书籍，工作之余加班加点进行创作，参加了全国和省里的一些大型展览，也出版了几本自己较为满意的画集。我作画不论尺幅大小，都会精心构图，虚实结合，巧妙布控留白。所谓画留三分白，意气随之生。

其实，留白不仅是一种艺术表现形式，也是一种处世的智慧，是一种淡定地对待生活的态度，更是一种能启人心智的方式。现时代下，生活的快节奏、重压力、重责任如影随行，我们总在为生计忙于奔波，疲惫的心灵特别需要一段留白，以释放情绪上的负重，为生活中的前行减压。

艺术相伴——自豪

我喜欢文联的工作环境，来文联报到后被分到文化交流处工作，主要是出国文艺交流和湖南省文艺人才扶持"三百工程"工作，长此以往也积累了一些工作经验。对于文艺家们的扶持、增补、培训和采风情况都比较了解，对口服务相对比较到位。"三百工程"文艺家来自全省各个艺术门类，为了更好地了解艺术家的基本情况和做好服务保障，我想了很多办法，尝试以科学地分类和服务管理相结合，做好活动"走出去"，吸纳人才"引进来"，在输出与进入之间做好人才管理工作。我有信心干好本职工作，劳逸结合，搞好创作。

绘画可以让我们在日常生活中感受艺术的洗涤，给心灵放个假，让自己保持一颗清净之心，褪去浮躁，静享生活。学会在生活中活出艺术，活成自己喜欢的样子。人生应该如一幅画，有简约线条、亦有浓墨重彩，这样的人生才有意义，才更鲜活，更精彩。

我庆幸我来到文联，与艺术相伴；我感激我是文联人，因为，这里的一切艺术让我自豪。

文联如家，十七载情深意长

徐俐嫔

在时光的温柔笔触下，我已与湖南省文联这个大家庭共度了十七个春秋。这不仅仅是一段职业生涯的历程，更是我生命中一段难以割舍的情感纽带。文联，对我而言，早已超越了工作单位的范畴，它更像是一个温暖的港湾，一个让我心灵得以栖息、梦想得以起航的家。

接纳：初入文联的温暖怀抱

2007 年的金秋时节，当我带着对未来的憧憬与一丝忐忑踏入文联的大门时，它以独有的方式接纳了我。没有陌生与隔阂，只有同事间真诚的微笑和热情的帮助。文联就像一个慈祥的母亲，用她那宽广的胸怀拥抱了每一个新加入的成员，让我们在这里找到了归属感。

初来乍到，我如同一只迷途的小鸟，幸得前辈们的热情指引。他们告诉我，"要特别尊敬离退休老干部，他们的意见和建议无比宝贵""在长沙，无论年长的女性比你年长多少，都应尊称为'姐'，这是我们的文化习俗""当你对对方的职务不确定时，称呼他们为'老师'总是没错的""院子里的蒋五零喜欢问，'你觉得我说得怎么样？'你只需回答'说得好'就可以，避免无谓的争辩"。这些珍贵的人生智慧和经验，让我逐渐融入这个温馨的大家庭。

记得那次独自前往医院做近视眼手术，当我的双眼被厚厚的纱布覆盖，摸索着走出手术室时，心中不禁涌起一阵无助与迷茫。而当时，医院走廊里传来熟悉而响亮的呼喊声，让我瞬间感到一阵欣喜。原来是领导和同事得知我独自手术，特意赶来接我。他们不仅把我接到了其中一位同事的家中，还亲自为我准备了晚饭和所需的生活用品。躺在她家舒适的床上，盖着她心爱的薄被，我深深地感受到了文联大家庭给予我的温暖与关爱，那种家的温馨与安宁让我倍感珍惜。

包容：在文联的茁壮成长

在文联的这些年里，我经历了从青涩到成熟的蜕变。每当我在工作中遇到困难和挑战时，文联总是以它独有的包容性给予我支持和鼓励。它允许我犯错，更鼓励我从中吸取教训，不断成长。在这里，我学会了如何面对挫折，如何坚持不懈地追求自己的梦想。文联的包容，让我有了更多的勇气和信心去迎接未来的每一个挑战。

培养：文联的滋养与提升

文联不仅是一个工作平台，更是一个学习的殿堂。在这里，我有幸与众多优秀的文艺工作者共事，他们的才华和敬业精神深深地感染了我。文联为我们提供了丰富的学习资源和培训机会，让我们能够在不断的学习中提升自己的专业素养和综合能力。正是这些宝贵的经历，让我在文联的滋养下逐渐成长为一名更加优秀的文艺工作者。

情深意长：文联与我的不解之缘

十七年的时光转瞬即逝，但文联与我的不解之缘却越发深厚。这里的一草一木、一人一事都已成为我记忆中不可磨灭的印记。每当回想起在文联度过的点点滴滴，我的心中总是充满了感激与温暖。文联不仅见证了我的成长与蜕变，更成为我生命中不可或缺的一部分。

如今，站在文联成立 70 周年的重要时刻，我更加深刻地感受到了自己与文联之间的紧密联系。我深知，无论未来我走到哪里，文联都将是我心中永远的牵挂和骄傲。我愿与文联携手并进，共同书写更加辉煌的篇章！

热闹的省文联院子

舒 放

省文联的院子并不宽阔，四边都有房屋，中间一块水泥地坪，长着几棵普通的梧桐树，经常停着一台大巴和三四台小车。大门设在八一路边，门牌 227 号。没有豪华装饰的门卫室，守门人坐在简陋的岗亭里，密切注视着进进出出的自家人和客人。进门走十几米往左边拐弯，经过不太宽敞的便道，就到达办公楼。门岗的目光非常犀利，一眼就能认出来人是不是文艺家，很少出来盘问。邮递员每天可以随意闯关，直接把信函和报刊放到办公楼的收发室里。

2002 年时，我到省文联企事业文联打工，在《财富地理》当编辑。一眨眼干了九年。记得第一次走进这个院子，我并没有刘姥姥逛大观园的兴奋，倒是感觉文艺部门有些寒碜。附近有几个大名鼎鼎的单位，大门口都有穿军装的人站岗，里面有生机勃勃的大花园。而眼前的省文联院子，马上让人想到"清水衙门"几个字。但是"清水"并不代表清冷，院子里的热闹，其他的单位绝对不可比拟。我看到这样的情形，主要在一天早中晚有"三潮"。

早晨上班时，领导干部们便陆续出现，互相打招呼，然后说说笑笑地走进办公楼。文艺人很随性，有的手里拿着包子油条或者方便面。地坪里常有大嗓门的叫喊，几个戴着标牌的人站在大巴前，匆忙地指挥也戴着标牌的人上车。一番细心清点，那些书记、主席、秘书长，还有作家、画家、书法家、音乐家、摄影家、舞蹈家、曲艺家、戏剧家、民间文艺家，有时五六个，有时十几二十个，或者去北京开会，或者去省委宣传部汇报工作，或者去某地参加艺术节，或者出席某个艺术展览，或者到市县区调研，或者前往某几个示范点深入生活。小车带着大巴刚刚驶出院子，守门人就非常机警地连忙放下拦车的铁栅栏，恢复院子里的平静。

中午时分，院子再度热闹起来。坐班的单身男女大都先后下楼，就地解决吃饭问题。岗亭旁边有一栋比较陈旧的七层家属楼，在临街的围墙里头，一楼有两个对内开放的餐馆，都是三室一卫一厨的套间改成的。人们到那里吃快餐，价格开始很便宜，五块钱一位。大都就地吃，如果硬要带走，必须由老板瞟一眼饭菜的多少，默认后才可。干饭、稀饭、红薯、苞谷都有，菜肴有荤有素，炒一锅端出来一锅，勺子随便舀，尽你的肚子胀。每天两家都有三五十食客，屋里挤不下，只要风和日丽，有人就端着饭碗来到地坪里，随便地坐着站着，边吃边闲聊。哪怕你是正处副处主编副主编，也全都混杂在普通人之中，吃得个津津有味。那个名叫奇志的相声演员，当时任曲艺家协会主席，间或也跑来自掏腰包买饭吃。不管他的打扮怎样花里胡哨，男女老少都认得。在这里真的没有粉丝可言，他当然得不到狂热的追捧，一条长板凳平起平坐，大家敞开口谈天说地，倒是说出许多风趣的段子给他听。

到了傍晚，院子并未沉寂下来。大门口有许多人出出进进，里头的人急匆匆地下班回家，在外面工作的人也急匆匆下班回家，遇见了熟人便热情地打招呼。几台小车先后开出去，"嘀嘀嘀"按响喇叭，算是给门卫打个招呼。经常有一些人要留在单位加班，少不了雷急火急走进餐馆吃晚饭。有人干脆把饭菜装在小盆子里，端到办公室里享用。有时候，省花（花鼓戏剧团）、省湘（湘剧团）、省歌（歌舞剧团）、省皮（皮影木偶剧团）排练了新节目，都要发来观摩票，让文联和各个协会的领导人携带家属先睹为快。大家站在地坪里翻看节目单，不时传出轻轻的议论声，等待大巴开车门。有时候，也可以见到县市来的远客，或者三五个，或者一大群，提着水果和土特产，讲着五花八门的方言，到家属区造访那几位鼎鼎有名的画家音乐家书法家。最多时四五拨，甚至是去同一户人家。

办公楼在院子的东头，七层，没有电梯，东西两头各设一个楼梯间。通走廊在中间，每边十几个房间。十几个协会和编辑部分散在二至六楼的房间里，统一张贴了各自的名字。七楼是一个大型会议室，除却东头的舞台，还可以坐三四百人。因为很少开大会，平时根本无人光顾。外边有一长线门面，什么小超市、面粉铺、打字室、花草店、咖啡厅的，显出八一路的一段繁华。

相比之下，我们二楼是最热闹的地方。西头楼梯间的右边是主席副主席办公室，左边十几间有《文坛艺苑》《理论与创作》《音乐教育与创作》《湖南曲艺》《湘江歌声》和我们的《财富地理》几个编辑部。大家都是出版双月刊，工作周期比较从容。《文坛艺苑》主要反映省级各文艺协会和市县文联的工作情况、先进经验、典型人物。《财富地理》也同样立足湖南，从文化的角度出发，推介风景名胜、历史人文、市县风貌。它自 2002 年创刊，一直延续下来，开始的社长兼主编廖静仁是知名作家，后来的主编赵涛是知名编辑。那时，省委宣传部有一个《文艺简讯》，经常点评和表扬我们的刊物。可以这么说，二楼的几个编辑部为全省文联工作大大争光添色。

每天，有一些人心情迫切地希望尽快上稿，免不了跑上二楼，这就不断传出"嚓嚓嚓"的脚步和"咚咚咚"的敲门声。有时，突兀而来高亢的歌声，准是有人创作了新歌，希望《音乐教育与创作》或《湘江歌声》刊登出来。编辑部之间有个习惯，不管谁家出版了新刊，总会有人互送几本。编辑二十来个，有男有女，有老有少，见面打个招呼，有事登门讲述，久而久之，我与谢群、谢子元、尹晓星、欧娟、陈善君等主编或主任熟识起来，便经常拿出作品向他们求教。

谭谈主席非常重视企事业文联工作，经常来我们编辑部坐一坐。他穿着非常随意，夏天是西装短裤配圆领汗衫，脚上一双十分大众化的塑料凉鞋，冬天则是灰色的太空棉袄，一双东北皮靴。他嗓门大，带着以前矿工的质朴，来到门边就爽朗地说："现场办公的来了！"廖静仁是企事业文联的秘书长，喜欢用漫谈的方式汇报工作，边说边向大家散发香烟。谭主席虽然没有这个不良嗜好，有时也点燃一支，笨拙地抽两口，然后赶紧捺到烟灰缸里。我们把新近出版的《财富地理》送到他的办公室里，他看过后，也要带着杂志回头找来，逐页逐页地翻，对我们说出他的看法。但是，他对个人的事情却很淡然，湖南文艺出版社要我们协助编辑十二卷本《谭谈文集》，洋洋洒洒四百多万字，他从不过问进展情况，还畅快地说："有廖主编牵头，我没有什么不放心的。"时任党组副书记、副主席夏义生因为曾经是文艺理论研究室主任，也和我们关系很铁，是我们编辑部的常客。他是典型的儒将，长得白白净净，戴一副细丝眼镜，穿着一丝不苟，举止极有分寸感。他在文艺理论方面造诣极高，细声说话，口若悬河，总是能够指出我们书刊中出现的一些似是而非的问题，语气非常平和地要求我们予以改正。记得那一次，我国著名的文艺评论家贺绍俊先生来长沙时，夏主席点名要我和《理论与创作》的几个编辑参加会见，以此得到一次学习的机会，哪怕只有几个小时，我们这些小编辑们都受益匪浅。2007年年初，谭谈主席退休，谭仲池主席上任。记得他担任长沙市人民政府市长时，指导我们编辑部编辑了多本宣传长沙历史人文的书籍，有《天地长沙》《璀璨雨花》《领秀星沙》等，现在，他更加直接地过问企事业文联工作。他也是著名作家，与廖静仁是好朋友。他就《财富地理》的编辑工作，几次提出高屋建瓴的建议，使得杂志选题更加丰富，内容更加扎实。

在2006年4月，省文联启动了"三湘百村行"采风创作活动。通过十四个市州文联的努力，到8月底时，收集到二百多篇稿子。彭见明副主席当即与廖静仁商量，要我担任该书的责任编辑。我忙了两个月，终于完成任务，三百多页的《三湘百村行》圆满出版。后来，我们到一些市县采访时，也听到关于这本书的良好反馈，我心里自然非常愉快。

说来也有趣，我以前是沅江市文联副主席，退线后才来省企事业文联打工。在那个院子里待了九年，我又返家养老。2015年，我协助沅江市文联开办了"文艺大本营"。这种形式在全省独树一帜，马上得到省文联的重视，委派谢群和谢子元前来总结经验。我和老朋友相见，分外高兴。

趁着汇报的间隙，我们聊起那时省文联院子里发生的许多有趣的事情，念叨那时文艺人丰富的情感。这时，我感觉省文联就是一棵枝繁叶茂的大树，挺立在长沙袁家岭的最高处，全省各地的文联都能眺望到它苍翠遒劲的身姿。

時代印記

从文联再出发

文诗婷

十年前，我从家乡小城到八百多公里外的南京读大学，就读于生命科学学院的我或许有一些文艺爱好和文艺情怀，但绝不会想到十年后的自己会成为湖南省文联中的一名文艺工作者。

我从小喜欢阅读，尤其喜欢读些故事书之类的"闲书"，读中学的时候，我喜欢在晚饭和晚自习的空隙时间在书店里站着读书，不管是名家经典还是闲情小说，我都来者不拒。看着一行行印刷字，自动脑补出一个个或绮丽或冰冷或温馨的世界，阅读间感受着字里行间默默流淌的情绪和遮掩不住的观点，仿佛和作者在进行一场深度交流，这种感觉让我有些沉迷。上大学期间，除了专业书籍，社科文学类是我阅读最多的类别。

2021 年，我通过湖南省省考进入省文联工作，入职前，我在网上查找了文联的相关信息，当时朦朦胧胧知道是从事文艺服务工作，但并没有实感。当年 7 月我入职机关党委（人事处），主要负责党建工作，也会承担一些人事工作。党建和人事工作并没有太多的文艺色彩，直到某一天，我打电话给协会的时候，听到电话那头在放着戏曲，挂断电话不禁感叹，果然是文联啊。

工作中，我与各个处室、协会、直属单位的领导同事都要打交道，文联的领导同事们都是多年的文艺工作者，身上都有着可爱可敬之处，让我对文联慢慢产生一种归属感，想要在文联这个平台上发挥自己的价值。作为机关党委党务骨干，对每年的党建任务必须要先学一步、学深一层，我原原本本地阅读了很多党内法规和党建书籍，也认真研读了习近平总书记重要讲话和重要指示批示，不断提高自己的政治素养和理论功底。

不断推进党建工作和业务工作深度融合、切实防止"两张皮"是高质量机关党建工作的应有之义，为了培养和提高自己的职业兴趣、更好做好本职工作，我从进文联开始就密切关注文联公众号，看单位开展了哪些活动，看湖南出了哪些精品力作、涌现了哪些文艺人才，思考党建工作该以何种形式与业务工作结合得更加紧密以及作为一名文艺工作者如何为湖南文艺事业做出自己的贡献。落实到每天工作生活中，其实还是烦琐重复的事务性工作为主，但就像习近平总书记在国家勋章和国家荣誉称号颁授仪式上的讲话中指出的"伟大出自平凡，平凡造就伟大"，通过我们一天天的工作成全职业初心、践行职业使命。

至今，我进入文联快 3 年了，经历了文联地址搬迁，也赶上了文联成立 70 周年这个关键节点，回望过去，我走上了和从前计划截然不同的一条路，这条路上免不了泪水和付出，但也不乏欢笑和成果，我从不曾后悔，既然选择了，就只需要向前。或许我会有所作为，也或许等三四十年后，我在文联付出的所有汗水也不能在它的历史上留下一个小小的痕迹，但始终无愧于心就好。

白沙采风纪实

李长廷

1996 年 5 月 23 日，为纪念毛泽东《在延安文艺座谈会上的讲话》发表 54 周年，省文联组织了一次作家、文艺家万里采风活动。这次采风活动规模之宏大、参与人员之广泛、影响之深远，可以说是前所未有。我作为一名基层文艺工作者，能够忝列其中，心情自是无比激动。开始我以为自己会去农村，因为我熟悉农村生活，结果却被分配到耒阳市白沙矿务局，这大大出乎我的意料。但过后想想也不错，借此机会扩大一下视野，未尝不是件好事。分配去耒阳市白沙矿务局的这个组一共六人：音协的何纪光、杨干之，美协的王金星，舞协的龙廷波，书协的杨炳南，作协的我。我们一行来到白沙矿务局的第一天，听矿务局领导介绍了一些大体情况，第二天便马不停蹄地深入南阳煤矿前进工区进行采访。这一天的雨下得不小，风景秀丽的前进工区的山山水水，一眼望去，此时全是迷蒙一片。我们就在这样一个雨天，走进前进工区简陋的办公室，听工区负责人说起煤矿工人一些像煤块般燃烧的故事。

我虽是一个农民的儿子，但知道"煤"在我们的生活中的重要作用，一日三餐是少不了的。不过说到对煤矿工人的了解，尤其对他们深入矿井采煤的生产过程，可以说是一无所知。像今天这样与煤矿工人近距离接触，面对面地交谈，平生还是第一次。因为是第一次，所以就倍感珍惜，同时也倍感好奇。倾听的过程中，我一直聚精会神，不敢有丝毫分心，不时会因为一个感人的细节，激动得浑身热血沸腾。或许就是从这一天开始，我对煤矿工人有了比较深入的了解和发自内心的崇敬。我甚至想，我们这个社会，要是缺了他们，就像一台机器缺了动力，很多日常生活将难以启动。

窗户外面的雨越下越大，风声挟着雨声，感觉工区简陋的办公室差点要被掀起来。但工区负责人却没有丝毫的慌乱，一直以满含激情的语气，如数家珍般给我们讲述煤矿工人的一些动人的事迹。当他说起春节期间，为了多产出煤，工区没有放假，连大年初一那天，都在照样出煤时，我不由心下嘀咕，这样一来，家家户户欢度春节的锣鼓声、鞭炮声和团圆饭，在井下作业的煤矿工人将无缘享受，这岂不是太遗憾了？！这时我悄悄瞄了一眼工区负责人，他在讲这番话时，心情似乎显得很是平静，好像这是他们的家常便饭，没有什么值得大惊小怪的。就在那一刻，我分明感觉到，外面正下着的那一场大雨，已汹涌进我的心海里来了，已在我的心海溅起层层浪花来了。我甚至联想到某年大年初一，轮到我在单位值班、守电话，心里还老大不乐意，大年初一，正是玩儿的时候，偏偏轮到值班，真是晦气！现在听工区负责人说起煤矿工人的大年初一，心底里不由得暗暗滋生出一丝惭愧之情。

后来我们决定下矿井里看看去。

坦率地说，面对300余米深、一眼望不到底的矿井，我曾经有过胆怯。当我双脚踏进乌黑的吊车，我心里想，这可不是电梯啊。然而当我想到煤矿工人每天都从这里上下，渐渐也就坦然。这个时候，我们远离了绿水青山，远离了刚才那一场生机勃勃的雨，邈远阔大的蓝天渐渐在眼前消失，进入一个神秘而陌生的世界。偶尔有路灯闪烁，加上头上矿灯的帮忙，我们终于能够深一脚浅一脚地沿着运煤的轨道蹒跚前行。煤，煤，煤，我们头上、脚下，前后左右，全是煤，稍走不稳当，手随便往什么方向一撑，便是一掌的乌黑。如不经意再向脸上一抹，便成了地道的包公。后来上一个坡，其陡峭的程度让我们直冒冷汗，额头几乎可以碰到膝盖，又窄，仅能容人，实际是一个巷道，连二人错身都困难。煤矿工人成年累月就从这里上下去进行采煤的工作，对于他们来说，这并不见得就是一道险关。再后来我们听到了"突突突"的钻机的声音，这声音使我的整个身心都颤动得厉害，我感觉我浑身的血液在剧烈沸腾，心也止不住"突突突"地跳个不停。无论是谁，当他身临其境听到这地层深处略显刺耳的响声时，他浑身的血液，没有理由不沸腾起来。

此时此刻，我感觉时间似乎是静止的，一秒，又一秒。一分，又一分。我们在采煤区待了不过半个钟头，却分明感觉到了时间的漫长。再私下里对比不畏辛劳的采煤工人，真是汗颜到无地自容。

回到井上时，瓢泼大雨已经停了。这时候我们瞭望天空，天空显得格外明丽，但是我们却一个个成了硕大的煤团——我们从头到脚，没有哪里不被煤覆盖住，连我们的头脸都是乌黑的，认不出本来面目了。我想如果把我们投进熔炉，该可以像煤块一样燃烧了罢。

这时候我们本该要去洗浴一番，可是我们遇见了一个非同寻常的场面——大约有数百名工区家属、职工、附近农民及刚从矿井下班和我们一样来不及洗浴的矿工，在一个凸凹不平的场地聚集起来，有的占住了坡坎，有的占住了水泥板的屋顶，一齐用一种热烈而期盼的目光望着我们这个小小的队伍。我们队伍里有一个何纪光，他的歌声已为大家所熟悉，现在他身穿矿工服、头戴矿工帽，一脸的煤渍，就这样近距离地站在大家面前，此时此刻，大家的心情简直可以用欢欣鼓舞来形容。

我悄悄地瞥了一眼大块头的何纪光。这时候，他看上去的确算得上一名货真价实的矿工。他没有着意去准备，就那样以矿工的身份走进人群，唱起了《挑担茶叶上北京》《洞庭渔米乡》《辣椒歌》……

听何纪光唱歌，对于我们说来不知有过多少次了。他唱歌的场地，自然是在舞台上，或是在电视屏幕里，那种风光是不必说的。如今在这样一种特殊场合引吭高歌，我觉得其意义非同寻常。何纪光什么时候以这种面目出现过呢？完全不化妆——不，实际是化了妆，你看那浑身煤渍斑斑的矿工服，你看那顶一向作为矿工标志的矿工帽和似乎仍在闪烁光芒的矿灯，这不就是一个货真价实的矿工？还有那手上、脸上的煤痕——黑，是矿山的底色，显示着庄重和沉稳。这在我们的心目中，还显示着亲近——在我当年做农民的岁月，身上沾满泥巴，因而看见同样满身泥巴的父老乡亲，就感到格外亲切。如今何纪光以一身矿工打扮站在矿工们面前，他的歌声，自然是可以送进人们的心底，引起大家的共鸣，甚至如春风般送进坑道，久久回旋在矿井深处。掌声、欢呼声，如浪涛般此起彼伏，经久不息。一些观众抑制不住内心的激动，纷纷向何纪光靠近，再靠近。难得啊难得！一个知名的歌唱家，平时可望而不可即，现在就站在他们面前，为他们歌唱，让他们感到很大程度的满足，虽然在电视荧幕上，他们也听到过一些歌唱家歌唱，但是那种歌声，毕竟离他们太过遥远，缺乏现场感。

我当时作为一名听众，就站在何纪光身边。但我知道，自己虽然也是一身矿工打扮，头上戴着矿工帽，身上穿着矿工服，脸上有着煤痕，却算不上一名真正意义上的矿工。不过我很乐意在这样一种场合，跻身于矿工的行列，和他们一道听何纪光歌唱。我和他们站在一起，就像和山水在一起，和大地在一起，有一种踏实感，内心感到非常充实。

这次在矿区采访，当然不仅仅是下矿井一项内容，听说矿区的各项文化活动开展得很有特色，美术、书法、歌咏、舞蹈、文学诸多方面都有不少人才，于是我们各自发挥自己的特长，主动去接触、沟通一些对文学艺术有兴趣的业余爱好者，以临时培训的方式，或示范，或座谈，热切期望在非常短的时间内，彼此间能架起一座心与心紧密联系的桥梁。

采访的时间是短暂的，但在如此短暂的时间里，我们的收获却是难以想象的丰硕，通过下矿井，通过与矿工的交流，耳闻目睹，感同身受，无论是对火热的现实生活，还是对文学艺术本身，都有了全新的认知和理解。尤其对于《在延安文艺座谈会上的讲话》的精神实质，更是有了深入的领悟，而矿区采煤工人可歌可泣的感人事迹将丰富我们的思想、生活、艺术上的储备库，让我们受益终身。

当我们就要离开矿区的头一天晚上，白沙矿务局召开了一个特别的会议，决定授予我们六位采访者为白沙矿务局荣誉矿工。是的，荣誉矿工！这突如其来的决定让我们六个人高兴得手舞足蹈，不知怎么来承受这份扑面而来的荣光。当我们把那本红色的荣誉证书拿在各自手里时，我们的思想似乎在顷刻间，获得了一次跳跃式升华。尤其是我这个农民的儿子，内心深处，已在认真体味"矿工"二字的深刻内涵，并且已暗下决心，力争在今后的创作实践中，坚定而执着地以一个矿工的名义，努力对生活进行全方位采掘。

至今，我一直将那张荣誉矿工证保存着，已二十七个年头。时光荏苒，世事沧桑，那次参与采访的六位同道中，何纪光、杨干之已因病离世，闻之不胜痛惜。值此湖南省文联成立 70 周年之际，回忆起这次难忘且独具特色的采访历程，心中不由感慨系之。近来学习习近平总书记关于文艺工作重要论述，越来越觉得广大文艺工作者深入生活，不遗余力地反映这个时代的伟大变革，是我们应该承担的义务。由此再次想到省文联组织的那次采访，油然中更加感到了那张荣誉矿工证的分量。当然，此时我心中比谁都明白，所谓"荣誉矿工"，其实不是一种"荣誉"，而是我们此生应尽的一份责任。

难忘那个温暖的"家"

李贵日

2008 年 4 月，那是个生机盎然、草长莺飞的时节，我被组织安排任蓝山县文联主席，有幸成为文艺战线的一名"新兵"，从此与湖南省文联这个文艺工作者共同的"家"结下不解之缘，成为这个"家"的一个新成员。任县文联主席 13 年，也深深地爱上这个温暖的"家"。

进入文艺队伍，是人生的一种缘分。到县文联工作之前，我在县委宣传部工作，当时分管意识形态工作的县委副书记是黄爱平，他是永州江华县人，是瑶山里成长起来的一名诗人，对文艺充满激情、饱含深情。也许是因对文学的共同爱好，在几年的工作中，我们结下了深厚的友谊。我任县文联主席时，他已经是永州市文联主席。不久，他被调入省文联工作。从此，无形中他成为我们与省文联联络的"桥梁"。每次去省文联，我们都首先同他联系，他都非常热情地接待我们这些"永州老乡"，让我们感受到了"家"的温暖。

省文联这个"家"，给我们搭建增进友谊的"平台"。省文联多次组织全省、市、县文联主席集中学习，先后在长沙、湘西、郴州等地举办学习班，这给我们这些来自全省四面八方的文艺"兵"，带来一个难得的相互认识、学习交流、加强联络的好机会。通过省文联的这个"家"，我结识了文艺界不少老师，如怀化市文联主席赵慧卉、宜章县文联主席赵妮娜、嘉禾县文联主席唐知圣、郴州市文联主席王琼华等，所以说省文联是我们的友谊之"家"、联络之"家"、感情之"家"。

省文联是我们的学习之"家"。通过这个"家"，我们学到了许多东西，开阔了眼界，提高了文艺理论水平，增强了文艺素养，进一步夯实了文艺创作根基。记得在 2020 年 12 月召开的湖南省文学艺术界联合会第十次代表大会上，时任省文联党组书记夏义生专门给我们作了《奋力谱写新时代中国特色社会主义湖南文艺新篇章》的报告。报告使我们进一步领会习近平总书记关于文艺工作的重要论述，增强了对湖南文艺发展的使命感、责任感，深切感受到一名基层文艺工作负责人的担当和紧迫感，为我们做好基层文艺工作进一步指明了方向。时任省文联党组成员、副主席邓清柯也多次给我们授课。作为一名基层文联负责人，每一次学习都有不同的收获，都是一次文艺素养的升华、一次文艺理论的提高、一次文艺思想的开阔。

　　省文联这个"家"给我鼓励，给我动力，让我充满干事业的激情。我在 2008 年 4 月任蓝山县文联主席后，开始实施自己多年的愿望，申报"湘江源头在蓝山"，为此，只身一人走上调研、撰写材料、汇报、申报的艰辛历程。地理史籍、古书资料，浩如烟海、细读研究。水文专家、高端学者，三顾茅庐、不懂就问。河流源头、高山峡谷，不辞辛苦、实地考察。锲而不舍、金石可镂，一分耕耘、一分收获。金秋时节，喜获丰收，收集到"湘江源头在蓝山"充足的理论依据，翔实的历史记载，就这样凭借个人的力量挑战千年历史。之后，我向国务院水利普查办、水利部、南京水利科学研究院、湖南省水文局等单位不断汇报，通过省市人大代表、政协委员呼吁。2013 年 5 月长达五年的"奋战"终于取得成果，国务院水利普查办宣布"湘江源头在湖南蓝山"。之后，国家水利部、交通运输部、国家能源局、南京水利科学研究院联合下文认定。

　　得知消息后，省文联于 2014 年 10 月专门开展了一次"湖南作家行走湘江源头"采风活动，邀请省内外知名作家来到湘江源头采风。在采风活动现场，夏义生深有感触地说："通过湘江源头在蓝山的正名，我们看到了文艺的力量，一个基层文联主席挑战历史，正本清源，非常难得。"2015 年第 3 期《文史博览》以"李贵日对抗历史定论，五年坎坷争取'湘江源头在永州蓝山'"为题，刊登我"湘江源头在蓝山"的长篇通讯。为此，蓝山这个基层文联也于 2013 年、2016 年、2018 年三次荣获"湖南省先进文联"。省文联的鼓励，让我更加充满信心做好"湘江源头在蓝山"这篇"文章"。之后，我又牵头成功申报"湘江源头为国家水利风景区"，把蓝山紫良瑶族乡更名为"湘江源瑶族乡",把"湘江源头在蓝山"写入《湖南省地方文化常识》——初中一年级教科书。

"岁月不居、时节如流",2021年7月我退居二线,从任职13年的文联主席岗位退下来了,2023年8月办理退休,但是对文艺这个"家",对省文联这个"家",我永远充满深情,永远珍藏在心中,可以说是"一届文联主席、终身文艺情怀","家"时时激励着我、鼓舞着我,为党的文艺事业继续发挥余热、奋斗终生。

弱光如缕

李晓英

橘红柿鲜的金秋十一月，是从中华人民共和国第一个五年计划开局之年走来、有"艺术家摇篮"美誉的湖南省文联七十华诞。从事弱光摄影的我，对育才笃行的省文联常怀感恩。

十一月上旬忙完"弱光的力量"全国优秀弱光摄影作品巡回展·上海站的开展，看到省文联为纪念成立 70 周年开展主题征文的活动，如一缕金色弱光温暖心头，久久不能平静。省文联成立七十年，推出了《山乡巨变》《芙蓉镇》等诸多文艺经典，育出了周立波、古华、莫应丰、谭谈、唐浩明等多少文艺湘军巨匠！我自己则成为暖色弱光的开拓者。多年前我曾自问，为什么经济不如沿海的湖南文艺那般繁荣，是否因有省文联领导？好像是又不全是，因为文联哪个省市都有。直到 2010 年 4 月，省文联组织美术、摄影、书法、音乐、舞蹈艺术家到湘西吉首矮寨大桥采风，我与带队的博士生导师、省文联党组书记罗成琰相遇，又进行了一次长谈，才悟道出湖南文艺为什么格外繁荣——非是行政管理过程"管"出来的，而是省文联一代代卓越的领导者带领"敢为人先"的湖湘文化沁润、想要为文化强国强省做出贡献的艺术家实干出来的，罗成琰书记就是其中的一个工作上的卓越者。

记得那次罗成琰书记率大批艺术家到修建中的湘西吉首矮寨大桥工地采风，举手投足之间都凸显出对艺术家，尤其是青年艺术家的扶植之心与关爱。他虽然学富五车、博学多才，身为省文联领导，却没有一点架子。和艺术家们一起在工地上奔走采访大桥建设者，带领我在幸福村拍弱光，吃腊肉，同艰苦同欢乐。有一天，我在工地采访拍弱光作品时遇险，一不小心掉进工地的一个乱石坑，危急时刻罗成琰书记第一时间发现、第一个冲过来救援，让我感念至今。在那一刻，我顿悟什么是"远"，什么是"近"。世界上最远的距离，不是从马里亚纳海沟到珠穆朗玛峰，而是说到和做到。罗成琰书记就是说到和做到的践行者，所以，他离艺术家们很近。

那次采风，罗成琰书记似乎很懂得艺术家的心思，并不急着打卡，浅尝辄止地拍几张"这是建设中的矮寨大桥""这是挥汗如雨的建设者"的照片后就赶往下一站，而是"慢工出细活儿"，让我在拍摄中品味，在品味中拍摄。艺术家们像古人一样在"嘚嘚"的马蹄声中，在慢吞吞的驴背上寻诗觅句；于分花拂柳之中，感应"山重水复疑无路，柳暗花明又一村"的千古绝唱。罗成琰书记很关心我这个"慢门人"，看到我为拍一张弱光作品经常原地不动待上几个小时，罗成琰书记也毫不介意，鼓励我在暖色弱光摄影上更上一层楼。矮寨家庭村创作时，由于湘西四月天仍然寒冷，我感冒发高烧住在农家大嫂家，罗成琰书记经常地嘘寒问暖。

在省文联的鼓励下，弱光摄影从"湘秀""湘情"向"湘魂"成功转型升级。一开始真有点"望断天涯路"的感觉。我去芙蓉镇采风，独自步行在凹凸不平的古石板街，仿佛行走在历史烟云之中，脚踏在两千多年前的秦汉繁华的街道之上。尤其是那座耸立苍穹、建在惊涛拍岸绝壁上的巍峨土司行宫的身姿，令人浮想联翩。凝思它虽经过千百年的改朝换代，多少豪杰枭雄消失在历史长河，但它历经千年风雨却依然屹立不倒！我饶有兴趣地在雕梁画栋的土司行宫建筑中寻找答案，深深感受到黎庶百姓对艺术，尤其是对安定生活的虔诚向往，我深感艺术只有植根人民才能永生，更加坚定自己做一个人民艺术家的责任，永远把黎庶父老乡亲作为讴歌的主角。此时一道弱光如虹，照亮了内心的鸿蒙天空。

美国著名摄影家肯·海曼说"三流的摄影师拍的是人，而一流的摄影师拍的是灵魂"。我也明白了，"湘魂"的准确诠释就是格局，有什么样的格局，就有什么样的美学高度。有伟大的格局，才可能有伟大的作品。细想拜日崇火，不是心忧天下、百折不挠的湖湘文化之魂吗？一时间让我茅塞顿开，喜不自禁，脑海里浮现出带有浓浓烟火味的芙蓉镇夕烟：夕烟里的芙蓉镇里古朴的吊脚楼，夕烟里的芙蓉镇人家，夕烟里的新时代劳动者、儿童、阿公阿婆，夕烟里的芙蓉镇嬗变，都应该可以用暖色弱光去表达、凝练、诠释，拜日崇火湖湘文化就是弱光摄影的"湘魂"。

拓展弱光摄影独有的艺术张力，能凸显更广阔、更深化的表现视野。用暖色弱光艺术来整合自然与"人"、历史与"人"的关系，加深作品个性化的内涵。随即，我先后拍出了颂扬改革开放、题名《迈出门槛》的暖色弱光摄影新作。暖色弱光里，主人公蓝色上装虚化，表情、手势却十分清晰，迈出门槛时脚步稳健。同行们认为思想性、艺术性高度统一。经过多家媒体推介，更坚定了我对暖色弱光摄影艺术转型升级的信心。创作炽热的情感达到"燃点"便一发不可收拾，又相继拍摄了《生命之源》《湘女》《待嫁新娘》等大批"湘魂"凝聚、反映改革开放中的湘西人民生活变迁与精神面貌的作品。在时间的考验下，最终《湘西的心灵》组照获评第八届中国摄影金像奖，《人民日报》、中国中央电视台、《中国摄影报》《中国摄影》等媒体，将弱光摄影艺术推向了世界。侯波、徐肖冰夫妇题词"独树一帜，意境无穷"。湘西画家、中国美协副主席黄永玉题词"湘西心灵好"。2017年5月，中国青年出版社将我的湘西作品作为插图，编入沈从文散文集《湘西往事》《我的湘西》。于此，暖色弱光摄影走进了新天地。2019年，我寻找当年拍摄的《湘女》主人公侗族女孩的故事，点击率超过百万人次。这既是人们对用暖色弱光摄影艺术讲叙"湖南故事"的新手法的认可，也是对弱光摄影弘扬拜日崇火湖湘文化的肯定。

2023年3月18日，在江南的春风春雨中，中国艺术摄影学会在株洲挂牌成立"弱光艺术摄影专业委员会"，同时在株洲举办"弱光的力量"全国优秀弱光摄影作品巡回展首展。到目前，弘扬拜日崇火湖湘文化、从株洲开始的"弱光的力量"全国优秀弱光摄影作品巡回展，已经先后在湖南长沙市和吉首市、河南的周口市、上海市、新疆阿克苏市、青海茫崖市展出，观众达110万人。凝聚"湘魂"的弱光摄影艺术深入人心，退休旅居上海多年的中车株洲车辆公司的一对常德籍老夫妇，不顾年事已高，慕名去上海福州路参加了"弱光的力量"全国优秀弱光摄影作品巡回展上海站开幕式，并拍摄留影，在源创湖南、浸透"湘魂"、选自全国的弱光作品前仔细观看，久久不肯离去。

　　弘扬拜日崇火湖湘文化的弱光摄影于 2024 年 1 月走出国门，赴澳大利亚悉尼、南非开普敦、法国的留尼汪省等地展出，盛况空前。2024 年 10 月，受意大利摄影家协会邀请，"弱光之美"（湖南篇）世界巡回展将在罗马等多个城市举行。

　　弱光如缕，饮水思源。曾经稚嫩的暖色弱光摄影艺术，在湖南省文联、株洲市文联的支持下，从涓涓细流，开始汇入澎湃河海。毫不夸张地说，没有省文联始终如一的支持，没有 2010 年 12 月调任中国文联书记处书记的国内联络部主任罗成琰同志的肯定和鼓励，弱光摄影"湘秀""湘情"到"湘魂"的飞跃，不知道还要在崎岖路上探索多久才能得偿所愿。

　　至此，我在这里衷心地祝福省文联七十华诞生日快乐，祝愿省文联带领文艺湘军，再创文化强国、文化强省的新篇章与新辉煌！

我是文联一颗螺丝钉

杨振文

虽然我在读高中的时候就开始发表习作，并于大学毕业前夕，由上海少年儿童出版社出版了一部中篇儿童小说《芬芬为什么愿意剃光头》，但我只是与报刊出版社联系，并不知道有文联和作协这样的机构。没想到 1965 年 11 月下旬，我突然接到了湖南省文联和湖南省作协的通知，要我去北京参加全国青年业余文学创作积极分子大会。

当时，我是湘乡县的一名中学教师，从湖南师范学院中文系毕业参加工作才一年，还从未出过省。能上北京参加全国性的大会，这可是我做梦也不敢想的事！我兴奋得两个晚上都没合上眼。

进京的前一天晚上，来自全省各地的近 30 名青年作者聚集在省文联会议室。时任省文联主席的周立波、时任省作协主席的蒋牧良等著名作家接见了我们。立波先生作了简短热情的讲话。在讲话中他忽然问："杨振文是哪一位？"

我怔了一下，有些胆怯地从座位上站了起来。

立波先生满脸笑意地看着我，连说了两声："好！好！"

事后我才知道，那年——1965 年，湖南第一个大型引水灌溉工程——韶山灌区工程正式动工兴建，7 月 1 日在湘乡举行了隆重的开工典礼。周立波、蒋牧良等率领一批作家深入工地采风。他们听湘乡县文教科的负责人汇报工作时，无意中得知我发表过作品出版过书，觉得是个可以培养的"人才"。适逢中国作协、团中央正在筹备联合召开全国青年业余文学创作积极分子大会，他们便推荐我去参加大会。

能出席这样的会议，能受到党和国家领导人的接见并一起合影，这在我的人生道路上，可具有里程碑般的意义！参加大会受到的鼓励和鞭策，让我终生受用不尽。《高举毛泽东思想红旗，做又会劳动又会创作的文艺战士》是当时任中共中央宣传部副部长的周扬同志在大会上作的主题报告。自此，"做又会劳动又会创作的文艺战士"这句话便深深地铭刻在我的心中，几十年来我也一直在为此而努力。

周立波、蒋牧良等前辈作家对我们后辈的关心、培养与呵护，自然不只是推荐去参加一次会议而已。

1966 年初春，有两百余人参加的全省文化工作会议在湘潭召开。周立波先生以省文联主席的身份在会上作了发言。那时，我已从湘乡县的教育部门调到了湘潭地区的文化单位工作，所以有机会旁听了周立波先生的大会发言。他在发言中又特意提到了我。他说湘潭新近冒出了一个年轻的作者，叫杨振文。这个杨振文写了本书，这本书在上海出版了。在上海出版的这本书，书名叫作《芬芬为什么愿意剃光头》。说到这里，立波先生摘下眼镜，两眼扫视着全场，问："大家说，这书名，是不是就有点子味？"他风趣的话语，引来全场一片笑声。

就是这次省文化工作会议散会后，省作协主席蒋牧良先生没马上回长沙，他特地在湘潭地委小招待所召开了一个小型的座谈会。受邀参加座谈会的有湘潭宣传文化部门的负责人，有湘潭的几名青年作者，总共十来个人。蒋老用他浓重的涟源口音，即席讲了不少话。让大家印象最深的是，他说能培养当处长、局长的人不少，能培养成为小说家、诗人的却不多，所以我们一定要重视文艺创作人才的发现和培养。

不知是巧合还是受周立波先生的嘱咐，在 1966 年春季某期的《湖南文学》上，发表了作家、评论家周健明先生写的一篇数千字的评论《芬芬为什么愿意剃光头》的文章，也对我勉励有加，并寄以殷切的期望。

前辈作家和省文联、省作协领导对我的关怀、呵护，让我如沐春风，倍感温暖。不知不觉中，我把文联看成自己的家，并且将自己融入这个大家庭中了。

20 世纪 90 年代初，湘潭市委宣传部有位领导曾找我谈话，说市委考虑将我从市文联调到某行政单位任职。那可是个有实权的单位。而省里有家出版社也想调我去工作，职务是当编辑，并且已发出了商调函。在他人看来，这可是两个难得的机会。但我都婉拒了。我觉得最适合我的工作岗位是文联。文联是党和政府联系文艺界的桥梁和纽带。我愿意在文联长期工作下去，永做这桥梁上的一颗螺丝钉，永当这纽带上的一根小布条。

20世纪70年代末，我任湘潭地区文联秘书长，1983年任湘潭市文联副主席，1989年任湘潭市文联主席。作为省文联下属团体会员的工作人员和负责人，省文联历届主席——周立波、康濯、谭谈、谭仲池等，自然既是我的领导，也是我的导师。我向他们学搞文学创作，更向他们学做文联工作。我效仿省文联历届主席的作法，把发现人才、培养人才作为我工作的重中之重。

为了给作者提供发表作品的园地，我先后申请创办了《湘潭文艺》《工农兵文艺》《银河》《翔鹏》《小小作家》等刊物。

为了提振屡遭退稿的作者的信心，我策划了"全国首次退稿诗文征集评奖活动"。此活动在全国曾引起强烈反响，《中国青年报》《文艺报》《文学报》《文摘报》《信息时报》《城市时报》等纷纷作了报道。

培养作者，自然少不了办读书班、改稿会。经我提出，创办了湘潭业余文学讲习所，招收学员百余人。经过为期半年的培训，学员从理论到创作都有很大的提高。

特别值得一提的是，我们在全区范围内挑选了20位基础好但平时没时间写作的作者，每年暑天都到韶山灌区招待所参加为期半月到20天的笔会。那里风光好，又很安静，很适宜读书写作。我们请省内外的知名作家、编辑到会看稿、讲课，面对面辅导。几年下来，这些作者提高很快，后来他们全都成了湖南省作家协会会员。其中有将近一半的人加入了中国作家协会。《人民文学》《上海文学》《收获》《当代》《诗刊》等都发表了我们的作品。我们有作品选作了大学教材，有作品走出国门，译介到了国外。连续多年暑期笔会的成功，曾一度成为湘潭文学界口口相传的佳话。

工作之余，只要有时间，我就会拿起笔来写作。我已经出版了8本著作，其中5本是出版社主动投资出的本版书，都有不错的盈利。《芬芬为什么愿意剃光头》1964年初版至1996年，32年间印刷7次，发行 30 余万册。有两本是省文联扶植出版的，一本列入了谭谈主席主编的《文艺湘军百家文库》，一本得到了谭仲池主席发起创立的文艺创作基金会 3 万元的扶助。《杨振文作品选》则是完全自费的书。我特意精装了一百册送给省文联，既是汇报，也是表达我对省文联的感激之情。

2023 年，省文联迎来了它的 70 华诞。我这个年已 85 岁的"老文联"，为省文联 70 年来所取得的辉煌成就而欢呼，也为自己几十年来坚持在文联系统工作并尽了绵薄之力而深感自豪！

祝省文联在新时期里越来越兴旺！祝湖南文艺事业越来越繁荣！

省文联印象
——历久弥香的陈酿

肖双良

15年前，我脱下海军蓝由部队转业到地方，开启了人生中的第二次就业，几经辗转，没想到会与文艺结缘，被组织安置到省文联，从此与湖南省文联唇齿相依，共同见证"心心相融、爱达未来"的岁月旅程。我在成长进步中也见证了省文联近十多年，特别是文艺工作座谈会以来的快速发展，见证了几届文联人为湖南文艺百花园更加繁花似锦、竞相绽放而做出的努力，更见证了新时代湖南文艺人充满自信、斗志昂扬践行新的文化使命的干劲、闯劲。时光匆匆，我从一个踌躇满志的转业干部到如今双鬓泛白的大叔，从刚来文联时的失落到满怀信心、满心欢喜、满腔自豪，在文联我完成了从军人到服务文艺的角色转换，其中有三年驻村、参加脱贫攻坚的实战工作，是我在文联岗位上又一次特殊的历练。感恩有文联伴随的成长，让我见证新时代湖南省文联日新月异、欣欣向荣、不断取得新成绩的高光时刻。省文联之与我，犹如一坛历久弥香的陈酿与一名嗜酒的汉子，随着岁月的流逝，它更加醇香，而醉汉我更加迷恋。

印象之初——满眼失落

2008年，这一年注定不平凡。1月，一场毫无征兆的冰雪肆虐了南方多个省市地区，突降的自然灾害让人们措手不及；5月，汶川大地震成了人们心中永远抹不去的阴霾；8月，北京奥运会成功举办，世界聚焦中国，中国不负众望，给世界人民交了一份满意的答卷。这年年底，生活也给我开了一个小玩笑，当时的我参加完天津后勤学院和解放军舰艇学院的中级培训，接受任务为参加庆祝中华人民共和国成立 60 周年国庆大阅兵作前期准备工作，突然接到部队因深化改革要求转业的通知，尽管我有一万个不舍，最后还是决定服从组织的安排，转业回乡，机缘巧合，被组织安置到了省文联。对文联这个单位，当时问了好几个人，都不太清楚是一个什么性质的单位，也不知道具体在哪个地方，赶紧上百度搜索了一下，位置挺好的，在省委附近，感觉是一个高大上的单位。那天报到时，我走进一个不起眼的狭小四合院，只见院里见缝插针地停着各种车辆，半空中架满了各种各样的电线、电话线、网线，就像一张庞大的蛛蛛网，令人眼花缭乱。院子里有些年代的老樟树默默地矗立着。办公楼是那种 20 世纪七八十年代的老式楼，一半是文华宾馆，一半用来办公，楼层很高，比较凉快，但是没有电梯，进出需要走楼梯。环境对于我这个军人来说不算什么，但一想到，往后余生就要在这个院子里度过时，心里还是有点失落。特别是和同样在八一路的其他省直单位的院子条件比较起来，这里的环境条件相去甚远，很难让人相信这是一个正厅级单位。说实话，我当时心情挺沉重的，除了失望还是失望。只有在心里安慰自己，转业能进机关单位，是幸运的，也是可遇不可求的，但愿一切不是看到的这样。

印象之二——满怀信心

有时候眼睛看到的只是表象，不一定是真的。刚到文联工作时，我的心是浮躁的，总是静不下来。等慢慢适应和了解文联后，我震撼了，原来在这个不起眼的院子里还住着那么多名家大师，随便说一个出来，都是湖南文艺界的翘楚，魏猛克、周立波、蒋牧良、陈白一、谢璞、白诚仁、钟增亚、黄铁山、谭谈，等等，还有很多如李永安老师等从战场上下来的英雄。"文联院不大，却尽是名家大师；文联楼不高，却尽是文坛高人"，顿时，我对这些前辈们肃然起敬，走在这院子里有了一种朝圣的感觉，虔诚而自信。2014 年 10 月，文艺工作座谈会召开，习近平总书记发表了重要讲话，深刻阐述了文艺和文艺工作的地位、作用、重大使命，创造性地回答了文艺繁荣发展的一系列根本问题，为在新的历史条件下做好文艺工作提供了根本遵循。总书记的重要讲话让人如沐春风，使得文艺百花争艳，给文艺工作者极大的鼓舞，让文艺发展再次迎来黄金期。省文联在中国文联、湖南省委省政府，省委宣传部、省直各单位的支持下，在谭仲池、欧阳斌、江学恭、夏义生、鄢福初等几任文联领导的带领下，狠抓精品创作，组织湖南省文学艺术奖评选和进行表彰；狠抓文艺人才培养，成立湖南省文艺人才扶持"三百工程"；推动文艺家之家建设、办公场所环境整治、党建引领、争先创优、文明创建等等工作。在大家的努力下，文艺工作不断取得新的突破，不断取得新成绩，得到了中国文联、省委、省政府的肯定，几任省委主要领导都曾亲自率队到文联调研文艺工作，文艺工作者备受鼓舞、积极创作，这个时期全省获得全国性文艺奖的作品和个人达 80 多项。

印象之三——满心欢喜

15 年前，若让我重新选择转业的单位，我可能会和省文联失之交臂。15 年后，再问我回地方后最满意的是什么，我会毫不犹豫地说，最满意的是机缘巧合下被安置到了省文联。就如过去的小媳妇，嫁好嫁坏，全凭缘分和运气，自己没得选，所以说"男怕入错行，女怕嫁错郎"，我是既入对了"行"，又嫁对了"郎"，自然心生欢喜。还有点懊恼，觉得来晚了，早点转业过来就好了。一是成才的环境好。只要你有心，有足够的恒心和信念，就可以与各类艺术家交朋友，提高自己的文化、文艺素养，你也可以成为别人眼中令人羡慕的书法家、美术家、音乐家、舞蹈家、摄影家，等等。二是成长的环境好。在文联工作，有一种轻松感，没有"衙门"作风，单位领导和各部门负责人，不会给你那种高高在上的压迫感，反而会在工作中给你帮助，在生活中给你温暖。2018 年，我受单位委派，到湘西一个偏僻的小山村待了三年，开展驻村扶贫工作。这三年不仅有我们驻村工作队在战斗，而且省文联以身作则，动员全体职工开展帮扶工作，上至省文联领导欧阳斌、夏义生、鄢福初到各处室，下到每一名干部职工，还有许多的文艺家，他们都是驻村工作队的坚强后盾。在扶贫工作的过程中，与村里贫困户结对子、赴村里走访慰问甚至到村里住下来、积极向其他省直部门寻求支持等等，在大家共同努力下，文联的扶贫工作得到了省委的认可、地方的肯定。省文联给了我成长的平台，历任文联领导的关心和支持让我很快融入工作中，成为单位的骨干。同届的转业干部聚在一起聊天时，抱怨者多，工作不如意者十之八九。用他们的话讲，每天累得像条狗，最后啥能力也没提升，不像我往来有鸿儒，服务的对象都是大咖。特别是在文联耕耘 20 年的夏义生老师的言传身教下，我的个人能力不断提升。与其说是领导，却更像老师、兄长，给我关心、支持和帮助，又时时鞭策，催人不断进步；说是老师，却更像朋友，可以敞开胸怀交流、交心，天南海北、海阔天空地侃大山。在他任主要领导的近十年时间里，湖南文艺和文联的发展进入了快车道，为服务湖南省委文化强省战略方面做出了积极的贡献。

印象之四——满腔自豪

大到一个国家，小到一个单位、或一个集体，如果强大起来，地位就会越来越高，凝聚力就会越来越强，干部群众的幸福指数和获得感就会越来越高。作为省文联组织联络处的一员，对省文联近 10 年来的工作成绩虽不能说是了如指掌，但也能如数家珍。在谭仲池、欧阳斌、江学恭、夏义生、鄢福初等省文联领导带领下，在全国兄弟省市文联中，湖南省文联是受中国文联表彰和得到肯定最多的省级文联之一；从深化改革到"两新"工作、从精品创作到人才队伍建设、从文化润疆和文艺援藏工作到文联机关自身建设，几乎每一项工作都能有创新、有特色、有突破。在省文联成立 70 周年庆典宣传中，有一组凝重而耀眼的数字：位于湘江西岸、岳麓山下的湖南省文联文艺家之家和湖南美术馆于 2012 年 12 月奠基，湖南美术馆于 2019 年 9 月开馆，文联家之家于 2024 年 1 月 1 日启用。2012 年湖南省文联在省委、省政府的关心下，组建了文化交流处，负责国际文化艺术交流和湖南省文艺人才扶持"三百工程"项目，十年来该项目有力地推动了湖南省文艺事业的繁荣发展。2016年年底，湖南省文联首次获得"省直文明单位"荣誉称号。2017年至2019年，湖南省文联在省委、省政府及相关省直单位的支持下，圆满完成了深化改革工作。因成绩显著，在全国文联系统深化改革工作会议上做了典型发言。2022年，省文联在中国文联召开的各类全国性会议上8次作典型发言。2018年3月29日，全国文联系统深化改革座谈会在长沙召开。2018年，湖南省文联深化改革后，组建了网络文艺发展中心，推进网上文联建设，建成了湖南文艺资源数据库和协同办公平台，加强对文艺工作全过程宣传，构建以湖南文艺网、湖南文联公众号为主体的新媒体矩阵。2023年11月17日，湖南省宣传思想文化工作会议在长沙召开，湖南省文联做交流发言。这些数据，虽只是省文联近几年成绩单中的一部分，但已足够证明全省文艺工作者在围绕中心服务大局所做出的努力，是令全省文联人所自豪的！

　　处繁华之地、历经70年风雨的八一路227号湖南省文联小院，守住了清贫的底线同时，也创造了令人称道、刮目相看的辉煌成就。2024年1月1日，省文联搬迁至河西风景如画、文化底蕴厚重的湘江之滨、麓山脚下，以崭新的姿态开启传承历史文化，赓续革命文化，发展社会主义先进文化，推进湖湘文化在新时代实现新发展，呈现新气象新征程，未来可期。

柒秩芳华　不忘初心

陈泽泉

2023 年 6 月，我因参与 2022 年度湖南省文艺人才扶持"三百工程"项目"中国梦·湖湘情微剧本创作与实践"而走进湖南省文联。省文联位于长沙市芙蓉区繁华的八一路上，门头不大，文联牌子朴实无华，旁边挂满了各个省级文艺家协会的铭牌，走在路上如果不仔细看的话，会很容易错过大门。走进省文联机关大院，院落不大，办公楼和职工宿舍楼仅有数米之隔，楼下停满了各式车辆，院内大树成荫。夏日的午后，阳光透过树叶间的空隙，洒在地面上，形成斑驳的光影。微风轻拂着我的脸庞，带来阵阵清凉。院子里感觉格外安静，与院外的车水马龙热闹场景相比仿佛让人进到了另一个世界。文联办公楼看上去像是 20 世纪八九十年代盖的房子，但走进办公楼的楼梯和走廊发现地面十分干净整洁，空气还有股淡淡的清香味，走廊墙壁上挂满了摄影作品，浓厚的艺术氛围扑面而来。

来到省文联文化交流处，办公室映入眼帘的是堆积如山的项目成果，翻看到的那些专著大多是省内各个文艺领域的"大咖"。有音乐家的编曲样稿和珍贵演出照片、有摄影艺术家作品集，还有美术画册等，不大的办公室里放满了来自全省最珍贵的艺术作品集。稍微等候了一会儿，处里的同志热情接待了我们，详细地向我们介绍项目实施顺序和时间节点，并叮嘱我们一定要严格按照项目要求和规定尽早完成各项任务，但也告诉我们不要过于担心和焦虑，有不懂的地方随时给他们打电话询问沟通。我们与处里同志交流并询问一些具体事宜后便离开了文联。

时间很快来到 7 月上旬，文化交流处同志打电话来通知我们要准备提交出版专著的合同与发票等材料。我们在约定的时间来到办公室后，发现很多与我们一样来提交材料的艺术家，有的跟工作人员询问需要提交哪些材料内容，有的直接抱着电脑当场操作，还有的甚至在现场与出版社电话沟通，处里同志忙得不亦乐乎，耐心给大家讲解操作步骤，逐个指导材料内容和要求，还帮大家拿着厚厚一沓需要盖章的材料，穿梭于楼上楼下各个办公室，不一会儿就满头大汗。到了下班的点，处里的同志仍然认真工作，没有丝毫抱怨，继续把手里头没有完成的工作全部完成，直到晚上 8 点左右结束，大家这才慢慢离去。

9 月底，同我们签订合约的出版社就把书籍交付给我们了。我们看着近一千册带有油墨香味的专著满心欢喜，之前经历的酸甜苦辣一下就烟消云散了，指尖抚摸着厚厚的书本，过往的经历仿佛电影一帧一帧地在脑海里闪过。

回想起来我们从申报项目到实施项目再到验收项目，一路走来极为不易，但好在省文联有关部门在每个环节都给予了精心指导和热情帮助，我不禁感慨湖南省文联不管是工作作风，还是服务意识都让人感到如沐春风，让人感觉踏实、靠谱，不愧是湖南省广大文艺人温暖的大家庭。也正是湖南省文联多年坚持秉持为文艺家服务的初心，为文艺家提供广阔的舞台的理念，使得湖南省文艺事业蓬勃发展。

如今，湖南省文联已走过 70 载。70 年来，湖南省文联人狠抓队伍建设，锻造了一大批"德艺双馨""艺文双修"的艺术大家、名家；70 年来，湖南省文联人接续奋斗逐步建成擦亮"文艺湘军"这一享誉全国的金字招牌，"文艺湘军"立足湖南，让更多带有"湘"味的文艺作品走向全国走向世界，为全面实现"三高四新"美好蓝图贡献文艺力量。

我作为湖南省电视艺术家协会的普通一员，将在省文联和省视协的坚强领导下，立足行业特色，整合行业资源，自觉用镜头和光影定格人民群众美好生活，用影像留存美好时代精彩瞬间，用丰富、饱满、生动的视听语言讲好中国故事，讲好湖南故事，传播更多湖南好声音。

新时代，新起点，新征程，我们期待着省文联带领全省广大文艺家把文艺梦想融入党和人民事业之中，引导广大文艺家潜心创作，坚持以人民为中心的创作导向，创作出更多无愧于时代、无愧于人民的精品力作！

我与文联的"三部曲"

周恬静

湖南省文学艺术界联合会在八一路老院子走过了七十周年的历程，2024 年，迁址于岳麓山下、湘江之畔的"红楼"里，在这里开始谱写属于"她"的新篇章，而我也在这里开启了与文联共同成长的第 3 年。3 年时间不长不短，刚好能够讲讲我和"她"之间初遇、相识、相知的三部曲。

"幸得识卿桃花面，从此阡陌多暖春"之初遇

初闻。第一次听到湖南省文学艺术界联合会是在公务员招考简章里，文学与艺术给人一种美上加美的意境，想着这里应该是一个极富浪漫主义气息的地方，思虑再三，我就报考了省文联，因为在我听到的故事里，"她"成为我向往的地方。

初见。第一次走进文联院子是因为公务员资格审查，那时候的文联还在八一路的老院子，办公楼隐身于居民楼里，让我第一次来这里的时候和"她""擦肩而过"。返回细看的时候，发现一个红色的门框，一扇老旧的玻璃门，一块白底黑字的牌子，原来这里就是省文联，给我的第一印象是"她"很有年代感。

初遇。后来我顺利进入文联机关党委（人事处）工作，从文件资料和与同事沟通中了解到了文联以往的工作，每年都会有举办各种形式的画展、音乐会、摄影展、电影电视评论论坛、文艺志愿服务活动等，这些工作不正是我向往的既文艺又有价值的工作吗？果然初次相遇就俘获了我的心。

"衣带渐宽终不悔，为伊消得人憔悴"之相识

在文联开启工作模式后，我也开始了与"她"的"磨合期"，渐渐地，在看见"她"美好一面的同时也了解了"她"的另一面。我工作的岗位，号称"最忙碌的部门之一"，上班的时候也只听见周围同事们敲键盘和翻材料的声音，而对于刚刚接触党务工作和人事工作的我，更是要花费更多的时间和付出更多的努力才能跟上大家的步伐。加班加点是常态，写文办会是常事，在一次又一次"吹毛求疵"的工作过程中，开始步入正轨，我也适应了"她"的"快节奏"。

渐渐融入文联集体后，我也发现了文联工作的美好背后凝聚了同事们的汗水。一个展览、一场活动、一次论坛，从方案确定、人员联络、现场布置、宣传报道等各个环节，都是同事们加班加点完成的，不管是展览的创意、现场的细节还是效果的呈现都有他们的辛苦与付出。

"众里寻他千百度，蓦然回首，那人却在灯火阑珊处"之相知

王国维在《人间词话》中指出人生有三重境界，分别是"立""守""得"，而这三重境界正好也是我与文联之间的写照。每个人都梦寐以求成功，但成功的背后却布满艰辛和曲折。

在一次次工作磨砺中，我也更接近"文经我手无差错、事交我办请放心"这个目标，写文办会也渐入佳境。在一次次加班加点的过程中，我对党建工作也算是有所了解，渐渐与党务"如影随形"，发展党员、党员教育、志愿服务等等事务，也能做到"学以致用、知行合一"。虽然我在文联从事的大部分工作与文艺不太相关，但是我的工作是服务广大文艺工作者，背后关联着文艺工作者的切身利益，也是团结引领文艺工作者和服务人民、传承文化贡献自己的微薄之力，工作也有了极大的获得感和成就感。

春华秋实 70 载，虽然我与"你"的时光只有 3 年，3 年的时光有艰辛但更多的是闪光，与"你"相伴亦师亦友，"你"让我在一点一滴中认识自我、收获成长。前路漫漫，还请"你"多多指教。

清溪流香

徐秋良

我们穿梭于稻田、荷塘、树林、菜地、瓜棚，绕过一座一座农舍，来到"立波清溪书屋"。益阳清溪村是周立波先生《山乡巨变》的原乡，"立波清溪书屋"则是周立波先生文学成就和精品力作的展示窗口。

我站在书屋前坪，被田野飘来的稻香、荷香和着从书屋溢流出来的书香，缠绕着挪不开脚步。深深呼吸，细细品味，这种混合香味让人心旷神怡。

2023年6月下旬，湖南省文联组织二十多位文艺家，高举"守护好一江碧水"的大旗，赴南洞庭采风，清溪村是采风的第一站。

湖南省文联对这次采风活动非常重视，精心准备，周密安排，于6月26日举行了采风活动启动仪式，省文联领导作了讲话，对组织采风活动的目的意义、措施办法，进行了强调和部署。我是2021年增补入选湖南省文艺扶持"三百工程"文艺家名单的，头一次参加这类采风活动，不免有些激动和兴奋，同时也充满着期待。

我们沿着村里小溪，逆水而行。清澈见底的溪水缓缓流向远方，奔赴洞庭。小溪的一边，是青石板间鹅卵石铺就的人行道。人行道沿线，有雕塑、农家风俗画、玻璃画。农民放牛、小孩上学、青年恋爱，扛犁下田、推车运粮、挑担送肥、喝茶聊天、敲锣打鼓唱花鼓戏等等。这些画面均取材于周立波先生的小说《山乡巨变》，人物场景活灵活现。这是清溪村的一道风景。

1928年，二十岁的周立波风华正茂，血气方刚，初出茅庐，怀揣梦想，只身沿着这条小溪走出清溪村，去了繁华都市上海。1955年，周立波携家人，沿着这条小溪回到清溪村，扎根基层，积极参加生产劳动，融入村民的生活。在小溪汩汩流淌的韵律伴奏下，创作了记录那个时代的史诗般的巨著《山乡巨变》。《山乡巨变》刻画了诸如邓秀梅、刘雨生、李月辉、"亭面糊"、王菊生、张桂秋等一群栩栩如生的人物，至今清溪人淡论起来，仍能对号入座，说书中人物哪个哪个是上屋场的，哪个哪个人物是下屋场的。小说人物的思想感情、雄心壮志和理想追求，仍在滋润着今天的清溪人。

可以说，清溪人的文化自信，源自这条小溪，源自周立波的《山乡巨变》。他们坚信周立波和他的作品，蕴藏着中国传统文化的基因，也蕴藏着清溪村发展的密码。

清溪人以敏锐的眼光，以当年推动农业合作社发展的勇敢和担当，用"公司＋集体＋农户"的模式，致力于清溪书屋村的打造。（以出版社和当代著名作家的名字命名书屋，规划打造30家，现已打造21家。"书屋村"已成清溪村的代名词）

在第二届全民阅读大会上，清溪村书屋入选"农家书屋"创新示范案例，入选全国最美农家书屋。清溪书屋村，已确定为中国作家"深入生活，扎根人民"新时代文学践行点。自2022年7月开放运营以来，书屋图书销售总额超过四十万元，接待游客五十多万人次。文化旅游已成清溪村的支柱产业。

进入立波清溪书屋，我品着卜雪斌端出来的擂茶，打量着会客厅改造的擂茶室。主人卜雪斌五十岁上下年纪，原是江西九江的一名矿工，家乡的乡村旅游热把他拉回来，第一个报名参与建成"立波清溪书屋"，他现在是这家书屋的图书管理员。他们一家子住二楼，腾出一楼做书吧。为让外地读者了解《山乡巨变》，卜雪斌根据书中的元素，还原了20世纪50年代初期清溪村农家场景，摆放了一些农舍家什。

我正向书吧主人请教《山乡巨变》中"巴皮洽肉""梭梭里里"方言俚语时，谈笑声飘然而至，一批客人鱼贯而入，拥入书吧。我们只得从立波书屋出来，沿着小溪，先后走进艾青书屋、王蒙书屋、莫言书屋、贾平凹书屋、刘慈欣书屋、梁晓声书屋、毕飞宇书屋、曹文轩书屋、王跃文书屋。

清溪村村民说，我们现在的生活充满诗情画意，下田翻泥耕种，进屋翻书阅读，关门闻书香，开门闻稻香，白天迎宾送客，晚上抱书而眠。

我站在田埂上，放眼展望，青山、绿水、农舍、书屋、稻浪、荷花、炊烟，交织如水彩长卷画，向天地相连处舒展开来。

我原以为，这类采风活动只是省文联要求文艺家用自己有温度的文字、镜头、笔墨线条，客观地记录新时代的生活。其实不然，这类采风活动，更是新时代文艺家在现实生活中的一次心灵洗礼和灵魂激荡。

风起时正跨越春山

郭贝贝

文艺是时代前进的号角，文艺事业是党和人民的重要事业。党的十八大以来，以习近平同志为核心的党中央把文艺工作摆在重要位置。习近平总书记主持召开文艺工作座谈会，指出文艺战线是党和人民的重要战线。党的二十大开启了新时代文艺繁荣发展的新篇章。在"她"70岁生日来临之际，我作为一名文艺工作者，深感责任重大、使命光荣。回顾我与"她"相伴的这段历程，我经历了许多艰辛和挫折，也取得了许多成就。这些成就的背后，离不开"她"的支持与关心，也离不开"她"的努力和奉献。

"她"是我生命途中的一束光

在与"她"的交往中，我深刻体会到文艺工作的重要性。"她"的身上总是散发着蓬勃朝气，通过举办各种文艺活动、开展文艺创作、推广文艺作品等方式，为人民群众提供丰富多彩的文化生活，同时为社会主义文艺事业做出贡献。

2014年，在筹备个人舞蹈专场《湘灵》的过程中，我遇到一些困难和阻碍。那时，"她"主动向我伸出援手，使我深切感受到"她"的关心。"她"的出现，仿佛一束光照进我的生命，使我不再孤单。作为首个在湖南省举办个人舞蹈专场的文艺工作者，在筹备阶段，我时常会遇到棘手的难题，如资金筹措、场地协调和各项事务的安排等。并且，在面临巨大压力的同时，我还需肩负起舞蹈专场作品的创作任务。然而，"她"的援助使我感受到莫大的支持与鼓励，不仅为我提供资金上的支持，还组织全省各地州市舞蹈家协会的会员前来观看演出，甚至包括距离较远的郴州、吉首等地的文艺工作者，"她"的帮助令我感激涕零，更激励我创作出《大美于心》《源》《红》《传承》等一系列原创作品专场。

与"她"的相遇，我倍感珍惜。"她"甘当"人梯"、甘为"绿叶"，努力做新时代重振文艺湘军雄风的"排头兵"。"她"大力弘扬新风正气，努力培养有高尚道德操守、有高尚审美追求、有深厚人民情怀的文艺工作者，建设山清水秀的文艺生态。

"她"是我前进路上的一盏灯

在"她"的协助下，我逐渐成为一名具有远大追求和崇高理想的文艺工作者。"她"不仅是我成长的伙伴，也是我前进路上的指明灯。通过参与"她"举办的各类文艺活动，我的艺术素养和能力得到不断提升，并结识众多志同道合的朋友，共同追求文艺事业的美好未来。

2015年，"她"为我提供宝贵的机会，使我有幸加入中国文联第七期全国中青年文艺人才高级研修班，对此我倍感荣幸。在此次活动中，我有幸与来自各个艺术领域的专家共同研讨学习，并接受国家顶尖教授的指导，还获得了免费观摩演出的机会。通过此次阶段性学习，我不仅增长了自身能力，还结识了众多志同道合的朋友。我们相互交流、碰撞思想，合力创作出大量优质作品并成功登台，其中就包括舞剧《君生我未生》、话剧《贝贝的礼物》等。

如果没有当时"她"提供的机会，我或许很难接触到此类专业知识，也无法结识众多志同道合的好友。在这个大家庭中，我深刻感受到团结、和谐、充满活力的氛围。每一位成员都饱含对文艺事业的热爱和追求，"他们"来自不同的领域、不同的背景，但相同的是我们都热爱文艺、热爱生活，共同探讨文艺理论，交流创作经验，探索文艺发展新方向。在此过程中，我不仅提高了自身的艺术修养和创作水平，也充分认识到文艺工作者身份的重要性和使命感。

"她"是我乘风而上的一面帆

在"她"的组织下，我有幸数次前往湘西、永州等地进行田野调查。回想初次前往湘西采风，我深入了解了湘西地域文化。尽管在此之前我曾数次前往当地参观游玩，却从未深入了解当地的民风民俗。这次采风活动使我有机会深入基层，与当地群众进行沟通交谈，了解当地生活、文化和需求，领悟到湘西地域文化的丰富内涵和独特魅力。

通过这次采风活动，我发现湖南有着许多精彩的地域文化素材可供编创者获取无尽的创作灵感，所以自此之后，我的创作方向逐渐聚焦湖南省内题材，并注重挖掘本土元素，编创湖南地域性舞蹈，更多地探寻和发扬湖南的地域文化。为了更好地呈现湖南地域性文化，我创作出《半条被子》《渡》《赶秋》等作品。其中，《半条被子》获2018年国家艺术基金支持，并参加了全国第十三届舞蹈展演。这些作品以湖南本土故事为背景，挖掘湖湘民族元素，彰显湖湘文化的独特魅力。

在"她"的关心和支持下，我前往泸溪县进行支教。一次偶然的机会让我与泸溪县结缘，了解到当地舞蹈艺术教学的实际情况，同时发现当地艺术教育师资短缺。因此，我主动请缨前往泸溪县支教，致力于为当地舞蹈教育事业贡献自己的力量。此后，中国舞蹈家协会和湖南省舞蹈家协会合力为泸溪小学出资建造了舞蹈教室。在"她"的引导下，我们发挥了舞蹈艺术的最大价值，逐步实现了舞蹈艺术的开花结果。

在与"她"的交往中，我体会到"她"的严谨、稳重、理性的工作风格。"她"注重文艺工作的规范和标准，强调文艺作品的品质和影响力。同时，"她"也注重文艺工作者的培养和发展，为文艺事业的繁荣和发展做出了积极的贡献。

回首过去，我前进的每一步都离不开"她"的鼎力相助。2023年，我的作品《博物馆奇遇记》成功入选中国文联、中国舞蹈家协会主办的"小荷风采"全国少儿舞蹈展演，并荣获"小荷之星"（金奖）；作品《马桑树的等待》入围"第三届中南六省（区）十佳青年领军舞者展演"，并获得编导银奖。此外，我参与组织"民族传统文化传承推广活动——舞蹈传承计划"公益培训班，并邀请了知名专家王玫教授亲临授课。诸多比赛活动都与"她"有着深厚的渊源，于我而言，"她"无疑是我艺术乘风路上的引航帆。

我相信读到这里，很多人好奇这个"她"是谁呢？其实"她"就是湖南省文联，是我们所有文艺工作者的家。未来，我将继续和"她"相伴，关注文艺事业的发展动态，在"她"的引导下，积极参与各种文艺活动，不断提高自己的艺术素养和创作能力。同时，我也将努力发挥自己的光和热，为这个大家庭贡献自己的一份力量！

时空镜像

以文脉养命的数字历程
（组诗）
丁小平

一

城市听虫鸣，马路上逐蜂蝶
林立的高楼大厦，如葱茏的万木
一轮湛蓝的星月，倒扣在八一路上空
照亮一盏灯的孤独，也照亮提灯夜行的我

数字被时间的放大镜，透视至 70 年的遥距
我在思索，一张古朴的办公桌，被四方的白墙困囿
一阵阵悄然的布鞋声，潮水一般涌来涌去
凝聚在镜片后的洞察力，带有足够的文艺范

从八一路 227 号到靳江路 6 号，豢养 70 年的风尘
在填写一部平凡的简历，楼宇如钢架耸立
筋骨似硬铁不屈，放牧的歌声
飘过 70 载风雨，这是聚养文脉的洼地

二

是引领的路标，亦是培植的沃土
是一个文艺大省的麦克风，吹响的号角
从窗棂，从大门，从开放式的瓦檐

向"三湘四水"蔓延，或激起波澜，或扬帆起航

发出的一声声呐喊，凝固成文墨
再给它安装上翅膀，或双足
疾行或飞翔，都是文艺界派出的使者
在赶超，在催发，在传播

从八一路 227 号到靳江路 6 号，荡起一路的涟漪
一座楼也可喻为一艘船，我学着——
以字、词、句为桨，排列或分行作为修辞
沿着八一路开始起航，向着新的百年征程驶入

三

湘西迤逦风光，摘一帧入画
苗家轻盈的舞蹈，踩着抒情的节拍
张家界的鬼斧神工，执一道闪电
在黄永玉手绘的山水间，雕琢陡崖绝壁

矮寨大桥恢宏的一笔，在空中
画一道彩虹，德夯苗寨古老的炊烟
随着山势不断变换向上的姿势，摘一缕缕晨旭
写进湖湘的编年史

从八一路 227 号到靳江路 6 号，提灯的人把一首首旧句
洗濯出新颜，我把大湘西书写一遍
再歌咏一回，山山水水随即芬芳四溢
那悬挂在 355 米高的落日，如巨大的句点

四

沿着沅江上游溯行，黑白相间的黔江古城
拖着长长的尾音，踏着山歌
跳着傩舞，桐油是它独有的秘方
治愈了古城日渐萧条的偏头痛

登上芙蓉楼，只见寒江东逝
不见故友辛渐，楚山抱紧孤独
斟酒送别，"洛阳亲友如相问，
一片冰心在玉壶"，这是一份传世的厚礼

从八一路 227 号到靳江路 6 号，我在反复提笔临摹
《芙蓉楼送辛渐》原文，饱蘸的墨汁
晕染了黔江古城灰色的城墙和天空
遗落的那一滴，已化作一叶扁舟去往重庆

五

洞庭的思乡曲，在寻找靠岸的码头
渔舟晚唱，一篙撑出城陵矶
与倒映的湖波，形成一种绝美的对称
那芦苇荡，早早把雪的种子播撒进我的心灵

湖畔有楼，千古名篇高悬其上
"居庙堂之高则忧其民，
处江湖之远则忧其君。"其内涵
绝不是一座楼宇的胸襟能够全部囊括

从八一路 227 号到靳江路 6 号，常怀 70 年的情愫

把忧和患织成一张渔网，撒在
洞庭，打捞出一份鱼米之乡的沉甸
呈现着有源可溯的乡土文脉

六

沅江万年的寿命，风只截取最悲壮的那一段
我把《离骚》《九歌》《天问》《涉江》重吟一遍
沅江水是否还会如当年丰盈不枯
抱石投江的诗人，是否还能重返尘世？

溯江行吟，柳叶湖上泛舟
绮丽风光稀释不了结在眉宇的愁怨
玉笥山上望月，沅水河边濯足
也消减不了诗人积压在心头的满腔悲愤

从八一路 227 号到靳江路 6 号，珍藏着屈子毕生的行程
珍藏着一名光耀史册的伟大诗人
泣血而成的诗篇，与抱憾终身的夙愿
我手捧着线装的文本，它是时光的刻录机

七

永州产异蛇，亦产怀素狂草的心境
小石潭静卧在《永州八记》之中页
不增不减，保持不漫不溢的姿势
每每轻吟一遍，心中都会激起层层微澜

千万孤独的巨大与沉重，连湖湘大地

都难以承受，孤舟蓑笠渲染着一种萧条的气氛
也在给独钓者某种启迪，只有雪在纷纷地下
落在该落的地方，如天空的预言

从八一路 227 号到靳江路 6 号，文人们把满腔情怀
泼墨绘成一幅山水诗画，以千年雾岚
的灵秀去哺育，用永不熄灭的灯火去唤醒
语言褪壳后的血骨上，蛰伏着一根湖湘的文脉

八

岳麓山是南岳七十二峰旋律的休止符，独秀一处
橘子洲头缀满金黄的词句，灼灼闪耀
正处中年的伟像，指挥滔滔不绝的湘水
毅然向北催鞭而去

韶山冲并排的矮茅屋，四四方方的天井
带着体温的印花被，让一位湖湘少年伢子
有了洞察天下的冲动，门前的一方水塘
荷莲骈婷，豢养他畅游海洋的雄心

从八一路 227 号到靳江路 6 号，一部部伟人著世的巨作
与珍藏亲笔题写的宝墨在照明，供我品读仰止
红太阳升起的地方，笔墨抒怀的巅峰
颂歌如海，诗意尽染

九

桃花顺意春风撑开一朵朵小伞，人面

与桃花相映着山水的笑靥，误入桃花源的
一篇散记，流传了千年
引得误入今日桃源故地的我，忘了归程

辣椒峰，八角寨，一线天……
天然的造化物，雷电的眷顾者
崀山摘取了丹霞作为披风，行程达亿万年
至今还舍不得，褪下绑在石缝中的那双草鞋

从八一路 227 号到靳江路 6 号，是湖湘打开的扉页
以桃红作为底色，再描摹出一个世外桃源
用崀山的奇峰，刻印一张文旅的名片
经受风霜雨雪的锤炼，荧光闪闪

十

兔子山的竹简，在地下安睡了数千年
记录着壮阔悠远的历史，也有家长里短的寻常事
当我重读，仿若就在昨天
感觉那位执刀刻录的故人，指温还留在字里行间

湄江涓涓，青山相对出
我划一叶扁舟，穿行其间
紫鹊收拢羽翼，登上 400 多级梯田
古老的田塍啊！挽留住日光层层的倾泻

从八一路 227 号到靳江路 6 号，一路的足印
与沿途的风景，连接成人间的长歌短句
竹简发出幽兰般的清香，梯田
翻涌饱满的稻浪，是数份耕耘，换取的一份荣光

十一

株洲是用列车搬运而来的一座城，也运来数种文风
航天航空的每一颗螺丝，铆足劲儿冲向寰宇
和谐号、复兴号呱呱落地，格外新奇
还有冶炼时的点点火星，闪烁不已

满目皆是崭新的面孔，有新的街区
新的楼宇，新的思想和理念，新舒展的枝叶上
挂满晶莹的晨露，晨光中奔跑着的你、我、他
是开拓者，亦是创造者

从八一路 227 号到靳江路 6 号，如堆叠一部厚厚的记录册
沿路洒满油墨的清香，每一枚文字的塑型
均经过数次淬火，才得出完美的体型
为一座富含科技的宝库，增设一段浪漫情节

十二

湖湘文脉搏动的邺侯书院，深藏俊秀山水
风雅如故。衡山独秀于长江以南
千级台阶的考证，祝融圣地凌驾于云雾之上
古树，古庙，古诗，古词，古联，均与"寿"字有血亲之姻

石鼓江山锦绣华，是浪涛拍打而来的实名
三江汇合的辽阔胸怀，古今名人逸事在鼓声中整理编撰
合江亭上远眺，湘江、蒸水、耒水相握成毕生知音
一面敲不响的石鼓，腹含千年经籍

从八一路 227 号到靳江路 6 号，我曾携一面石鼓

一路敲打歌吟，聆听浪打石鼓山的回音
注解亭台楼榭的经世之语，总想解开禹王碑上
那 77 个形似蝌蚪的密码，打开尘封已久的历史门扉

十三

林木苍郁，马到此歇
一座以浩瀚山林著称的湖南边陲城池
留住了古今文人的笔墨与吟哦
"郴江幸自绕郴山，为谁流下潇湘去"
山，从不问江的来由，江，也从不问山的去处

81.2 亿立方米的储存量，是湖？
还是海？星辰在此沉浮，没有给出准确的答复
皓月畅游其间，东江湖浪打船头
一滴滴得道的水珠，在空中不停地指指点点

从八一路 227 号到靳江路 6 号，如一片郁郁苍翠的树木
随着郴州的山水在移植，有一朵飞溅的微澜
出自郴江蜿蜒书就的鸿篇
那一缕袅袅清雾，始终萦绕在东江湖的心头

十四

从八一路 227 号到靳江路 6 号，依旧着一身朴素
如《湘江文艺》发出的顿挫之声，平仄有律
文清笔新，神情抖擞
当我推门的一刹那，鸟鸣与风声纷纷灌入耳际

靳江路 6 号，幽谧中透着光和墨的元素
用滚烫的文字和赤诚的方桌，堆砌成的一座高塔
塔灯照亮湖湘 21.18 万平方公里疆域
文艺的血脉涓涓不息，沁入湖湘大地的心底与骨髓

从八一路 227 号到靳江路 6 号，两块精神海拔的高地在拼接
丹青妙手，诗词歌赋，是一种美学的修辞
文化自信自强，文脉浩荡承接，在这里紧紧锚固
我擅长用大写意手笔，书画新时代湖湘阔步迈进时的坚毅轮廓

跋涉文学梦的"指路碑"

王道森

谢璞先生五年前（2018年）与世长辞。那端庄慈祥的脸庞，深邃敏锐的眼神，还浮现在我眼前；那风趣幽默的侃侃而谈，语重心长的谆谆教诲，还萦回在我耳边。半个世纪的交情，都珍藏在我心底里。

先生唤我"小老乡"，不止于故园比邻，更有彼此投缘。20世纪60年代，我们初次见面，短暂的交流，让我种下了文学梦的种子。而我追梦道途坎坷不平，没少迷惘、彷徨、徘徊，也没少向先生问道，蒙他指路。诚如先生所言："人总是问道于人……对于有可能给我诚实指点的人，我就开口相求，把他看成一块神圣的'指路碑'。"

"指路碑"，大都指栽在岔路口的青石碑，取材于坚硬的花岗岩，粗糙而低矮。先生这尊"指路碑"超凡脱俗，如其名"璞"，是未经雕琢的玉石，淳朴、透亮、高大。他亦师亦友，平易亲和，每每给我洞若观火的释疑解惑，指明前行的方向和路径。

一

我的故园在雪峰山东麓洞口县，平溪河与黄泥江交汇的地方，山南水北的田园频发旱涝灾害。1964年是"三年特大自然灾害"过后的农业复苏之年，我在洞口二中读初中三年级，喜遇一桩幸事：语文组谢虎臣老师受学校托请，召来三十出头的胞弟谢璞做文学讲座。大家听说省文联的大作家来现场讲座，都肃然起敬，渴望一睹大作家的风采。

我平时喜好作文，就像旱田的禾苗盼来了天雨。上一年获全校作文比赛一等奖，得到一个精美的笔记本，我毫不犹豫地用来做记录。

上午九点，谢虎臣老师和校领导陪同谢璞先生步入大礼堂，全场响起经久不息的掌声。我伸长脖子仰望——先生中等个头，二八分头发，身穿中山服，面带微笑，讲一口家乡话。不像我想象中的大作家，更像一位乡村教师，一下子就拉近了距离。先生讲座不是居高临下的说教，而是就像跟朋友谈心，信手拈来的比喻妙趣横生，引出阵阵哄笑和掌声：

"同学们要有当科学家、当作家的梦。科学家是么苟（什么）相貌我不晓得。作家我是晓得的，就是普通人，普通人都可以当作家。你们看我，跟你们一个样，有眼睛、有鼻子、有嘴巴、有耳朵，不像翘起尾巴爬树的猴子吧?

"同学们正在读书，学文化。将来也要像老师、像作家一样，传播优秀的文化，讲美丽的故事。就像那红高粱——成熟的红色籽粒，无论撒在哪块土里，时逢适宜的气候都会生根、发芽、长苗，最后结出红扑扑、沉甸甸的穗子。我讲成熟，从写作来讲就是学好文化知识，还要深入生活用心观察，汲取生活中鲜活的源泉……适宜的气候总会来的，年年都有春天啊！"

我记下了先生的金玉良言，也不知重温过多少遍。先生形象地以红高粱比喻作家，揭开了我心目中作家神秘的面纱。是啊，红高粱遍布家乡山坡坎地，乡亲们收割了火把样的穗子，敲下圆圆的红色籽粒，磨成粉子跟糯米粉拌和，加水揉成面团，做出香糯滑爽的汤圆粑粑。穗子也大有用场，扎成红扑扑的扫帚，经久耐用……一番遐想，心中萌生了美丽的作家梦。

从那以后，我的目光投向了图书馆。我们学校由民国时期的双江中学延续而来，图书馆藏书颇丰，有现代版新书，也有古籍。古籍难得看懂，就借阅现代版新书，读过《吕梁英雄传》《烈火金刚》《红日》《红岩》等十几部红色小说。

我初中毕业考虑家境贫困，填报了中专，经几位老师劝导改报了本校普高，梦想以后冲刺考北大。孰料高二年级时袭来"文化大革命"风暴，图书馆被一群无知之徒洗劫一空，古籍概当"黄色书籍"焚毁。孰料高中毕业时高校停止招生，只能回到"广阔天地"修地球，作家梦、北大梦，消失在九霄云外。

回乡以后，我把那个笔记本，连同一沓课本，都锁进一口木箱搁置楼屋。没防着饥鼠觅食啃破木箱，把笔记本和课本撕成了碎片。入夜点亮煤油灯，凝视着跳跃的豆光，脑海里就萦绕着先生讲话时跳跃的音符。终究忍受不了"书荒"，我走乡穿院访得珍藏古书的乡亲，借阅过《隋唐演义》《三侠五义》《三国志通俗演义》《说岳全传》等古典小说。两年后，公社点卯让我当上初中民办教师，执教两个班的语文。

1973年是我人生的转折点。这年首次试行恢复高校招生考试。"老三届"领头的八届毕业生报考如潮，我们县只好作两轮筛选——首先分区闭卷考试，筛选出少数考生，再让考生进入县考场，接受九门课程省里命题的闭卷考试。我有幸获得语文第一、总分第三的分数，被湖南师范学院中文系（今湖南师范大学文学院）优先录取。

二

一个仲秋的午后，我穿越枫林登上岳麓山之巅，憩坐殷红的枫树下放飞遐想——我从民办教师考上师院，上了一个来之不易的阶梯，当以谢璞先生为标杆——先生二十二岁发表处女作《一篮子酸菜》，二十七岁跻身中国作家协会会员，三十岁在《人民文学》发表《二月兰》，四十岁发表代表作《珍珠赋》……我二十四岁才上大学，人生之春去矣，还碌碌无为。往后的人生该是火拼的长夏，不可清享这般秋爽！

一个周日，我第一次步行逛河东，辗转到八一路省文联（文学艺术工作室）。守传达的老头让我填了单子，戴上老花镜看过，再瞧瞧我，"谢璞认识你吗？"我摇摇头又赶紧补上一句："我和他是老乡，我认识他。"老头拨过电话，放下话筒说："你等着吧。"等了一会儿，谢老师真的来了。他问我从哪里来，叫什么名字。我突然觉得自己很冒昧，拘谨地做了回答。没想到他伸手拉住我笑嘻嘻地说："欢迎老乡！欢迎老乡！"我也放松开来，跟着他去办公楼。

他领我在小会议室落座。我讲了九年前听他在洞口二中的讲座，又讲了回乡务农再当民办教师和考大学的经历。他问我："考得不错吧？"我回答："碰运气，作文评分是第一名。"他眼睛一亮，让我说说作文写了什么。我禀告题目是《记一件有意义的事》，写了立夏时节黄泥江暴发洪水，我随父亲（任大队长）和几个男社员驾一只角船，在惊涛骇浪中打捞到一只渡船。呷半日饭（午饭）时，我独自在江边值守，上游来了四个男子要认领渡船。我不情愿给，羞答答地说："多少要付点苦力钱嘛！"一会儿，父亲和几个社员到了，来人探问要多少赎金。父亲笑答："修路、架桥、摆渡是千百年的好事，哪能要钱呢！"当即无偿交还了渡船。我当时羞愧难当，只想钻进土里遁身。听说阅卷组老师讨论评分，对"苦力钱"用词加了三分。

先生听了，高兴地竖起大拇指："写得好，写得好！你是巧用了鲁迅先生《一件小事》的手法。小说中的'我'对比黄包车夫，感觉要榨出皮袍下面藏着的'小'来。你对比当农民的'父亲'，觉得无地自容，恨不得钻进土里遁身。这也是你接受贫下中农再教育思想进步的成果哩！"

转眼到了十二点，我起身告辞。先生说："到了呷半日饭的时候，怎么能饿起肚子走呢？我请你去食堂呷饭。"我说："不麻烦了，您回家呷饭咯。"先生笑道："我是单身汉，老婆孩子还住在洞口哩。"我看先生真心相留，就随他下楼去食堂了。

三

我毕业之年，正逢文化复苏之春，国家启动修订 160 部中文词典的浩大工程。其中大辞典《辞源》交由河南、湖南、广东、广西四省（区）协作修订，我有幸参加了湖南省委宣传部麾下的省《辞源》修订组当编辑三年多。接着，调入湖南省人民检察院做文案四年多。又入选"第三梯队"，下到城步苗族自治县政府任职。一直公务繁忙，仍然心念文学创作，多次谒见先生聆听教诲。

1985 年年底从城步回省城过年，登门拜访先生。先生住的是省文联宿舍三楼的两室一厅。先生拉住我手说："快两年冇见面了，想念你啊！先讲好，一定在我家呷半日饭。我两个喝几杯酒，慢慢聊。"我也想跟先生多聊聊，便爽快地答应了。师母按照家乡正月里拜年待客习俗，蒸了一大盘腊菜，有猪耳、小肠、精肉、猪血丸子，都是顶好的下酒菜，师生两个对饮畅谈了两个钟头。

那客厅没超过十平方米，四边靠墙摆满了老旧家具，仅留出门洞和狭窄的通道。我瞧着那矮柜、方桌和条凳，不禁感叹："谢老师，您还收藏了家乡老古董哩！"他笑道："都是从老家搬过来的，老家具就像老朋友，有感情哩！"接着让我讲讲在山区当"县官"的感受。

我知道先生素来关注乡村，许多作品就是深入乡村生活的美丽故事。打开话匣子一口气讲了个把小时——山区有丰饶的山地资源，囿于科技落后资金匮乏，还十分贫困；老百姓纯朴、厚道，感恩党和毛主席解放翻身，没有怨言；山区教育落后，孩子们上小学都要翻山越岭；脱贫致富的思路和成效；少数干部的不良作派……先生一直聚精会神地倾听，有明朗表情和啧啧感叹。

先生说："太感人了，都是极好的散文和小说素材。你是大好人，为贫困山区老百姓做了很多好事，我为你庆功！有空的时候，把这些素材梳理一下，可以写一部山区题材的长篇。"

我一声长叹："惭愧啊！跟老师讲真话，二十年的文学梦都冬眠了……"

先生说："你公务繁忙，还发表了几篇论文和通讯，很不错了！文学作品要慢慢熬，不能性急，十年写好一部长篇很正常。你有厚实的中文底子，下到城步为官是深入生活，相信你一定成功！"

我请教先生，怎么看待小说中的正面人物和反面人物。先生说："不要分成正面和反面两个阵营，有些人物很难分的。那些纯朴、善良的老百姓，为老百姓办实事的干部，都要着力弘扬。干部队伍中，绝大多数是有良心有良知的。冇良心的，狠毒、狡诈的小丑，让滚滚洪流淹没吧！"

20 世纪 90 年代，我的仕途一波三折，终于卸下繁重的领导事务，重拾尘封的文学梦。遵照先生指点，对城步山区的见闻和感受做了梳理，一年中写出《月牙坞》《韦仪大伯》《铁板门轶事》三个中篇小说。还用铁笔刻钢板，油印成册，将《月牙坞》油印稿送呈先生指教。半个月许，先生交还手稿，用铅笔做了一些修改，还在扉页写了评语："这是一部颇有分量的中篇，贴近生活，并非无病呻吟。针砭时弊，张扬正义。情节曲折可信，人物并不概念图解……再作梳理，让它在艺术上更有明快感。"先生问我《红楼梦》看过几遍。我回答只看过一遍。先生说："至少要看十遍。"

我悟出先生对初学写作者，尽可能发现优点热心鼓励，发现缺陷只轻言细语提醒。先生写的评语就是如此。先生指点我多看《红楼梦》，正是针对手稿语言呆板、没有文学底蕴的严重缺陷。我重读手稿，放弃了投稿，妥善收藏了先生留下的笔迹。

我审视文学梦茫然无望，又不甘心混日子。想到自己有中文、法律两门学历，谋划创立两个学科结合的边缘学科"法律语言运用学"。就像一根竹子的鞭根扎进破岩中，选择了这个无人问津的冷门。几乎所有工作之余和节假日，都投入阅读秦汉以来的相关古籍，积累了丰厚的资料。撰写书稿的两年，八小时工作之外坚持再干八小时。一边拟书稿，一边写论文，连续有十几篇论文在《法制日报》《湖南日报》《求索》《政府法制》等报刊发表。

四

2003 年 11 月，我梳理论证三千年法律语言文化的专著《法律语言运用学》，得到中国法制出版社认可予以出版发行。这部专著创立了"法律语言运用学"之边缘学科，对于研究源远流长的中国法律语言，指导现行立法、撰写法律文书和法律教学等领域，都有镜鉴与指导意义，被部分高等院校列入法律专业选修教材。我把这部专著送到先生手中时，先生露出激动而凝重的容颜，深情地说："你这部书狠下了功夫，分量很重，重过了一部长篇小说……"

我心中阵阵隐痛，萦怀着一种亏欠先生期望的内疚："谢老师，孟子讲鱼和熊掌不可兼得，我还想突围散文和小说创作。只是长期写公文、论文，转手需要时日。再过五年就退休了，想抓住人生小阳春专志于文学创作。"

先生思索着缓缓点头："好哇，期待你的文学大作！"

我为的训练转手，临近退休的年月发表了十几篇散文、随笔。光阴流过一轮到了 2015 年，四十万字的长篇小说《返流》在湖南人民出版社出版。2016 年出版后，首先想呈送尊敬的师长。

是啊，好些日子没去看望谢老师了。还是八一路 227 号省文联大院，那栋老楼屋一楼三室一厅宿舍。我轻轻地敲门三下，敲过三遍，门"吱扭"一声开了。

我叫声"谢老师"，握住他枯瘦的手端详他的脸庞：这是谢老师吗？怎么面色苍白，消瘦，还有点浮肿？

没错，这是谢老师！他一双深邃慈爱的目光凝视着我说："道森，你瘦了，太辛苦了！"

"谢老师……您……您……"我差点哭了。

我知道，就在前年，先生的长子乐健（我的中学校友）突发急病离世了。白发老人送走了黑发儿子，蒙受的沉重打击不言而喻。我话到嘴门又咽进了肚里，不敢用宽慰言语触动先生伤痛的心啊！只轻轻地探问他的身体状况。他淡淡地笑了，坦率相告身患"三高"，尤其是高血糖引发肾功能衰竭，靠做血透维持生命。

我听得心酸，极力控制悲伤，也不知说什么好。先生活得比谁都通透，宽慰的话显得多余。我只说："老师是大好人，好人一生平安！"

先生爽快地一笑，"生死由命，我今年八十四岁了，老天爷会让我越过这个坎吧……"

我故装轻松地笑了笑。这才猛然记起送书的事，心里踌躇着会不会打扰先生养病？却又想起先生十多年的殷切期望，还是从手提包里掏出长篇小说《返流》，双手呈给先生："学生不才，从聆听老师的文学讲座到现在，已经过了半个世纪，才向老师交出不及格的作业。我申请加入省作家协会也顺利通过了……谢谢老师！"

先生眼睛一亮，惊喜地接过书连声说："很好，很好！鱼和熊掌兼得了，恭喜，恭喜你啊！"

万万没想到，这是跟先生最后话别，也是永别。不，先生永远活着，永远是我心中一尊挺立的"指路碑"。

那一个温暖的港湾

何红玲

蓦然回首，离开市文联系统两年有余了。都说曾经沧海难为水，能够成为文艺界浩瀚大海里的一滴水，是我此生的荣幸，虽然岗位已变换日久，可自己潜意识里，仍然是其中的一分子。回味我与省文联水乳交融的往事，留给我的，除了感动，便是感激。

初到市文联的"第一桶金"

2008 年 1 月，我从湘乡市计生局副局长调任湘乡市文联任主席候选人，被朋友们调侃是从"米箩里"掉到了"糠箩里"。当时，文联五个人，两间办公室，财务挂靠在文旅局。

财务独立，拥有市文联自己的账号，这是我决心要改变的第一件事情。但是，从文旅局剥离出来后，有点囧，我们面对的状况是白手起家。多方争取了市领导的重视后，我们解决了办公室数量问题，有十多间，还解决了两万元的启动工作经费。但搬家后，所有的办公桌椅和用品都必须重新添置，加之面临着马上要换届，两万元真是杯水车薪。正当我一筹莫展时，一位市领导提醒我说，文艺家们对家乡都有着深厚的感情，一定要争取他们的支持。一席话，顿时让我茅塞顿开。我第一个想到的就是朱训德主席，他时任省文联副主席、省美协主席。

虽然已不是初生牛犊，但我还是有不怕虎的冲劲。我"冒冒失失"地闯到了朱训德主席的家里，一口气向他汇报了振兴湘乡文艺的计划和当前遇到的困难。这一次的拜访，收获满满。朱训德主席不仅热情款待我们，还为我们出谋划策，他建议我们发挥湘乡美术界省内外名家众多的优势，举办一次书画作品拍卖会，并主动提出来无偿捐献作品给市文联创业。在朱训德主席的带领和感召下，几乎所有湘乡籍的知名书画家都为此次拍卖会捐献了作品。

2008 年 4 月 26 日下午，由湘乡市文联主办的"湘乡市首届书画精品拍卖会"正式敲响了湘乡市书画市场第一锤。拍卖现场座无虚席，气氛热烈，高潮迭起，前来参加拍卖会的收藏界人士和观众达300 多人，66 件拍品有 64 件成交，成交额 24.53 万元。朱训德主席的国画作品《气以实志》以 6 万元拍卖价被一位收藏者收入囊中，这一价格创下了此届拍卖会的最高价。

这是我到湘乡市文联收获的第一桶金，这第一桶金，让我感受到了来自省文联领导的关心和支持；这第一桶金，不仅解了市文联的燃眉之急，开了一个高规格的文代会，而且为市文联今后工作的开展凝聚了人心，增添了信心，鼓舞了士气。

感人至深的一次画展

2008 年 8 月，时任省政协副主席、省文联主席谭仲池带队到湘乡市文联考察和调研，看到湘乡市委、政府领导高度重视文联工作，湘乡文艺事业呈现出一派生机勃勃，他很高兴，欣然为湘乡市文联题词："文艺之家，百花竞放。"在其后召开的座谈会上，我壮着胆子向谭仲池主席建议：省文联工作重点要向基层倾斜，省文联领导要带头到基层办联系点，以点带面推动全省文联工作整体上台阶。让我没有想到的是，不久，省文联经过调查研究，完全采纳了我的建议，谭仲池主席亲自到湘乡市办联系点，指导我们的工作。

谭仲池主席到湘乡市办联系点留下了一段段佳话，印象最深的是他不遗余力扶持和帮助老艺术家唐映南先生的故事。

唐映南是一名坚守在最基层的人民艺术家，早在 20 世纪 60 年代初，他就是湖南省可圈可点的实力派画家，朱训德主席曾非常深情地评价唐映南先生："他是我敬仰的老师。他的作风，他的艺术追求，对我影响很大。"我之所以要重点宣传推介唐映南先生，一是在艺术上，先生是湘乡的领军人物，是陈白一、黄铁山、朱训德等艺术名家公认的画家；二是先生淡泊名利，甘为人梯，是湘乡文艺界人人皆知的"老实人"，正如湖南美术界给他的评论："像牛一样耕种，像土地一样奉献"的艺术家。

2009 年年初，谭仲池主席来湘乡市指导乡镇文联建设，其间，我向他重点汇报了唐映南先生的情况，谭仲池主席当即表示，"宣传推介这样'德艺双馨'的艺术家，是文艺界'崇德尚艺'的导向。刚好今年是新中国成立六十周年，省文联全力支持唐映南老师到长沙去举办红色题材作品的画展"，并且交代时任市委书记李世宏、市委副书记赵叶惠、湘潭市文联主席赵志超："唐映南先生年事已高、家庭困难，湘潭市文联、湘乡市委、湘乡市政府要在人力物力财力上积极支持湘乡文联为唐映南先生去长沙举办画展。"在谭仲池主席的关心下，湘乡市政府开先河地为这次画展解决了十万元的专项经费。

经过大半年的精心策划和准备，2009 年 9 月 19 日，为庆祝新中国成立六十周年，由湖南省文联、湖南省美协、湘潭市文联、中共湘乡市委、湘乡市人民政府共同主办的"红色经典·唐映南中国画作品展"和"唐映南中国画作品展学术研讨会"在湖南省画院隆重开幕。朱训德主席为画册撰写卷首语，谭仲池主席题写展名，题赠联语"映日荷花送香远，南窗菊影近月归"，并宣布开展。

此次画展不仅得到了谭仲池主席的关心和指导，也得到了省文联、省美协全体领导的关心和支持，罗成琰、江学恭等领导，朱训德、陈白一、黄铁山、欧阳笃材、王金石、旷小津等省市知名艺术家，以及美术爱好者 500 多人参加了开幕式。这次高规格、高品位的展览在省城引起了一定的轰动，好评如潮，谭仲池主席关心爱护基层老艺术家的故事也成了湘乡文艺界的一段佳话。

终生难忘的一次现场会

如果有人问我，这辈子最难忘的事情是什么？我的脑海里一定会浮现出十多年前的那次全省基层文联工作现场会的情景。

因为谭仲池主席等省文联领导的关心和指导，因为湘乡市委、市政府对文联工作的高度重视，更因为湘乡文艺界全体文艺工作者的团结奋进，湘乡市文联工作和经验得到省文联的高度认可和推广。2010年5月17日，全省基层文联工作现场会在湘乡市召开。时任中国文联党组书记、副主席、书记处书记胡振民，时任中国文联党组成员、主席团成员、书记处书记夏潮，时任湖南省委常委、湖南省委宣传部部长路建平，时任湖南省政协副主席、湖南省文联主席谭仲池，时任湖南省委宣传部副部长魏委，时任湖南省文化厅厅长周用金，时任湖南省文联党组书记、副主席罗成琰等省文联领导，和来自全省基层文联的100多名代表参加了现场会。那次现场会规格之高、会议之隆重，在湘乡那个小小的县级市可以说是盛况空前。

我永远不会忘记胡振民书记在会上的讲话。他说："湘乡是毛泽东主席求学的地方，我就是一个学子，到这里来是怀着一颗虔诚的心来赶考的。我是第一次代表中国文联到一个县级、一个乡镇参加省级基层文联工作现场会，很受感动。"他还说，湘乡市介绍的文联工作经验，彰显了非常鲜明的示范和榜样力量，对今后做好文联工作很有启发和促进作用，值得大家学习和借鉴，在全省乃至全国很有推广价值。

我永远不会忘记路建平部长总结那次现场会的"三个好"。第一个"好"在思路正确，抓住了"基层"这个关键，看到了今后工作的方向；第二个"好"在经验交流，抓住了现场这个平台；第三个"好"，得到了中国文联的支持和关注。

我永远不会忘记罗成琰书记安排部署这次现场会后不久，就调任中国文联任职国内联络部主任。2012年4月，在武汉召开的全国文联组联工作会议暨基层文联负责人学习培训班上，他还陪谢群处长和我们湖南几个基层代表散步。那一次，我明显感觉到他的身体已不堪重负，我们还再三嘱托他要保重身体。2012年5月，他还出席由北京画院美术馆、湖南省美协等为湘乡88岁高龄的老艺术家谢欣先生举办的"神州情韵——谢欣从艺70年中国画展"开幕式，对谢欣老先生在中国传统山水画的艺术成就给予很高评价。

我也永远不会忘记，当反映湘乡市文联工作的电视专题片《文心雕龙城》播出后，会场响起的那经久不息的掌声，那是对基层文联工作的肯定与鼓励，对我们付出的辛勤与汗水的认可与回报啊……

其实，回想起来，湘乡市文联工作取得的每一点成绩，都离不开市委、市政府的坚强领导，更离不开省、市文联领导的关心爱护。谭谈主席、谭仲池主席、江学恭书记等领导多次到湘乡指导工作，2021年，时任省文联党组书记夏义生还打电话给湘潭市文联主席陈志光，希望借调我去省文联参加中心工作，虽然，因本单位工作无法脱身没去成，但我心里对娘家领导莫大的信任充满了感激。我觉得，作为一名文艺工作者，我是幸运的。

绿叶的扶持

谷俊德

　　前年秋天，武陵源景区路旁的菊花开得很旺盛。你看，当"喱当喱"那高亢激越的围鼓声响起来，当"嚯哟哟"那欢快淋漓的唢喊叫起来，景区美如画。在这个瓜果飘香的季节，民间艺人站在空旷的大草坪里，表演武术、舞蹈、歌曲，和游客联欢，大家乐呵呵，陶醉在美丽的景色里。我随张家界市文联的几个朋友，挤到队伍中挑起摆手舞，就这样，大家把友情播撒在秋天的怀抱里。

　　"非遗进景区，你来吗？"我参加这个活动，是受张家界市文联的邀请，现场采写报道。我是一名职业记者，又是市文联管理下市民协的常务副主席，因工作关系，与文联的交往逐渐多起来。第一次以记者身份进武陵源核心景区参加联欢活动，是在 2014 年夏天，由市文联牵头组织，协会带一批音乐家、武术家、舞蹈家等民间艺人在金鞭溪表演，与游客互动，让游客欣赏张家界绝美风光的同时，感受到张家界绚丽多彩的民族文化。活动中，大家乐陶陶，新鲜、有趣、愉悦，我也第一次成了一名表演者，亲身感受到了文联同志的阳光、帅气。他们才华横溢，表演极富感染力，备受民间文艺家青睐。最难忘的是他们在组织文联活动中，表现出一种品质、一种境界，他们有容乃大的胸襟，把民族团结进步作为己任，给我留下深刻的印象。他们与民间文艺家倾心交谈，真心交往，细心交融，团结友爱，亲如一家，触动了我的灵感。在那篇报道中，我用上了"山花虽好，还得绿叶扶持"的文字，表达我对文联同志的赞赏。

　　2015 年 5 月，湖南省民协的同志来到张家界，与市文联谋划市级民协组织的建立。市文联主席找到我，交给我一个新任务。张家界市民间文艺家协会，我作为发起人之一，要担负筹备重任，因我是民间文学作家，出版的民间文学专集《桑植白族风情》，又刚刚在省文

206

时间的声音——湖南省文联
成立 70 周年纪念文集

联、省民协举办的大赛中获奖。我忐忑不安地走进市文联办公室，与晓平主席交谈。"市民间文艺沃土深厚，文化灿烂丰富，前程大有可为！"市文联主席的鼓励让我心潮澎湃。我接过了担子，与市文化馆覃大钧等同事一起开始紧张的筹备工作。当那块闪光的牌子挂起来时，几个老艺人热泪盈眶，激动地说："我们张家界的民间艺人，终于有了一个温馨的家！"

文联的帮扶与指导，给了我们自信与力量。我清楚地记得，我们协会去桑植清峰溪村采风，市县文联的负责人全程参与指导。他们与白族群众一道舞地虎凳、打围鼓、飙山歌，情同手足。我们协会开展主题党日活动，市文联领导经常到会指导，一同学习，友谊长存。文艺家创作并挖掘出来的民间文艺作品，如阳戏、歌舞、曲艺、刺绣等多次在省里获奖，钟必武、向佐绒等民间艺人在市文联的引荐下，成为国家级非物质文化遗产项目代表性传承人。

"发展壮大民间文艺队伍"是湖南省文联给我们协会提出的新任务。八年来，我曾4次参加过湖南省文联组织的业务培训，聆听了省文联夏义生、王跃文、张纯等领导和老师的报告。我与王跃文老师交往，畅谈民间文艺，深受启迪。张家界民间文艺门类繁多，人才辈出，民间传承根深叶茂。"我们为何不壮大自己的民间文艺队伍，培养和扶持本土人才？"我们把这个想法报告给市文联时，他们全力帮扶。于是，我们协会开始了普查，精心挑选了一批优秀人才吸引到我们协会中。他们有民间文艺研究、民间舞蹈、民间文学、刺绣、雕塑等一些行业精英。他们来自土家族、白族、苗族等少数民族，他们在民间文艺传承中起着模范带头作用，发着光，散着热，传播正能量。通过湖南省文联多年培养，2020年，覃大钧、陈华、张玮等8名优秀人才成为中国民协会员，104名会员成为省级会员，144名本土艺人成为市级会员，整个民协会员网络覆盖了区县的乡村。队伍的壮大，人才的涌现，各种民间文艺活动进景区、进校园、进社区，精彩纷呈。

"要搞好创作、交流、宣传推介三个平台！"这是湖南省文联给我们文艺工作者指引的方向。我喜欢与文联的同志交朋友，平时互相交流，诚心沟通。2022年9月，央视来张家界拍摄《跟着书本去旅行》栏目。省文联的朋友推选了我的散文集《追爱张家界》，最后被央视选中。入选的《张家界的奇巧技艺——仗鼓晨光》这篇文章，属于民间文学范畴，讲述的是桑植白族仗鼓舞的历史与文化。2023年2月8日，央视科教频道播出后，反响较大，媒体争先报道。"我是省文联培养出来的本土作家！"我总是这样感恩省文联对我的扶持。省、市文联的老师，或鼓励、或资助、或传艺，给了我许许多多提升本领的机遇。记得有一次，我向市文联的作家刘晓平交流创作灵感。他语重心长地说："一个民俗作家，必须要用哲学的思想和眼光认真审视民间文化，创造优秀作品。"这次交流，指明了我创作的方向。市文联副主席彭义、覃大钧是我的文友，他们多次给我的创作提供指导和帮助。通过他们的扶持，近几年来，我先后出版了民间文学专集三部，文学创作势头不减。

同时，进步很快的还有许多老朋友。他们都是由省、市文联培养出来的文艺拔尖人才。这种与省、市文联交往互动、开拓思维、联络感情、共同进步的方式，我们业内称之为"捎信传音"。它是张家界地区的一个有趣的民间习俗，就是平时互用微信、QQ、电话、捎话等形式传递信息、互动共享。我们用这种美俗，加强与湖南省文联的沟通交流，开展学术探讨、文艺演出、项目申报等活动，不断团结合作，谋求进步与发展。文艺家覃大钧与省文联的同志联系紧密，通过交流，颇受启示。他起早贪黑到偏远山区采访，与群众同坐在一条板凳上，编排创作了舞蹈《地虎凳》，获2016年"欢乐潇湘"全省群众文艺会演一等奖。胡情也是张家界市民协支部书记，他和省市文联的朋友时常一块探讨音乐创作，《高山望》获湖南省"五个一工程"奖。鲁絮原是永定区文联主席，有空就走进省文联，寻求指点与帮助，作词新土家风歌曲《张家界》系列等9首，30多次上央视。"省文联的同志捎信来了！"我身边的朋友经常给我传递此类信息，我知道他们与省文联保持着一份血浓于水的联系，保持着一份珍贵和善的交往友情。省文联的指引与扶持，成为我们文艺工作者创作的精神动力，作为我们开展艺术交流强大的后盾。省文联也成了广大文艺工作者最值得信赖的好朋友。

去年秋天，武陵源景区的山花依然开得很旺盛。我又以记者的身份再次踏上了探寻民间技艺的征程。"我与湖南省文联"征文活动中，我与许多民间艺人畅谈，多层次、多方位了解他们与省文联交往的故事。他们内心充满了对省文联的感激之情。是啊，在民间艺人需要帮助时，总有省文联的朋友雪中送炭。在民间艺人需要指导时，总有省文联的同志用他们的真诚与执着送来温暖。"发着自己的光，照亮别人——省文联最值得信赖！"他们说出心里话。

一朵朵山花盛开，离不开"文联"绿叶的扶持。行文至此，忘不了湖南省文联的朋友，忘不了曾经帮助过我和我们这些文艺工作者的湖南文联人。

时空镜像

难忘的笑脸

张声仁

在群里，看到"我与湖南省文联"征文活动的启事，一张张难忘的笑脸，又浮现在眼前……

一

2019 年 5 月初的一天，刚吃过早餐，我就催促两名扶贫队员快点收拾行装，一同去山界岭草莓种植基地，看草莓生长情况。车在山道蜿蜒前行，我们互相交流、谈论着全村贫困户的帮扶情况。忽然，我的手机响了，是邵阳市文联张千山主席打来的。他在电话里说要我代表邵阳市作家，去张家界参加中国文联主办的武陵山区扶贫文艺精品展活动。我感到十分惊讶，心想：千山主席是不是搞错了，我有什么资格去参加那样高大上的活动呢？见我疑惑，千山主席说，他向组委会推荐了我在村里当第一书记时写的扶贫诗集《梦中的村庄》，要我带着作品去参加活动。我还来不及说感谢的话，车已进入雪峰山腹地的信号盲区，我们的通话戛然而止。

下午，回到村里的住所，邵阳市作协周伟主席打来电话，说他带领我和另一位作家，一同去张家界参加活动。周伟是自学成才从洞口走出去的作家，他是洞口文艺青年的偶像。他在洞口工作时，我们常常聚会，是老熟人。有他带队，我忐忑不安的心，总算静了下来。于是，我按照他的要求，向乡政府和县领导请了假，交接好工作，随他去了张家界。

在张家界，精彩纷呈的活动目不暇接。大名鼎鼎的文艺名家就在眼前，可以近距离交流。在文学作品展的展厅，当看到拙作也在展出，我自惭形秽。那天下午，在张家界学院的报告厅，湖南省文联党组书记夏义生在报告中提到了拙作，并予以表扬。坐在报告厅里，我惴惴不安。会议结束后，与会人员在张家界学院门口合影留念，趁此机会，我走到夏义生书记面前，向他致谢。他微笑着听了我的介绍，并鼓励我继续写出更多的扶贫新作。他真诚的笑脸，让我感到温暖，备受鼓舞。回到扶贫的村里，工作之余，我用手机书写着在村里的见闻和感悟，发表在各种报刊和网络平台，引起了不少人的关注。

二

2020年12月底，脱贫攻坚工作结束后，我完成了驻村第一书记的使命，从雪峰山边远的小山村，回到了阔别5年多的党校讲坛。不久，我被交流到洞口县文联担任主席。站了20年讲台，接任文联工作，我感到很茫然。新来的县委书记找我谈话，说洞口是一块文化底蕴很深厚的热土，县文联要为县委、县政府出主意、当参谋，多搞些引领洞口文艺健康发展的活动，擦亮洞口文化名片，为乡村振兴提供文化力量。按他的要求，我通过调研，做的第一件事，就是写了要求县委、县政府承办谢璞儿童文学奖颁奖典礼及名家文学讲座系列活动的请示报告和实施方案。很快，这个报告和方案在县委常委会上通过。

我拿着县委常委会通过的请示和方案，独自一人去了长沙。在长沙，我通过各种途径，邀请了杨金鸢、王跃文、汤素兰、游和平、姜贻斌、谢乐军、吴双英、王涘海、杨丹、杨晓澜等领导和文艺名家，来到洞口参加谢璞儿童文学奖颁奖典礼及文学讲座活动。活动开展前，在名家下榻的宾馆，我陪着县委书记去各个房间一一拜访莅临洞口的文艺名家，他们笑容满面，对县委、县政府重视文艺工作高度赞扬。特别是省文联王跃文、汤素兰副主席，非常谦和，对我的联络和接待，反复表示感谢。由于活动举办得非常成功，在县内外引起了很好的反响，县委对县文联的工作十分满意，县委书记在多种场合予以表扬。县委领导的肯定，让我这个基层文艺工作新手，感到非常兴奋和自豪。

三

　　2023 年 5 月 11 日上午，为了擦亮洞口文化名片，促进洞口文旅融合发展走深走实，县委书记想专程拜访曾经担任过省文联副主席的洞口籍著名画家黄铁山先生，要我负责联系。由于此前拜访过黄老，见过平易近人的他，我满口应承，立即联系。在电话里，黄老爽快答应，并约好第二天在他的工作室会见。得到黄老应允，我们立即出发，连夜赶往长沙。

　　在工作室，黄老热情接待了县委书记和我们几位陪同人员。县委书记向黄老汇报了洞口县委、县政府促进文旅融合发展，推进乡村振兴的工作思路、举措，诚恳地邀请他率队回家乡采风创作，请求他同意在洞口县成立黄铁山美术馆。黄老微笑着向我们介绍了他从洞口走出来以后从艺 70 余年的丰富经历，并拿出即将由湖南省文联主办画展收录 200 余幅画作的画册清样，一一讲解每幅画的创作故事。对于县委书记的邀请和请求，黄老说，他会慎重考虑。

　　在如沐春风的笑谈中，几个小时很快过去。到了中午，黄老笑着说，他昨天下午已经在工作室不远的餐馆预订好了包厢，点好了菜，热情招呼大家走路过去就餐。

　　在愉快的用餐过程中，黄老又风趣地说起了在世界各地采风、办画展时的故事。

　　用餐快结束时，黄老站起身来，召唤服务员结账。我们连忙争着去买单。见我们站起来，黄老摆摆手，大声地说："大家今天都别跟我争，你们是从家乡来的客人，我是主人，应该由我做东。况且，我的工资比你们高一点点，另外还有一点点额外收入。"说罢，他露出顽童般可爱的笑容，麻利地用手机对着服务员递过来的二维码扫了起来。

　　看着黄老健步走向服务员买单的熟练动作，我们都笑了。

一次改变人生命运的
报告文学征文

陈恭森

打开我的藏书柜，翻出一张褪色泛黄的报告文学征文获奖证书，我的心情久久难以平静。就是这次报告文学征文，改变了我人生的命运。整整 38 年了，我一直将这份获奖证书珍藏在我的书柜里，铭刻在脑海中。

20 世纪 70 年代末期，中国开始恢复高考制度。其时，我刚高中毕业，便参加了这次高考。因为基础不牢，高考名落孙山，又因为家庭困难，我无条件像其他同学一样复读再考，只好无可奈何地回家当农民。不到两年，农村实行责任制，我家共分得 6 亩多责任田。一年早稻、晚稻种两季，忙得不可开交，很辛苦，但是一种喜爱阅读的习惯没有改变。不管多累，我每晚都会捧读文学之类的书籍一两个小时。

在读书的同时，我又萌生出一个当作家的梦想，于是边读书边练笔，将一篇篇习作向地方报刊杂志投稿，但都如泥牛入海，偶尔也收到几回简短的退稿信。编辑老师那温婉的话语没有让我灰心丧气。我一直不停地写。

机会终于来了。1984 年年底，我收到长沙县文化馆转发的一份"庆祝中华人民共和国成立三十五周年举行的改革题材报告文学征文"通知。我一连看了几遍，内心如波涛翻滚，看着主办单位"中国作家协会湖南分会"字样，一种望洋兴叹之感动摇了我的信心：一个生在农村玩泥巴的无名小卒能登大雅之堂吗？放下征文通知，我又下地忙农活去了。吃晚饭的时候，我边吃饭边和母亲（父亲于 1983 年去世）说起报告文学征文的消息，同时十分无奈地叹息。母亲望着我沮丧的样子，慈祥地笑道："可以试一下吧，多花些功夫，好点写哒，说不定会有希望的。多的是农民出身的作家，你自己要有信心。"

我万万没有想到，将近 60 岁的母亲会有如此见地！转念一想也不奇怪，因为我的外公是一位教书先生。母亲虽然没有正式进过学堂门，但她伴着外公学了不少知识，什么《弟子规》《三字经》《增广贤文》《良言记》等都能背得一字不漏。

母亲的提醒，使我坚定了信心。我于是稍作准备，找到镇印山水泥厂厂长李焕然进行采访（李焕然后来成为全国人大代表）。经过两个晚上的交流，我被李厂长不畏艰难、排除各种阻力干事业的顽强精神深深感动。在我掌握了大量翔实的素材后，一种创作的冲动使我夜不能寐。连续几天，我闭门创作，三易其稿，将《蜀道难》报告文学完成，然后交县文化馆统一向省文联提交。

之后两个多月过去，没有消息。我也未抱任何希望。我想：文艺界高手如云，获奖能轮到我这样的初学写作者吗？

1985 年 2 月的一天下午 4 点多钟，我正在责任田塍边上铲草皮，一名刚从学校放学回来的小学生带回一封信交给我。我拆开一看，是参加改革题材报告文学征文颁奖大会的通知。我顿时激动得眼泪都快流出来了，连铲草皮的锄头也忘了背，射箭似的跑回家将消息告诉母亲。母亲平静地说："蛮好！这是个好兆头，今后要更加发狠！"

颁奖大会在长沙市当时的长岛饭店举行，非常隆重，作家艺术家会聚一堂。我平生第一次见识这样的大场面，加之我个子矮小，衣着简单，很是紧张。我按指定的位置坐在第三排左边一个座位上。我旁边坐着一位很有气质的先生。他手里拿着一本厚厚的书，偶尔翻看几页。

在休会的时候，坐在我旁边的这位先生转过脸来问我："你是哪里人？"我回答："我是长沙县江背区的。"他一听江背两个字，似乎有些兴奋："江背，我去过。乌川水库那年搞扩建时我去采访过，那里山水蛮好。过段时间，我可能要躲到江背去写一本书。"（后来得知这本书叫《桃源梦》）

我一听心想，这位先生可能是一位大作家。我于是麻起胆子问："您是？"

"我叫莫应丰，你们江背区的陶冶是我的好朋友。"（陶冶原江背区副区长）

果然是个大作家！我之前读过他的《小兵闯大山》《风》《将军吟》等很多作品。敬仰之情油然而生。机会难得，我马上拿出笔记本要他签名留言。他接过我的笔记本，又拉起我的左手看了好一阵，然后在我的笔记本上写道："自知自信，大器可成。"递过笔记本对我说："多努一把力，可以比得上一个大学生"。他反复察看我的手，是好奇于我长满老茧的手掌呢，还是对手相学有所研究呢？我至今不得而知。

获奖归来，乡亲们闻讯后都来祝贺，尤其有许多同学纷纷跑过来贺喜，闹着要办庆功宴，让大家都来分享分享。我当时左右为难。

至今回想起来，我母亲真有智慧！她见那么多人恭维祝贺捧场，不动声色，听说要办庆功宴，才脸色一沉说："办什么庆功宴，一点芝麻大的事，就搞得下不得地一样！不要信他们闹，少到外面去吹牛皮。有时间就待在家里攻书。'有余力，则学文'，《弟子规》里早就讲过了，你不记得吗？"

于是，热闹场面很快消失。我除了忙农活，其余时间都沉浸在学习中，而且鼓足勇气，乘势而上，利用业余时间采写了大量新闻稿件在《长沙晚报》发表，同时创作了不少散文发表在《长沙晚报》副刊，有多篇被评为优稿或选入《橘洲》副刊散文精选专辑。

这样一来，我在当地有了一些名气，熟人都戏称我"陈记者"。

俗话说"功到自然成"。由于在党报党刊上发表了大量文章，引起了当地政府的关注，一天，镇党委组织委员和党政办主任专程来到我家，说了一通表扬话，赞扬我母亲培养了一个会写文章的儿子，之后组织委员对我说："你创作的《蜀道难》报告文学写得好，对镇重点企业的发展与壮大起到了推波助澜的作用。特别是李焕然这位典型得到了省市领导的认可。印山村有可能获评'三湘第一村'的称号。这些你是立了功的。经过党政会议研究，决定将你调到广播站工作，主要负责自办节目的采编。"得到这个消息，母亲脸上的笑容像春天盛开的花朵，我也兴奋得不知说什么好。

从此，我成了政府机关一名工作人员（当时虽然没有入编，但总算有一份工作）。我很珍惜这份工作，发挥自己的特长，勤跑腿，勤动手，充满激情，将广播站的自办节目办得有声有色。村民们每天都可以从广播里听到本乡新闻，很是欢迎。由于工作成效显著，我第二年就被评为长沙市广播系统先进工作者。1995年我正式转正，成为一名全额拨款单位的公职人员，用老百姓的话说就是有了一个"铁饭碗"。

1999年，随着政府机构改革，广播站与文化站合并成综合文化服务中心，我被任命为文化中心主任。

"既然有了一份工作，就是造物主的恩赐，你一刻也不能懈怠，要尽心尽力把工作做好，还要记住：一个人在取得成绩时，千万不能骄傲自满！你如果记不住这一点，就会从成功走向失败，后悔也是空的。"这是我母亲1993年在去世前一周对我的告诫。我时常将这段话记在心里，在任职期间，开创思路，发挥优势，与同事一道，齐心协力将综合文化服务中心工作开展得风生水起，成为长沙县文化系统的典型。同时，我挤出时间收集整理徐特立、熊瑾玎、毛达恂、赵则三等革命先贤的历史资料，编辑出版《红色记忆》和《那山·那人·那传奇》两本专著，为促进江背文旅事业的发展奠定了基础。

2013年，我被评为湖南省的"三湘群文之星"和"最美基层文化人"。2014年，我又被评为全国的"群文之星"，受到中华人民共和国文化部的嘉奖。《中国文化报》进行了两次报道。

38年过去，弹指一挥间。回想起我近40年的经历，让我最不能忘记的是湖南省文联给了我改变命运的机会，敲开了通往金阳大道的大门。我常和朋友说："要是没有湖南省文联那次改革题材报告文学征文作为起点，就没有我的今天！"

难忘文联对我恩

胡小平

那是 2007 年 8 月 3 日，我的散文创作座谈会在长沙南方明珠酒店举行。我一早到了会场，由省作协组联部曾祥彪主任领着在会场门口恭迎嘉宾到来。当时我是又期待、又担心、又兴奋、又害怕。

嘉宾陆续来了，有龚政文、莫傲等省作协领导，有我熟悉的王跃文、梁瑞郴、王开林、萧育轩、聂茂等名家，有我非常敬慕，但未曾拜见过的叶梦、龚旭东等老师。这让我作为一个基层写作爱好者深感荣幸，心中是又惊又喜。

曾主任指着一位走过来的儒雅的中年男人，说那就是省文联党组书记罗成琰。我还在愣着，罗书记已把手伸过来，说祝贺我荣获湖南省第四届金融文学奖，祝座谈会圆满成功。曾主任说罗书记原本今天有一个活动要参加，但考虑到我作为一个基层作家能举办这样一个座谈会，非常不容易，就推托了那边，到这边来了。罗书记点点头，说在《文学界》看到有我的散文专号，在《芙蓉》《理论与创作》和《湖南日报》等都看到过我的文章，还读了我前不久由作家出版社出版的散文集《客路匆匆》中的一些篇章，都写得情真意切，又很有画面感，很感人的，他喜欢这样的文章，正因为喜欢，他来了。这让我非常感动，也心存感激，并转化成了一种创作的动力。后来我常想起当时的情景，想起他说的话。

我正在跟别人说话，曾主任碰了一下我的手，惊喜地说："你看谁来了。"我扭头一看，是尊敬的谭谈主席啊！曾主任跟我说过，想请谭主席出席座谈会。我说能请动谭主席那当然是再好不过了，可他是中国作协副主席，又是省文联主席，名气大，又工作忙，我们虽然熟悉，但我只是一个基层文学爱好者，只怕是请不动。曾主任说他事前没跟我说谭主席会来，是因为谭主席昨天还在外地开会，怕他赶不回来，也怕我失望，没想到他连夜赶回来了。谭主席握着我的手，说我们是老朋友了，我的座谈会他肯定会来，因为他不仅喜欢我这个人，也喜欢我的文，因为我人也好，文也好，都朴实无华，耐看耐读。我知道这是他对我的抬爱，对我的鼓励，却一时不知说什么好，只是看着他，泪水湿润了双眼。

座谈会十分圆满，非常成功。《文艺报》《文学报》及《湖南日报》等媒体都做了相关报道。用曾主任的话来说，座谈会能搞得规格这么高，氛围这么好，大家畅所欲言，既肯定好的方面，也指出存在的不足，大大出乎他的意料。这次座谈会让我第一次对省文联有了一种特殊情感，有了一种感恩之心。

清楚地记得那是 2011 年 3 月 16 日的午后，我在紧张和忐忑中走进了省文联大院，走到谢璞老先生的门口，轻轻地敲响了门。来开门的中年女士热情地把我请了进去，让了座，倒了茶，说谢老在午休，得稍等一等，她去看看。我心想看来来得不是时候，便说那别影响谢老休息，我改天再来。不想我刚起身，谢老却开门出来了，朝我压了压手，示意我坐下，又问那女士给我倒茶没有。

我流利地背诵着《珍珠赋》，还有《二月兰》的段落。谢老朝我点点头，抬抬手，夸我记性好，问我是不是有事找他，尽管说，都是宝庆老乡呢。一句都是宝庆老乡让我倍感亲切，少了拘谨，我便鼓起勇气，试探着说想请他给我的新散文集《血脉》作序。听我做了简单的介绍，他说能在湖南文艺社出版，应该是不错的。他浏览了几页书稿，问我书稿可否留下。我说当然可以。他说那行，一个月后来取书稿和序文，接着又说，他让人给我寄过来也行。我连忙说那我来取，不劳烦他寄，其实我也是想能再有机会当面请教。

数着日子，刚好一个月后的第二天，我再次走进了省文联大院。听说我到了，谢老拿着书稿和序文出来，说昨天刚写好，正准备让人给我寄呢，又说如果不是他感冒了几天，那应该是早在我手上了。他以《善与真之美》为题，在文中写道："胡小平许多出自心灵的文字里流露出来的是一种淡泊，一种淡定""他景仰崇高的光明境界，看重友情和亲情大义……所以，在他的情感空间里，常常见香雪千树、惠风和畅的宜人气息""他笔下的亲人及他自己，没有一个超越凡人

的'圣贤'，但都是光明磊落的劳力、劳心的可爱的凡人。他们的言行举止，具有纯真的劳动人民美好的德性，不乏山坡草地上金银花那种乐于疗救他人的精神。这体现出他所向往、追求的境界之美，是属于一种普通人最乐于接受的善和真之美"《血脉》记述平常事、平常情，既不咬文嚼字，也不见故作矫情的描绘，但都给人难忘的好印象，就像深山高高的树尖发出的杜鹃啼啭旋律，单纯、质朴、清淡，却又是以情拨动人们心弦的音响。能以清新精练的文字，把亲情写得如此到位，实属不易"《血脉》，一部亲情佳作，一部亲情赞歌！"

离开谢老家时，我真诚地向他鞠了一躬，因为我觉得再多的话语也不能表达我对他的敬仰和感激之情。走出大院时，热心的门卫朝我点头一笑，说慢走。我回过身，朝他一笑，看着文联的牌子，想着谭主席、罗书记和谢老的厚爱，心底那感激和感恩之情油然而生。

2016 年冬，我将一个中篇小说《引资》投给了省文联主管主办的《创作与评论》。两个多月后的一天下午，我去了王浃海老师办公室，嘴上说去省委宣传部办事，顺路来看看他，其实是想打探一下《引资》的消息。寒暄了几句，王老师就说起了《引资》，说小说题材、主题、故事都不错，但在结构设计、叙事方式和语言表达上都还可以斟酌斟酌、打磨打磨。我知道这是他说得委婉，说得客气，也明白这样子离发表还有差距，不如请他来个当面批评指正。见我说得诚恳，他说好，那我们就好好聊一聊。

这一聊就是两个多小时，天都快黑了。他说散文与小说是两种不同的文体，长篇与中短篇虽然都是小说，但在许多方面又不一样，又说知道我过去以散文创作为主，是近年才转向写小说的，也知道我已出版过长篇小说《催收》，还发表了好几个中短篇小说，但总体来说，不管是长篇还是中短篇，都有提升的空间。我请他直言不讳。他想了想，说那好，不说别的，就说《引资》。他边说边指点着，比画着。我边听边点头，或"嗯""哦"一声，不时问上一句两句，中途也争执了一回。他说完了，我衣服也汗湿了。他朝我拱拱手，说对不起，说得直，说得重，却是心里话，真心话。我说良药苦口，是听君一席话，胜读三年书啊！临走时，他送了好几期《创作与评论》原创版的杂志给我，如数家珍地说哪期的哪一篇可以细细品读。

四个月后，当我将反复修改过的《引资》送到王老师手上时，他稍一浏览，一拍桌子，说这就好了，总体上不仅结构精巧、人物鲜活，而且叙事流畅、语言生动，算是一个好中篇了。2017年第10期《创作与评论》刊发了《引资》。

在这之后，当我把一个新的中篇小说《滋味》投给《创作与评论》时，王老师说我的小说创作已上了一个台阶。再后来，我成了《创作与评论》和《湘江文艺》的重点作家，并在这片园地上发表了《娥花子》《原来如此》《斑竹笛》等多个中篇小说，《原来如此》还被《海外文摘》转载。近些年来，我发表了中短篇小说20余篇，出版了长篇小说四部。中篇小说《两张假钞》、长篇小说《催收》分别获中国第二（2013）、三（2017）届金融文学奖。长篇小说《青枫记》入选中国作协作家定点深入生活项目，获湖南省"梦圆2020"主题征文二等奖、长沙市"五个一工程"奖。长篇小说《格局》入选湖南省"庆祝建党100周年"重点项目，获中国第四届（2023年）金融文学奖，上榜中国"金融文学十佳著作"。这都是与《创作与评论》和《湘江文艺》的各位老师的指导和帮助分不开的，可以这样说，如果没有各位老师的关心和指导就没有我小说创作的进步和日趋成熟。

屈指一算，我与省文联的交往已有二十多年，其间让我感动让我难忘的人和事有许多许多，我都记在心底，常常想起，或每每想起，我就情不自禁地想说：

感谢省文联！感恩省文联！

我的初心

袁绍明

记得还是在读小学的时候，每当放学后，我总是匆匆赶回家，打开各种有图画的书本，沉迷于书页间流淌的色彩和线条，用拙劣的技巧模仿勾勒，而最让我神往的莫过于一幅名为《共产主义战士欧阳海》的作品。画中的景致仿佛在我的眼前展开，描绘的是欧阳海在千钧一发之际，在铁轨上奋力将战马推出铁轨，避免列车脱轨的场景，画中渲染出来的紧张激烈的场景与氛围让我很是震撼。这幅作品征服了我的心，让我迷恋上了它。我曾一遍遍地照着临摹过，虽然当时并不知道作者是谁，但我很好奇到底是什么样的人，能够画出这样有感染力的作品！作者的这份对艺术的热爱向往与专业功底一直萦绕在我的脑海，封存于心中。

后来，我考入了湖南师范大学美术系，艺术便成为我生活的一部分。在校园里，我结识了一群志同道合的同学，我们一起探索、一起创作，彼此之间的交流和学习让我受益匪浅。而最让我难忘的，莫过于聆听了陈白一先生的讲座。我当时只知道白一先生是湖南省美协主席，并不知道他在哪里工作。先生言谈幽默风趣，充满智慧和温情，让我深受启发。通过他的分享，我才知道原来那幅启蒙我绘画的作品《共产主义战士欧阳海》竟是眼前的陈白一先生所作。从他身上我不仅学到了很多的绘画知识，更明白了艺术的真谛和人生的意义。他用自己的一生诠释了大画家的风骨，让我对绘画艺术充满了无尽的向往和敬意。

几年后，我去了常德工作。有次，正好有个机缘来长沙看展览，来到了湖南省画院。当时的门牌是湖南书画研究院，无意间我在信箱上看到"陈白一"三个字，这才知道大名鼎鼎的陈白一先生在这里工作，并且这位我曾经望尘莫及的大师还是这里的院长。这个发现让我兴奋不已，心中的火苗再次被点燃。我想，如果有朝一日能在这里工作，那将是何等幸福的事情啊！

十多年过去，因了命运的安排，让我与陈白一先生曾经工作过的湖南省画院再次有了交集。在这个人生的转折点，还得感谢生命中的贵人刘云院长。非常荣幸的是，当时刘云院长对我关爱有加，或许是他对我的画风有好感，又或许是他有意培养我的成长。在他的大力举荐下，我如愿以偿，从常德文理学院调到湖南省画院工作，成为一名专业画家。这段经历于别人而言或许平淡无奇，但对我来说，却是梦想成真的奇迹。刘云院长为我指点迷津，是我命运的舵手，又为我的创作方向指引导航，不仅在我的艺术生涯中让我少走了许多弯路，更改变了我人生的轨迹，实现了儿时的梦想。除此之外，刘云院长于我而言，既是师长，又是挚友。我刚到长沙时，因经济拮据，买房的钱都凑不拢，当刘院长了解到我的窘境时，毫不犹豫地借助了两万元定金给我，解了我的燃眉之急。后来，我父亲生病住院，又是刘院长忙上忙下地帮我联系医院，顺利住院后，又多次来探望。我不过是沧海一粟，却让刘院长如此费心尽力，为我的事业奠基，给我的家庭以温暖与关怀，每当忆起往事，我都仍然感动泪流。最令人铭记的是，刘院长在指点我的画作时说，"等你画风成熟的时候，如果想要做全国美展，一定得有看头，要有名堂，要有属于自己的特色，不然就不要在这个上面投入时间与精力"，刘云院长的话让我心悦诚服。刘云院长在美术界早已盛名在外，在中国驻美国大使馆新馆的宴会厅里，三面墙上悬挂着一组由 6 幅作品组成的题为《灵山秀水·梦江南》的巨幅中国山水画，就是刘云与石纲两位老师合作完成的巨幅作品。这组作品气势雄浑，6 幅作品既各自独立又相互联系，画幅高 1 米，每幅长 3.5 米，总长度 21 米。看到画，能使人不自觉地想起古典诗词里的千古名句："小桥流水人家。"画中的中国江南水乡美景美轮美奂，流光溢彩，供世界人民鉴赏，让中国画走出国门，走向世界。

而我从小时候的模仿启蒙，到大学与艺术大师的相遇，再到来湖南省画院工作，一晃眼四五十年了，每当我忆起那些往事，不禁百感交集，感谢命运的眷顾，让我遇上一路扶持的师友，也感谢自己的努力，一直保持着这份对艺术的向往与初心；感谢湖南省文联、省画

时间的声音——湖南省文联成立 70 周年纪念文集

院，给我机会学习与发展，让我在自己喜欢的道路上成长与奔跑。

如今，我在湖南省画院副院长的岗位上工作，每当想起儿时的童心与梦想，便要联系工作与实际，思考着画院对社会的影响力。我明白，好的作品可以对时代产生深远的影响，而艺术家的不懈努力与思想灵魂才是艺术创作的核心。因此，我也不断激励自己，希望能不负过去，继往开来，创作出更多的优秀作品，为湖南的文艺事业添砖加瓦，贡献自己的力量。

与此同时，在湖南省文联的领导下，更深刻地感受到了时代赋予我们的文艺事业的责任和使命。文联作为文化艺术工作者的家园，承载着无数艺术家的梦想和希望。回首自己的这段艺术之路，从陈白一先生的画作启蒙到现在，每一步都充满了坎坷和艰辛，但也充满了激情和希望。我深信，只要心怀梦想，坚持不懈，就一定能够创造出更加辉煌的明天。愿我们共同努力，为湖南的文艺事业写下更加辉煌的篇章，为我们的艺术之梦，永远保持一颗热情而奋斗不息的心！

舞蹈研究与评论的魅力

龚 倩

文艺梦想的种子生根发芽

  我是土生土长的湖南妹子，籍贯湖南省长沙市，出生于湖南省涟源市，从小对舞蹈与文学都十分有兴趣，也得益于从小就碰到了好的老师。我的父亲出生于长沙市的一个知识分子家庭，爷爷解放前毕业于湖南大学，有着他那个年代的人少有的硕士研究生学历，奶奶也于新中国成立前毕业于长沙周南女子中学。父亲是中华人民共和国的同龄人，1966 年，正逢"文化大革命"，17 岁的父亲无法继续学业，于是从长沙来到涟源参加工作，之后在这里扎下根，然后和我的母亲相遇，结婚生子，有了哥哥和我，于是，涟源便成了我出生与年少成长的地方，我有着和小伙伴们爬树翻墙、打游击战、玩泥巴、采野花、捉泥鳅、追野兔、岩洞探险的快乐童年生活，我也能熟练地操练起两种方言——长沙话和涟源话。我所有美好的童年记忆都印刻在了这里。小时候，父亲告诉我说涟源出了一个著名的作家叫谭谈（曾任湖南省文联主席、中国文联副主席），我也专门去读过他的文学作品《山道弯弯》，这也促使我逐渐萌发出一个文学梦，加之自己当时偶尔会在一些作文比赛中获奖或在报刊上发表小文章，于是也幻想着自己以后能成为一个像谭谈这样的作家。现在想起来，当时很天真，却也很感谢这颗小小的种子在我心中驻扎。当然，当时的我也爱蹦爱跳，五音虽然不全，但对跳舞很热爱，也可能是盲目自信，当时很享受在舞台上绽放的感觉，所以我也可以算是当时学校的文艺骨干。

  1994 年，14 岁的我初中毕业，出乎意料的是，我中考超水平发挥，以涟源市中考总分第一的成绩考上了当时同学们都梦寐以求的、位于省城长沙的全国重点中等师范学校——湖南第一师范学校的五年制、包工作分配的公费师范生。在小伙伴们艳羡的目光与父老乡亲们的祝福声中，我挎上行囊，登上了来长沙求学的列车。那是我第一次如此长时间地远离父母，远离故土，却也见到了更为广袤的世界。在省城的学习与生活为我打开了视野，特别是我能看到更多的艺术展演，也有了更多艺术方面的学习。美丽曼妙的舞蹈让我驻足停留，让我热血澎湃，让我为之痴迷。我羡慕"翩如兰苕翠""婉如游龙举"的舞者，我幻想着能有"低回莲破浪""凌乱雪萦风""飞去逐惊鸿"般的舞姿。我也知道了湖南有一位著名的舞蹈家叫杨霞（今湖南省文联副主席、湖南省舞协主席、湖南省歌舞剧院董事长），我被她影响着，被她在舞剧《边城》中主演的翠翠形象深深吸引着。于是，有朝一日能成为像杨霞一样的舞蹈家或舞蹈工作者成为我当时的一个美丽的梦，并变成了我日渐清晰的理想。在入校后分专业的纠结思考中，我最终在主修中文还是舞蹈专业中选择了后者。笨鸟先飞，我这只笨鸟抱着愚公移山的态度，苦练着舞蹈。

　　师范学校毕业后，我被分配在长沙市区工作，但怀着对知识的极度渴望，工作几年后我辞职了，继续考学、求学，从长沙到北京再到南京，可以说，我在工作—求学—工作的曲曲折折中相继读完了本科、硕士与博士，获得了湖南师范大学的本科、硕士研究生学历以及中国艺术研究院的博士研究生学历，并完成了南京艺术学院的博士后研究工作。当然，理想很丰满，现实很骨感，至今为止，我并没有成为一位优秀的舞蹈家，但却也还算是一位合格的舞蹈教育工作者与研究者，也将儿时擅长与喜欢的舞蹈与文学写作进行了一定结合。我目前就职于中南大学，是一名普通的舞蹈教师，同时也担任了湖南省舞蹈家协会与湖南省文艺评论家协会理事的工作。我希望我能把我对舞蹈的爱好做成兴趣，把兴趣做成事业，把事业做成信仰。现在看来，在我童年和少年时期，湖南省文联的优秀文艺家们便给我树立了人生的榜样，让我心中生发出一颗颗文艺的种子。

"教学相长"中我爱上舞蹈研究与评论写作

　　作为一名高校舞蹈教师，除了舞蹈教学与作品编创之外，舞蹈研究也属于我的本职工作。所以，除去完成学校的教学工作，带好学生，我的其他时间大部分都是扑在科研与写作上的，可以说，对于舞蹈研究与评论写作，我是喜爱的，它们也是我生活的一部分。我始终认为教学相长，教学与科研是相辅相成的，教学需要科研的支撑，科研可以反哺教学。在我个人的成长中，我的工作单位与湖南省文联都给予了我莫大的支持。湖南省文联给我指路明灯，给予我诸多机会与帮助，让我体会到这个大家庭的温暖，也让我不断进步。同时，我在进行舞蹈研究、评论写作、教学与编创的过程中，也看到了湖南舞蹈艺术与湖南文艺评论的不断发展与壮大，看到了湖南文艺事业的欣欣向荣。

　　我主持、承担课题三十余项，其中主持二十余项课题，包括主持国家社科基金课题、国家教育部人文社科课题、湖南省社科基金课题、湖南省教育科学规划课题、湖南省教育厅科学研究重点课题等国家级、省部级课题十余项，且大部分已经完成结项。此外，我还参与了国家社科基金艺术学重大项目、国家艺术基金等多项课题。我出版了《对戏曲舞蹈扬弃下的中国"古典舞"表演研究》等专著，以独著或第一作者的形式发表了六十余篇论文。

　　在我的舞蹈研究、创作与评论写作工作中，湖南省舞蹈家协会与湖南省文艺评论家协会给过我很多机会，协会的领导与老师也给过我专业上的指导与帮助。如我为了完成《湖南舞剧、舞蹈诗创作的湖湘文化书写》这本专著的撰写，专门请求了湖南省歌舞剧院与湖南省文联的支援，杨霞主席特意联系湖南省歌舞剧院的资料室，为我提供查阅湖南舞剧资料的便利，也为该项目的研究提供了诸多指导。如我担任了中南大学对口江华瑶族自治县的扶贫项目——舞剧《盘王之恋》的编剧工作，在该项目启动之初，就和该项目的负责人、总导演一起请教过湖南省舞蹈家协会的杨霞主席、杨晓刚副主席等多位领导与专家，他们都毫无保留地给出了中肯的意见。如我在撰写《人民性：中国红色舞蹈的根本立场和永恒追求》一文时，也请教过湖南省文艺评论家协会的陈善君主席，他也给了我一些宝贵的意见与指导。如我在进行一些舞蹈作品的创作和一些舞蹈的研究时，湖南省舞蹈家协会的杨霞主席、杨晓刚副主席、李灿娜副主席、龙星竹老师等都给予过我帮助与指导，这些都让我心怀感激。

湖南省文联让我与"啄木鸟奖"结缘

我与"啄木鸟奖"的结缘始于 2016 年，这一年是"啄木鸟杯"中国文艺评论年度推优活动的第一届。为切实贯彻落实习近平总书记系列重要讲话，特别是在中国文联十大、中国作协九大开幕式上的讲话和《中共中央关于繁荣发展社会主义文艺的意见》关于要高度重视和切实加强文艺评论工作的精神，按照中央《关于全国性文艺评奖制度改革的意见》《全国性文艺评奖改革方案》中关于"做好文艺评论工作激励"的要求，为有效激励广大文艺评论工作者，推动文艺评论更加有效地引导创作、推出精品、提高审美、引领风尚，中国文联、中国文艺评论家协会决定从 2016 年起在全国范围内组织开展"啄木鸟杯"中国文艺评论年度推优。当时，湖南省舞蹈家协会的杨晓刚秘书长与龙星竹老师联系我，说是湖南省文艺评论家协会要推送评论文章参加这次比赛，于是让我选了几篇我近期发表的评论文章发过去，湖南文艺评论家协会最后选了我的《震人心魄 荡气回肠——舞剧〈金陵十三钗〉的叙事话语分析》这篇文章去参赛，没想到获得了中国首届"啄木鸟杯"中国文艺评论 2016 年度优秀作品。特别感谢省舞蹈家协会、省文艺评论家协会的领导与工作人员的辛勤组织，并给予我这次机会。这次比赛中，湖南省文艺评论家协会也被评为优秀组织单位。因此，我也特别感谢省文艺评论家协会陈善君主席等同志在这次活动中的付出。

之后，我也陆续参加过一些比赛，如 2019 年，我的文章《舞剧〈朱鹮〉的创作特色研究》在中国舞蹈家协会举办的"2019 中国舞蹈评论年度推优活动"中被评为优秀文章，全国当年仅 6 篇文章获得此项奖项。2023 年，湖南省文联、湖南省评协共同主办了第五届（2023

年度）湖南文艺评论推优活动，我的文章《革命历史题材舞剧创作的突破与反思——以〈骑兵〉为例》荣获这次推优活动的优秀作品。这篇文章也被选送参加第八届"啄木鸟杯"2023年中国文艺评论推优活动，并入围全国终评。可以说，湖南省文联让我与"啄木鸟奖"结缘，激励我笔耕不辍，让我在写作中锻炼自己，鼓励我在舞蹈评论的路上继续钻研与探索下去。

湖南省文联给我们提供学习与交流的机会

湖南省文联给我们提供了许多学习与交流的平台与机会，开拓了我们的眼界，也让我们见识到诸多优秀文艺家的风采。同时，湖南省文联的领导和老师也会推荐或介绍我们参加一些全国性的学习交流与培训，让我们倍感温暖。

如2017年12月，我跟随湖南省舞协赴湘西采风，在赴花垣县途中远观了壮观的"矮寨大桥"，在座谈会上我们交流了怎样把十九大报告精神与实践结合的感受，现场还把最热烈的掌声献给杨霞主席声情并茂的精彩发言。

2018年3月，我参加湖南省文联组织的《湖南当代文艺批评七十年》一书撰写的工作会议，有幸跟各位前辈、专家学习，并投入该书舞蹈批评史部分的编撰工作中。2018年，在省舞协的鼓励下，我报名并入选了北京舞蹈学院主办的国家艺术基金2018年度艺术人才培养资助项目"舞蹈评论与制作人才培养"，在集中培训中，深度的思想交流、热烈的观点碰撞让我受益匪浅。

2021年11月30日，由湖南省文联、湖南日报报业集团共同举办的"湖南网络文艺评论阵地专题研讨会"在长沙召开，我有幸参会，时任湖南省文联党组书记、副主席夏义生，湖南日报社党组成员、社务委员、副总编辑夏似飞出席并讲话，时任湖南省文联党组成员、副主席、秘书长邓清柯主持会议。我们从中学习到，加强网络文艺评论，最重要的是心系国之大者，弘扬批评精神，发挥网络文艺在丰富人民群众精神文化生活、增强正能量中的作用。

2022 年 6 月，我参加了由中国文联、中国舞协主办，中国舞协理论评委会承办的第五期全国中青年舞蹈理论评论人才（特约舞蹈评论员）培训，本期培训班旨在进一步推动新时代舞蹈网络评论高质量发展，为打造"专业权威的舞蹈评论"培养"有影响力的舞蹈评论员"。我和几位学员共同撰写了《云端相约 共期未来——第五期全国中青年舞蹈理论评论人才（特约舞蹈评论员）培训班开班纪要》一文发表在中国舞蹈家协会的官方微信公众号上。

2023 年 4 月，我有幸作为第十三届中国舞蹈"荷花奖"古典舞评奖特约观察员参与比赛的现场观摩与评论文章写作，撰写的《守正创新 百卉竞妍——第十三届中国舞蹈"荷花奖"古典舞评奖作品观察》发表在《舞蹈》杂志上。在此次比赛的评奖举办期间，我有幸参加中国舞协调研组先后赴沈阳艺术团、辽宁歌舞团，就"舞蹈艺术如何出精品、出人才"课题开展专题调研，以积极行动响应党中央"在全党大兴调查研究之风"的号召。

2023 年 7 月，我有幸入选上海交通大学主办的国家艺术基金人才类项目"国际化戏剧评论高级人才班"，并于 8 月 14 日在国际化戏剧论坛作了作了题为 The Artistic Form and Cultural Expression of Chinese Classical Dance Themed Dramas from 1979 to 1989 (《1979—1989 中国古典题材舞剧的艺术形态及文化表达》) 的英文演讲。2023 年 10 月，我入选中国舞协第六期全国中青年舞蹈理论评论人才培训班，有幸观摩了中国舞蹈荷花奖民族民间舞比赛，参与研讨会，并担任《舞蹈》杂志邀约的舞蹈评论文章的撰写工作，发表了《从舞蹈〈江南〉看江南舞蹈的创作》。

我在研究中关注湖南舞剧、舞蹈诗的发展

在我的舞蹈研究中，舞剧研究是我的一个重要研究方向，我主持的课题中，有关舞剧研究的课题如国家社科基金艺术学一般项目"文化语境嬗变下的中国当代舞剧创作形态演进研究"、湖南省哲学社会科学基金项目"当代社会意识指导下的湖湘舞剧创作转型研究"、江

苏省博士后科研项目"新时期中国舞剧创作思潮与审美形态的演进"等，其中湖南舞剧、舞蹈诗研究是我关注的一个重点。在对湖南舞剧、舞蹈诗作品进行梳理、分析与研究的过程中，我看到了湖南舞剧、舞蹈诗事业的不断发展。最近我完成了一篇文章《湖南舞剧、舞蹈诗的湖湘文化书写与形象建构》，后续也会跟读者见面。从 1958 年，湖南第一部原创舞剧《刘海砍樵》诞生开始，湖南舞剧、舞蹈诗经历了萌芽、奠基、发展与繁荣的过程。如从 20 世纪五六十年代创演的《蝶恋花》《红菊》《画皮》到 20 世纪 90 年代创演的《边城》《扎花女》，从 21 世纪初创演的《古汉伊人》《远山鼓谣》《盘王之女》《南风》《我的湘西》《花枝俏》到《苗山飞歌》《天山芙蓉》到新时代创演的《温暖》《桃花源记》《凤凰》《君生我未生》《马桑树下》《热血当歌》等，其中精品不断。如舞剧《边城》荣获湖南省"五个一工程"奖、文化部第六届"文华大奖"、中国曹禺戏剧奖·剧目奖等，舞剧《桃花源记》获得 2015 年国家艺术基金重点扶持，舞剧《热血当歌》获得中国舞剧最高奖——第十三届中国舞蹈"荷花奖"舞剧奖，等等。以此为视角，我们能看到湖南舞蹈事业与湖南文艺事业的欣欣向荣，能看到湖南文艺事业、湖南省文联工作取得的辉煌成就，从而也给予湖南舞蹈人以不断前行的信心与动力。作为一位本土舞蹈教育工作者与研究者，我们必将进一步挖掘湖南舞蹈资源，更多关注湖南舞蹈事业，砥砺前行，不断进取，奉献出自己一份微薄的力量。

激情燃烧的岁月

邓清毅

有些机遇，是从岔道上得到的。一次偶然的聚会，我与湖南省文联一见钟情。

2006年，我从部队转业到地方。三十七八岁，多少有点尴尬的军转年龄，面临着人生的第二次重大选择。

一次去拜访一位朋友，巧遇省文联纪检书记管群华书记。管书记得知我转业求职的情况后，知道我在国防科大工作时担任过多年的新闻干事，出版过两本书稿，还在全国新闻媒体上发表了300多篇文章，获得了部队的两次三等功和多次奖励，其中反映全国抗洪救灾模范周丽平烈士的长篇通讯——《他交了一份合格的答卷》，还获得了1990年度全国抗洪救灾优秀新闻奖大奖，便热情邀请我到省文联工作。

幸福来得太突然了！我欣然接受了管书记的盛情邀请，并表示愿以一名小学生的身份来省文联工作，在久负盛名的文艺湘军大家庭里，为文艺家做好服务。

转眼间，我来省文联工作也有了18个年头了，历经组织联络处，后转战文化产业处、文化交流处，也见证了一串串激动人心、感人至深的故事……

灾区慰问，情满湘南

"把艺术奉献给人民，把欢乐播撒在基层"，中国文联2007年"送欢乐、下基层，促和谐、树新风"慰问活动这阵春风吹进了湘南资兴市36万人民的心坎里，温暖着曾经被"碧利斯"践踏过的心灵。

2007 年 1 月 24 日下午，时任湖南省委书记、省人大常委会主任张春贤，省委副书记、省长周强等领导在长沙会见了由时任中国文联党组书记胡振民和时任中国文联副主席李牧、李维康、吴雁泽率领的慰问团一行。我当时在组联处工作，担任这次重大慰问活动期间中国文联和湖南省文联、郴州市文联的联络员。1 月 24 日晚，在时任湖南省委常委、省委宣传部部长蒋建国的陪同下，慰问团一行 80 余人不顾旅途劳顿，冒着积雪开赴郴州市冰雪重灾区。

慰问团艺术家中既有造诣非凡的书画家、摄影家，也有家喻户晓的歌唱家、曲艺表演艺术家等。1 月 21 日，湖南省摄影家协会的摄影家王再和李晓英提前到达资兴，为灾民拍摄全家福照片。1 月 22 日，演出组总导演全维润、副导演张伟光和匡兵，赶到资兴指挥三个舞台的搭建和现场布置。1 月 23 日，中国文联组织中国摄影家协会张桐胜等摄影家抵达资兴市，为抗洪先进人物和英模摄影。中国书法家协会知名书法家申万胜、张飙、苗培红、倪进祥为灾民书写春联。申万胜将军为坪石灾民新村题写了"六福新村"墨宝。

1 月 25 日，雨后的郴州资兴市寒意逼人。资兴市郊的灾民安置小区宏福新村却迎来了热闹的一天。中央电视台主持人倪萍、李扬在宏福新村主会场主持节目。9 : 30 演出活动在高华的唢呐独奏声中开始了。尽管是露天表演，舞台简陋，但艺术家的演出却是一丝不苟。演员们仍像在大城市的大剧院里一样，精心打扮，尽力展示自己最棒最专业的一面。这些知名艺术家拿出各自绝活儿，给在场的上千名群众奉献了一场他们精心准备的丰盛的"艺术大餐"。整个上午，演出现场掌声、笑声不断。活动还穿插了为灾民代表赠送照片、春联、国画、衣被、食品等。上午的慰问活动在湘籍著名歌唱家张也甜美的《万事如意》歌声中结束。

1 月 25 日下午，中国文联赴资兴慰问团分别在胡振民、李牧的带领下，又分成两个小分队，分别来到受灾最重的何家山乡和坪石乡进行演出。两个演出场地，又是人山人海。他们精湛的表演艺术，陶醉了灾区人民的心。

时任光田村的女村支书黎瑞玲告诉大家，在党中央的关心下，在全国各地人民的无私援助下，当地灾民咬紧牙关，从点点滴滴做起，干劲十足地投入灾后恢复生产中。

演出结束后，胡振民、李牧、蒋建国、罗成琰等领导分别率艺术家来到村民家中，向他们赠送春联和全家福照片，还赠送了棉被、米面、食用油、图书等用品。胡振民还特意向在抗洪抢险中挨家挨户组织转移群众100多人，自己却被泥石流夺去了生命的资兴市坪石乡昆村妇女主任陈淑秀的儿子谢宇阳赠送了衣物和文化用品。现就读于长沙华夏实验学校的谢宇阳说："妈妈虽然去世了，但有这么多人关心我，爱护我，我不孤独。"陈淑秀的丈夫谢响林说，当地政府和相关部门对他的关怀让他倍感温暖，中国文联"送欢乐，下基层"活动更让他体会到了文艺界对受灾群众的关心。他动情地说："感谢中国文联和广大艺术家们让我们欣赏到了这么精彩的演出，增强了我们重建家园的信心。"

湘籍著名歌唱家张也是当天演出中的一员。她在听到资兴市波水乡卫生院受到洪水冲击时，立即拿出了30万元用于卫生院的灾后重建。她说："现在灾区最急的是看病难的问题，作为一名演员，我愿意为灾区的重建尽一份心力。"在演唱前她和卫生院护士何孜萍深情拥抱的场面让很多观众在羡慕之余感动得热泪盈眶。

文化交流，硕果满满

在我国文化体制改革不断走向深入、第八次全国文代会即将召开的关键时刻，"华东、中南地区文联工作经验交流会"于2006年9月下旬在湖南长沙举行。来自上海、广东、山东、江苏、安徽、福建、河南、湖南、湖北、江西、广西等13个华东、中南省（自治市、直辖区）文联的负责人欢聚一堂，交流经验，共商发展大计。时任中国文联党组成员、副主席、书记处书记胡珍，时任湖南省委常委、省委宣传部部长蒋建国出席并讲话。时任中国作家协会副主席、湖南省文联主席谭谈致欢迎词。

胡珍在讲话中指出，文联工作经验交流会给华东、中南地区文联工作搭建了一个非常好的平台，大家相互交流，互相学习，共同提高，促进了文艺事业的繁荣和文联工作的发展，为此，希望同志们就新形势下文联如何在加强文艺人才队伍建设、不断创新工作职能、打造文艺精品和优秀人才，开创文联工作新局面以及在构建社会主义和谐社会、建设社会主义新农村的历史进程中更好地发挥作用等方面献言献策，共同交流经验，取长补短，齐心协力推动文艺事业的繁荣发展。

会议期间，湖南省文联还组织与会代表参观了湖湘文化圣地"千年学府"岳麓书院、爱晚亭，伟人故乡韶山、花明楼，湖湘特色的餐饮文化名店火宫殿。晚上，代表们兴致勃勃地来到被中国演艺界誉为"文化演艺航母"、被中央电视台以"田汉现象"作专题报道的湖南乃至全国一流的高雅艺术殿堂——田汉大剧场，强烈感受了最精彩、时尚、前沿、高雅、眩目的湖湘歌厅文化。代表们赞不绝口。

胡珍对湖南省文联的工作给予了充分的肯定和很高的评价，还特别对这次会议湖南省文联的精心组织和安排表示感谢。作为主办方的工作人员，在确保整个会议安全圆满、万无一失的前提下，得到了上级领导的充分肯定和表扬，我们感到无比欣慰和自豪。

攻坚克难，啃下硬骨头

自 20 世纪 80 年代以来，省文联相继建设了一栋办公楼，一栋文艺活动楼，五栋家属宿舍。建设完工后，本应及时申请竣工联合验收，建立档案，并及时办理房屋产权证，但因当时人员产权观念普遍淡薄，不懂办理好产权手续的重要性，加上单位内部制度管理不严，一直无人具体负责管理此事，时过境迁，导致房产建设资料大多遗失，造成这些房屋都无法办理房屋产权证。

在房产资料严重缺失的情况下，单位专门成立了"省文联房屋产权历史遗留问题解决工作领导小组"，由文化产业处具体负责。我配合处室领导以及时任省文联副秘书长夏义生同志，与省机关事务局，市建委、国土局、规划局、房产局、城建档案馆和城建开发公司等单位协调不下 100 次，多次邀请相关单位以及相关部门负责人来单位现场调研解决办公楼、文艺活动楼及职工宿舍房屋产权历史遗留问题，递交各种请求报告 30 多份。历时一年半，费尽千辛万苦，克服重重困难，终于圆满解决了困扰省文联多年的房屋产权证难题，分期分批地为省文联综合楼、文艺活动楼以及 70 多名住户办理了栋证和房屋产权证，为省文联大院办理了国土使用证。我们多次递交报告请求省、市相关单位免除办理上述房屋产权登记过程中因违超面积需补交的规费、追加滞纳金、罚款及产权登记的大部分费用，为单位和住户节省了多项办证经费近 90 万元。

当时我们处室还为湖南美术馆的报建、规划审批以及选址等做了大量的前期考察、协调工作，通过不懈努力，该项工作取得了明显的进展，我们终于在 2012 年拿到湖南美术馆的立项书，单位上下一片欢腾雀跃。

时任省文联党组书记罗成琰同志在年度工作总结会上对我们的工作给予了极高的评价：为综合楼、文艺活动楼以及 70 多户职工办理好了房屋产权证和省文联国土使用证，圆满解决了困扰省文联多年的房屋产权证难题，解决了文艺家和职工的切身利益，对单位的稳定和促进湖南文学艺术事业的繁荣发展都具有巨大的积极作用，为本届党组实践对单位职工办好房屋产权证的承诺递交了一份合格的答卷！

勇于担当，规范门面管理

省文联旧址八一路沿街一线共有 16 家门面，每年可以收取租金一百多万元，但是有些商户认为，省文联不过是个软柿子，因此他们想方设法拖欠租金，有的甚至把门面私自转让，获取巨额的转让费用后跑路。

再典型的是一个洗浴中心门面的 L 姓老板，当时他拖欠了文联几万块钱租金后，还私自把这个门面以 12 万块钱的价格转让出去准备跑路，我们发现后及时与新来的老板沟通，告诉他这个私自转让合同无效，让这位新来的老板及时退出这个门面。L 姓老板恼羞成怒，冲到办公室找我算账，我哈哈一笑："我当了 20 年的兵，我还怕你威胁不成？"我顺手拿上办公室种花的小铁锹拍过去，挨了一铁锹后他落荒而逃。

2009年，我们组织召开了门面管理工作会议，用科学化、法治化的手段严格规范了门面管理程序。

我们召集办公室财务和人华宾馆、芝林大药房、蒸有味餐厅四大家门面租金清缴工作会议，终于把四大家之间的四角债彻底算清，迫使人华宾馆、芝林大药房把拖欠文联的租金全部按合同补缴上来，同时文联该付给"蒸有味"的餐费也彻底结清。

由于当时正开始筹建文联综合楼，办公楼一层的门面面临拆迁，文联通知承租户按原合同执行。为此，一些承租户以没签订合同为借口，联合起来集体拖欠租金。有的承租户还冲进办公楼闹事，围堵文联大门，阻挡车辆进出，严重影响了文联的办公秩序。我们及时报警并协助派出所采取措施，还邀请五里牌街道政法委、燕山街社区以及管区派出所开会。辖区政府非常重视，表示要积极协调稳妥地把这件事情处理好，但在敏感的时间节点上，涉及群体，要更加慎重，尽量不要激化矛盾，要维护稳定。我们把相关材料收集齐全，通过法律程序，解决了矛盾，为单位挽回了损失。

我转业进入省文联工作18年，我不断努力提升自己的服务水平和工作绩效，高标准地完成了单位分配的几个大项艰难险重任务。2008年、2009年和2010年连续三年年度考核均为优秀，多次被评为优秀共产党员，2008年参加省直党校中青班学习被评为优秀学员，并被记三等功一次。

还有四个年头，我就要退休了。我要调整好心态，不言后悔，不言放弃，因为这一切或许都是人生最好的安排。